QIANZHONG BUYIZU JINGDIAN GUGE JI

黔中布依族
经典古歌集

郭正雄　巫罗·海／编著

深圳出版社

图书在版编目（CIP）数据

黔中布依族经典古歌集 / 郭正雄，巫罗·海编著. 深圳 : 深圳出版社，2024. 12. -- ISBN 978-7-5507 -4133-1

Ⅰ. I277.296.8

中国国家版本馆CIP数据核字第2024DZ3847号

黔中布依族经典古歌集
QIANZHONG BUYIZU JINGDIAN GUGE JI

出 品 人　聂雄前
策划编辑　韩海彬
责任编辑　杨跃进
责任技编　郑　欢
责任校对　叶　果
装帧设计

出版发行　深圳出版社
地　　址　深圳市彩田南路海天综合大厦（518033）
网　　址　www.htph.com.cn
订购电话　0755-83460239（邮购、团购）
排版设计　深圳市新知文轩数码技术有限公司
印　　刷　深圳市新联美术印刷有限公司
开　　本　787mm×1092mm　1/16
印　　张　13.75
字　　数　222千
版　　次　2024年12月第1版
印　　次　2024年12月第1次
定　　价　98.00元

黔中布依族经典古歌集

主　　编：郭正雄　巫罗·海

副 主 编：赵　敏　韦　霄　王培书　班文林　班文开
　　　　　车　达

编委成员：唐丽娟　赵　晨　陈林灵　巫晓媛　陈顺容

收集整理：郭正雄　王培书　班文林　班文开　王槐明
　　　　　王坤山

翻　　译：郭正雄　王培书

国际音标：杨景方

作者简介

郭正雄，布依族，贵州省安顺人。原安顺市政协党组成员，办公室主任，安顺市（县）、西秀区民宗局局长、书记，贵州省布依学会副秘书长，安顺市布依学会常务副会长。近年来，郭正雄先后撰写论文 30 余篇，出版作品《布依族传统礼俗歌选》《黔中布依族歌谣选》，主编《解绑经》《布依族丧葬习俗调查》等书籍。

巫罗·海，布依族古歌传承人、心布洛集团创始人、"手锻谜朴"非遗刺绣品牌创始人、《远古呼唤》纪录片发起人。10 多年始终坚持一件事，在中国 56 个民族里寻找即将消失的民族古调，采录了 300 余首民族古调原音，同时收藏并修复 1600 余件乐器。

序

　　布依族民间文学是布依族传统文化的一个重要组成部分，形式多样，题材、内容十分丰富，从体裁上大致可分为韵文和散文两大类，在布依族地区广为流传。布依族民间古歌谣属文学作品，流传范围较广。有反映男女青年爱情生活的情歌，也有反映社会生活习俗和人际交往习俗的礼俗歌以及叙述远古往事的古歌和叙事长诗等。其中的古歌和叙事长诗反映了布依族先民多姿多彩的精神世界和物质生活，揭示了布依族人民传统的价值观、道德观和人生观，展现出远古布依族先民对所生存的自然和人文生态环境的创造性适应能力，以及对大自然的独特的认知方式。布依族歌谣结构简洁流畅，音韵和谐，旋律优美，深受广大布依族群众的喜爱。从句式和结构上看，有五言、七言、杂言三种体裁和单段、双段、长篇三种结构。五言体全篇每句五至八字（音节）或以五字为主；七言体全篇每句七字或以七字为主；杂言体全篇每句字数不等，长短间杂，少者三字，多者十一字，一般多为奇数。单段歌又称"散花调"，即单独一段自成一首；双段歌又称"双调"，即一首歌分成两段；长篇歌谣的特点是篇幅长，有的不分段落，有的则根据故事情节分成若干段落，如长篇叙事诗。布依族歌谣有自己独特的押韵方式和规律，一般是以前一句的尾韵（句末一字）去和后一句的头韵（句首一字）或颈韵（第二字）或腰韵（中间一字）相押，也有少数和尾韵相押。押韵的字一般要求同韵同调（包括阴阳调）相押，但根据内容的需要，只要发音相近，声韵和谐的字也可以通押，没有严格的要求，每押一句即可换韵，无须一韵到底。

　　《黔中布依族经典古歌集》由郭正雄、王培书、班文林、班文开、王槐明、王坤山等收集整理，深圳出版社出版，郭正雄、王培书翻译，云南省文山州杨景方用国际音标注汉文，目的是让更多人了解优秀的传统布依族歌文化，通过与国际接轨的方式使本民族文化保有生命力，是抢救、保护、传承布依族文化的尝试，同时也是布依族非物质文化抢救和保护工作中的一件大事。本书收集了安顺市西秀区黄腊布依族苗族乡、平坝区羊昌布依族苗族乡一带的布依族传统情友歌若干首，内容十分丰富。本书采用汉文对照的形式，展示了布依族传统经典歌谣的无穷魅力和优秀传统文化传承的重大作用。

书中所收歌谣的歌词注国际音标，是原汁原味的原生态布依族民间文学作品，情歌中反映的内容都是布依族社会生活的真实写照。国内外爱好者通过阅读该书，不仅可以深入了解多姿多彩的布依族精神文化生活，还可以充分领略布依族情歌优美的旋律和韵味。

布依族是具有悠久历史、灿烂文化，能歌善唱的民族。布依语中情歌叫"文友皋"，是布依族人民在长期的生产生活及社会交融中创造出的绚丽多彩的口头文学，语言生动朴实，想象丰富美妙。其内容反映了布依族古代反对包办婚姻追求婚姻自由，男女青年爱情生活观念等方面，展示出他们的远古时代文化。

布依族民间歌谣独具民族性、地域性、群众性、艺术性，反映了布依族的经典历史文化。情歌在布依族传统民歌谣中占比很大，内容丰富，文调优美，形象生动而大方文雅，情感纯真，题材广泛，富于想象力。歌词朴实委婉，坦诚而厚重，含蓄，发人之幽情，飘浓烈之情香，诙谐而饶有风趣，是布依族民间文学的一种形式，它体现出布依族先民的民族文化、民族心理、民族情感、民族思维，情感追求。

布依族民间情歌都是靠口耳相传，一代一代传承下来的。主要内容有初识歌、相会歌、试探歌、动情歌、难逢歌、相许歌、痴迷歌、同友去、逃婚歌等。全用布依母语（原生态）演唱，歌词质朴感人，歌声优美动听，具有吸引力。本书选录的几十首布依族古情歌，具有鲜明的民族婚姻特色，是研究布依族古文化的宝贵资料，是布依族非物质文化遗产的重要组成部分。

情歌是布依族青年男女谈情说爱时唱的歌，是布依族青年男女在社交中应用最多，数量最大，流传最广的民歌品种之一。布依族青年男女情歌对唱有多种形式：有在生产劳动中随心所欲地唱给过路异性的，有在赶场的路上、山上、田坎上即兴对唱的，也有在喜酒留宿"浪哨浪冒"及串寨对唱的。这种情歌对唱是以一唱一答或一边一首的形式出现，歌逢对手，可唱几个时辰甚至几天几夜的。

　　在结构上，可按谈情说爱的过程分为：初识歌、相会歌、试探歌、初恋歌、热恋歌、分别歌、重逢歌、相思歌。在情歌对唱中，先唱什么，后唱什么，是有一定规矩的，例如，第一次见面时，在外面，首先要唱初识试探歌；在家里，首先要唱初识歌或相会歌，即布依语"朗高友磨"。接下来才是试探歌—初恋歌—热恋歌—分别歌—重逢歌。之后才唱相思歌、深情歌、相许歌、逃婚歌。其实爱情是从初会相识不断地试探，步步深入的过程，所以在初恋、热恋、分别的过程中都常常出现试探的语句。初恋和热恋的歌有时表现出很明显的区别，如《初识歌》《相会歌》《初恋歌》《热恋歌》《分别歌》《逃婚歌》《告状歌》等。布依族情歌是表达爱情的一种极富诗意的形式，其题材内容以及它优美的意象，是研究布依族古代文化不可多得的素材。

　　本书载录布依族古情歌20首。这些古情歌采集于安顺市西秀区黄腊乡、平坝区羊昌乡，地域为布依族第二土语区。作者将录音翻译成汉语，供爱好者吟唱、揣摩，以加深对布依族古情歌的理解，使布依族古情歌更好地得到传承和保护，值得阅读和收藏。

　　1.文学观念和主张：抒情主义文学强调情感和个人体验的表达，追求美感和情感共鸣。抒情主义作品常常以诗歌形式呈现，通过抒发诗人内心的情感、情绪和体验，表达对自然、人生、爱情等主题的感悟和思考。抒情主义文学主张通过诗歌的语言和节奏来传达情感的深度和力量，引起读者共鸣和感动。2.题材角度：抒情主义文学的题材广泛，涵盖了自然、人生哲理、个人情感等多个方面。抒情主义作品常常以诗歌、歌曲、散文等形式呈现，通过对情感的细腻描绘和抒发，表达诗人对生活的热爱、对美好的追求、对人性的思考等。抒情主义文学强调情感的真实性和纯粹性，通过诗歌的表达方式来传递内心的情感体验。抒情主义文学流派的形成可以追溯到古代诗歌和文学传统，但在近现代文学中得到了更为广泛的发展和表现。抒情主义文学在19世纪末至20世纪初期达到了鼎盛，许多诗人和作家通过抒情主义的表达方式，探索人类情感世界的深度和广度，为文学史留下了许多经典之作。

云南民族大学民族文化学院
中国古典文献学研究生导师　**罗祖虞**

2022年6月26日

CONTENTS 目录

婉约在爱恋之间，倾诉在忠贞之上
——布依族情歌初识

　　情歌，是布依族青年男女谈情说爱时所唱的歌，是布依族青年男女在社交中应用最多，数量最大，流传最广的民歌品种之一。布依族青年男女情歌对唱有多种形式，有在生产劳动中随心所欲地唱给过路异性的，有在赶场的路上、花场山上、田间地头上即兴对唱的，也有在喜酒留宿"浪哨浪冒"及串寨对唱的。情歌对唱，往往是一唱一答或一唱一和，歌逢对手，可唱几个时辰甚至几天几夜。情歌是民族民间文学的一种形式，它体现布依族先民的民族文化、民族心理、民族情感、民族思维、情感追求。情歌在布依族民歌中占很大的比重。布依族情歌涉及题材广泛，内容丰富；曲调变幻不多，悠然天成、优美动听；歌词朴实委婉，坦诚厚重，发人幽情，飘浓烈情香，诙谐而饶有风趣；意象形象生动文雅，情感表达淳朴自然，富于想象力。情歌是表达爱情的一种极富诗意的形式，情歌所蕴含的艺术特征，是研究布依族古文化不可多得的重要内容之一。

情歌的对唱情景与渐进方式

　　笔者在采集中领悟到布依族情歌的对歌规矩和结构。布依族对唱情歌是逢年过节、喜事，农闲时节串寨，在外面或在家里（平时已物色好对象）对歌的。对唱情歌是2人或者4～6人。对唱情歌分白天和晚上，白天2人或有时近10人，相隔50～100米，只要听到歌声和内容就行，都是伙（群）对伙（群）进行对唱；若是在晚上，男方则坐在靠右边的墙壁，女方坐在靠左边的墙壁，相隔一定距离，不得嬉闹，若男方或女方某一人需从其中一方面前走过时，就说"对不起，我从你们面前过"。对歌，对方唱完一首，另一方接着唱，讲究规矩。在结构上按照谈情说爱的过程分为初相识、初相会、试探、初恋、热恋、分别、重逢、相思、相许等几个部分。因为情歌对唱中，先唱什么后唱什么是有一定渐进方式的，如第一次见面时，首先要唱初次见面的初识歌，接下来才是试探、初恋、热恋、分别、重逢，之后才唱相思、深情、逃婚歌。其实爱情是从初识到不断试探，步步深入的过程，所以在初恋、热恋、分别等的过程中，常常出现试探的语句。初恋和热恋的歌表现出很明显的区别，如《初识歌》《相识歌》《试探歌》《初恋歌》《热恋歌》《分别歌》《痴迷歌》《逃婚歌》等。

情歌表现出勤劳和善良

布依族是个勤劳善良的民族，勤劳善良是所有劳动民族最基本、最重要的品行。一个民族不致消亡的基本要素是繁衍生存，满足生存的基本条件是物质资料的生产，勤劳则可创造物质、创造价值，而善良则可减少罪恶，促进社会和谐稳定。

勤劳是繁衍生存的本能。布依族民间女生常唱的一首《农活歌》：正月初一与初二，初一初二要玩耍。初三初四忙地头。去跟情哥捎个话，去跟情郎传个音。帮整地头叫情哥，情哥犁地妹挑粪。地头整好撒辣秧，地头整来妹撒辣。初四初五就开种，初五动工在眼前。不要说哥开工早，地头辣秧正当头。正月交至二月间，家家户户整秧田。郎在田里犁着田，妹在地里铲除草。三月里来撒秧忙，回家路上遇情郎，妹问情郎做哪样，情郎早起去犁田。郎下田里糊田坎，到了三月就撒秧。四月里来忙催人，催得情妹早起床。追起情妹去挑水，催促情郎早起床。情郎起早把犁扛。妹问起早做哪样，情哥起来去犁耙。妹问情郎哪里犁，妹问情郎哪里耙。妹问清楚好送饭，郎讲明来送茶饭。五月里来忙加忙，忙到中午不回房。妹问哥在哪块田，情哥来告知情妹，我在大坝封田头。今天要犁三几亩，免得明日早起身。我的情哥哪里犁？我问我好送茶饭。情哥又来这样答，要去远冲山里犁，去那块烂田里耙。每块犁它三五犁，我在那里等着你。太阳出来三丈多，又到情妹送饭啰。去问爹娘要提篮，爹娘便问拿干啥？妹忙给哥去送饭。提篮挂在手腕上，走了上坎走下坎，一路送到田地间。太阳升出三五竿，太阳出来九丈多，该到情妹送饭啰。妹问爹娘要提篮，问娘亲提篮何处？我要提篮来送饭，送给情郎吃午餐，送给情郎吃晌午。提篮提在手腕上，送到上街走下街，众赞妹饭做得早，夸妹做饭做得好。情妹送饭到田头，喊起情哥哥不应，叫起名字会打顿，喊起名字脸会红。郎问妹做什么菜，累了想吃酒和肉。情妹答：情哥不是不知道，家有猪来又有鸡。要杀猪来猪又小，要杀鸡来鸡又瘦。情妹送饭到田头，要喊名字又害羞。哥问早饭送哪样，好酒好菜情哥吃。情妹答：情哥你不知道吗？家有猪来又有鸡，要杀猪来猪还小，要杀鸡来鸡又瘦。只有拿青菜来洗，拿来韭菜拌起吃。只怕情郎农活累，只怕郎累吃不下。情妹一人坐田坎，情妹不会做什么。下田同哥做农活，哥犁田妹糊田坎，妹问情哥怎样糊？情哥答：任你糊来随你包。妹说糊得怎么样？情郎合心不合心？妹包田坎合郎心，妹糊田坎真好看。妹糊田坎实在好，弯弯扭扭像条龙。郎妹外出干农活，顾了外面忘了家。情妹是个憨呆人，顾了送饭丢下家。小鸡门外随便睡，大猪小猪住外头。妹说我要先回去，我先回转去看家，我先去家等着你。全寨全村已回家，只有我俩还在外。只有咱俩还未走，回家吃饭再回转。这样讲来对不对？这样说来合（对）不合（对）？妹郎出门做农活，顾了农活忘顾家。鸡儿门外叫喳喳，小猪大猪无人管。郎喊情妹先回转，郎叫情妹先去家。全村全寨人回家，只有我俩还在外。只有咱俩还没走，回家吃饭又回来，双双一路回家去。双双一路往家行，回到家来你喂鸡，到了家中我喂猪。两人搭肩一路行，二人携手一道走。回到家里妹喂鸭，到了家中我喂马。到了家里郎坐下，我煮饭来你休息。

布依族妇女善解人意，心地宽厚又贤惠，在她们单纯的感情中充满体贴与关怀，"到了家里郎坐下，我煮饭来你休息"。在布依族情歌中这样的歌句还很多。这从根本上来讲，女子关注本民族的生存与发展，她们是推动布依族社会经济发展、社会繁衍生息的重要力量，布依族情歌塑造的勤劳善良的形象正体现了这一方面。

情歌表现出热情与犹豫

我们在收集布依族情歌时发现，男方在唱情歌时犹豫重重，一方面是试探、犹豫、谦逊地表白着，另一方面是深切地表达对女子的爱恋之情。如《想妹想得病缠身》，"想妹想得病缠身，要亲娘去请媒人。只有得妹配成亲，儿郎的病才脱身。郎盼同妹成双对，只怕情郎命太薄。郎掏心窝给情妹，吐出心思来相爱。只怕情郎命不好，只怕郎命薄如纸，只怕情郎命不合"。充满了相思之苦，担心自己命不好，配不上情妹。在情歌对唱中女方则与之不同，总是在歌唱中表现出一种热情勇敢的精神，歌词中充满主动、开放，甚至挑逗。如"天上三十万颗星，地面星星九十颗，哪里有星星就喊。妹捎信来表痴心，妹送信你来玩耍，郎知不知妹的心。郎知不知情妹意，情郎知道就好了。天上三十万颗星，地面星星九十颗，哪有星星就明亮。妹捎信情哥来玩，妹捎信情郎来耍，妹的爱心郎知否，妹爱郎爱得心慌"。青年男女在"浪哨浪冒"中女方是较主动的，地面星星九十颗，哪里有星星就喊。这种主动主要表现在歌唱中的热情大胆而不犹豫，但绝不是行为上的主动，这正是让人觉得魅力无穷之处。布依族青年男女对歌"浪哨浪冒"时，男女必须隔一定的距离，男方若想凑近一点，女方便迅速挪远一点，保持在一定的距离上。双方对歌中，女方的歌词常常是鼓励男方往前，"既然有了情感，见面就谈，羞羞答答不好讲，扭扭捏捏不好说"，是男方在对歌谈情说爱中常有的事。

情歌表现出忠贞与坚定

近年来，笔者在几个布依族村寨中收集情歌时，了解到布依族家庭婚姻很稳定。目前由于外出务工人员增多，交往交流面扩大，布依族人的"娶入嫁出"范围扩大，遍及全国各地，但当社会上离婚现象较频繁时，布依族人的离婚现象却较少，如今四代同堂哥弟没分家的家庭都有，家庭关系仍十分和睦。

布依族青年男女恋爱中一旦双方定情之后，在节日里还可以适当地和自己的伙伴们一起去跟其他异性对歌玩耍，不过这种对歌玩耍的次数逐渐减少。但已经定亲的男女对彼此都十分放心，认为只是逗着玩玩而已，在此方面表现出对爱情的忠贞与信任。女性表现得更加难能可贵，许多情歌的内容印证了这样一种情况。《盼郎歌》唱道："我跟月亮去找郎，可惜月亮不等我，害妹一脚陷泥塘。月亮出来月亮明，我等月亮去找人，可惜月亮不等我，妹脚踩到泥烂坑。月亮出来月亮圆，去年想哥到今年，终久想郎到割谷，十五等你来团圆。月亮出来月亮圆，等哥等到花石全。左盼右盼心在想，好像熬过几十年。月亮出来团又团，妹的手中还在忙。手里忙做绣荷花，眼睛忙着望小郎。月亮出来月亮圆，等哥等到哪一年。等哥不来枉自等，手拿梅花玩石街。但愿盼哥见哥心，河水玩玩不牵连。三年不见郎一面，好像情妹断了肠。月亮要落慢慢落，夜间想哥睡不着，等郎不来终在盼，总要和郎见一面。"女方认准了自己的情郎，一等再等都要见郎一面的决心和勇气，这种坚定忠贞的感情感动了一代代布依族青年男女。

特别女方有了意中人并定亲后再去"浪哨"时，就会用很明确的歌词来表达给情友："情郎请你听我言，郎家门前好花园，蜜蜂采花不进园，情妹早已摘朵戴，妹再不踩好花园。"这美丽迷人的情爱的象征，在布依族情歌中它一直用来作比喻。"情妹早已摘朵戴，妹再不踩好花园"，意为情妹已有意中人，再好再优秀的男友，只是玩耍而已，果断地拒绝了他人的追求。如果已婚女方还爱唱情歌，前男友或者有人唱情歌来挑逗时，女方会这样唱歌来回敬他："天上难找红花云，地下难找千里平，河中难找马脚印，世上难找郎一人，你叫咋个丢情人？"她们对于自己的家庭有高度的责任心，忠诚于自己的爱人，忠实于自己的感情，热爱自己的家庭。这首歌反映古代女子婚姻家庭理念，给我们展现一个受世人尊敬崇拜的女子形象。

情歌表现出朴素与大方

从我们收集的布依族情歌来看，布依族男子更重视其内在品质、内心情感，而女方在情歌对唱中特别注重外在形象，有的虽然是穿补巴衣服，但洗得干干净净，十分简约朴素，给人感觉庄重大方。怪不得男友唱"两个妹妹一路来，一样衣裳一样鞋，一样衣裳一样好，赛过七仙祝英台。老远看妹笑笑来，细细眉毛两边排，细细眉毛一样好，赛过观音与英台。"这是情歌对布依族女子外在形象的描写，这样的词句在情歌中常常出现。除此之外，我们常看到情歌中笼统含糊的外在形象的描写，如："讲友听来说妹听，妹不打扮也分清。说你嬢（姑娘）来讲你嬢，妹不装扮也漂亮。花园花香惹蜜蜂，妹的窈窕招人拥。妹的窈窕招人爱，郎想情妹爱在心。"这些歌词叙述布依族女子朴实的外在形象。

从我们收集到的情歌来分析看，情歌中的布依族女子是这样一群人，她们身穿淡蓝色、黄色、红色、青色等衣裳，脚上穿红色、蓝色、白色自绣花鞋，表情自然、大方、庄重。她们个个都是劳动、织布、刺绣、家庭主事能手，能犁田打耙栽秧，放牛看马样样行。她们站在山坡上、田地坝上或大树下，用自己的歌声表达自己的感情；她们对爱情的追求热情而大胆，对爱情忠诚而坚定。同时，她们又有简约的外在美和朴实的内在心理。

布依族从古至今，崇尚自由恋爱，自由选择对象。以歌相识、以歌相知、以歌相恋。无数少男少女，钟情怀春，在走亲访友、赶场、结婚嫁娶、请满月酒等喜筵间，或者是节日集会、族群欢聚的时刻，他们暗地里相中如意郎君（情妹），相约离开人群，到村外树下桥边月下对歌，先是试探询问对方虚实，如是真情实意、两情相悦，则互邀约时间，适时对歌，倾诉情愫，缠绵悱恻，誓约连理。女方心仪男方，则会悄悄送给信物（如鞋垫、一个自绣花枕头或手绢之类），男方心仪女方则以"走亲戚"为名，借故常往女方家帮干农活或做家务事。这一习俗不仅使布依族情歌世世代代传承下来，而且促进了其内容的不断丰富和艺术水平的不断提高。如果离开了"浪哨浪冒"这一习俗，它将得不到充分的发展。各个时代的情歌都紧贴着当时的社会生活和婚姻制度，表现出不同的风格特色。由于社会历史的发展，现代情歌与古代情歌相比，无论曲调、歌词，都充满了轻松、乐观的气氛。情歌作为布依族民间文学的一种重要形式，它在特定的民俗环境里由集体创作、加工和传承。只要"浪哨浪冒"习俗尚未消失，布依族情歌就依然充满着生命力并放射出具有时代特色的艺术之光。

布依族情歌是非物质文化遗产的重要组成部分，也是布依族口头文学的精华部分，是布依族历史文化的积淀。对唱情歌是布依族青年男女的恋爱方式，既表达男女双方自由爱恋，又表达男女双方的择偶标准，塑造生动的人物形象。布依族男生女生作为情歌中的主体与客体，在千百年来的传唱中，被塑造得十分完美，集中体现布依族人的理想品行与追求。布依族崇尚自然，崇尚劳动，崇尚善良，追求平安祥和的生存发展；布依族情歌则在本质上反映了本民族对生命生存的价值观。

以上是经几年的收集整理，并在《黔中布依族经典古歌集》出版之际对布依族情歌的几点认识，不足之处请读者批评指正。

郭正雄

2022年5月28日

初识歌

　　《初识歌》，是布依族青年男女第一次相互认识时必须互相对唱的情歌，这是前辈传下的规矩。这首初识歌双方很谦虚，互相贬自己，赞美对方来表达心意。这首歌，歌词清晰、明白爽朗，意味深而富有节奏感。

La:i^{31}suo^{31}ɕin^{33}phəŋ^{31}ʑau^{55}（ʑi^{31}），
　来　　说　　新　　朋　　友　　（1），
Tɕin^{33}thia:n^{33}tɕia:ŋ^{55}la:i^{31}ʑu^{21}ɕin^{33}ran^{31}。
　今　　天　　讲　　来　　遇　　新　　人。
ʑu^{21}ta:u^{21}phəŋ^{31}ʑau^{55}si^{21}ɕin^{33}ran^{31}，
　遇　　到　　朋　　友　　是　　新　　人，

Van^{33} van^{33}nua:n^{55}nua:n^{55}phəŋ^{31}ʑau^{55}ɕin^{33}。
　温　　温　暖　　暖　　朋　　友　　心。
ɕin^{33}tɕia:u^{33}phəŋ^{31}ʑau^{55}ɕia:ŋ^{55}ɕin^{33}thau^{31}，
　新　　交　　朋　　友　　想　　心　　头，
ɕin^{33}tɕia:u^{33}phəŋ^{31}ʑau^{55}nua:n^{55}ɕin^{33}li^{55}。
　新　　交　　朋　　友　　暖　　心　　里。
Ni^{55}tɕia:u^{31}tə^{31}tɕhi^{55}ni^{55}la:i^{31}sua^{55}，
　你　　瞧　　得　　起　　你　　来　　耍，
Ni^{55}tɕia:u^{31}tə^{31}tɕhi^{55}ni^{55}la:i^{31}tʂhaŋ^{21}。
　你　　瞧　　得　　起　　你　　来　　唱。

Tɕin^{33}thia:n^{33}rə^{31}na:u^{21}suo^{31}tɕhin^{31}xua^{21}，
　今　　天　　热　　闹　　说　　情　　话，

Tɕin³³va:n⁵⁵rə³¹ɕin³³tɕia:ŋ ⁵⁵tɕhin³¹ʐu⁵⁵。
今　晚　热　心　讲　　情　语。
Wo⁵⁵man³³nia:n³¹ʐau²¹pu²¹xa:u⁵⁵tɕia:ŋ⁵⁵，
我　们　年　幼　不　好　讲，
Pha²¹tɕia:ŋ⁵⁵xua²¹la:i³¹pu²¹tə³¹sua⁵⁵。
怕　讲　话　来　不　得　耍。

Tʂhaŋ²¹tɕhi⁵⁵kə³³la:i³¹mai³¹ʐau⁵⁵ʐin³³，
唱　起　歌　来　没　有　音，
Cin³³li⁵⁵van³³nua:n⁵⁵ɕia:ŋ⁵⁵la:i³¹tɕia:ŋ⁵⁵。
心　里　温　暖　想　来　讲。
ɕin³³thau³¹ʐau⁵⁵tɕhin³¹ʐue³¹ɕia:ŋ⁵⁵kan³³。
心　头　有　情　越　想　跟。

Nia:n³¹ɕia:u⁵⁵nia:n³¹ʐau²¹tɕia:u³³ɕin³³ʐau⁵⁵，
年　小　年　幼　交　新　友，
ʐau²¹pha²¹tɕhin³¹ʐau⁵⁵ʐau⁵⁵tɕhin³¹ran³¹，
又　怕　情　友　有　情　人，
ʐau²¹pha²¹ɕin³³ʐau⁵⁵kha:n²¹pu²¹tɕhi⁵⁵。
又　怕　新　友　看　不　起。

Lia:ŋ⁵⁵kə²¹la:u⁵⁵si³¹ran³¹la:i³¹sua⁵⁵，
两　个　老　实　人　来　耍，
ʐi³¹tui²¹tɕhin³¹ʐau⁵⁵ʐau²¹la:i³¹va:n³¹。
一　对　情　友　又　来　玩。
Pha²¹tɕin³³pu²¹tɕhi⁵⁵tɕhin³¹ʐau⁵⁵ʐi²¹，
怕　经　不　起　情　友　义，

Pha²¹va:n³¹pu²¹tɕhi⁵⁵tiu³³lia:n⁵⁵mia:n²¹。

怕　玩　不　起　丢　脸　面。

Pu²¹tɕin³³va:n³¹la:i³¹pu²¹tɕin³³sua⁵⁵，

不　经　玩　来　不　经　耍，

Pu²¹tɕin³³va:n³¹sua⁵⁵ɕin³³phən³¹ɕau⁵⁵。

不　经　玩　耍　新　朋　友。

Lia:ŋ⁵⁵kə²¹xa:n³³ran³¹pu²¹tɕin³³sua⁵⁵，

两　个　憨　人　不　经　耍，

Lia:ŋ⁵⁵kə²¹ta:i³³pa:n⁵⁵pu²¹xa:u⁵⁵va:n³¹。

两　个　呆　板　不　好　玩。

pu²¹tɕin³³ʐue³¹tɕia:ŋ⁵⁵ɕin³³phən³¹ʐau⁵⁵，

不　经　约　讲　新　朋　友，

pu²¹tɕin³³suo³¹va:n³¹ɕin³³tɕhin³¹ran³¹。

不　经　说　玩　新　情　人。

Tɕin³³thia:n³³suo³¹ɕin³³li⁵⁵thia:n³¹mi²¹，

今　天　说　心　里　甜　蜜，

Tɕin³³va:n⁵⁵suo³¹lə⁵⁵ɕin³³li⁵⁵nua:n⁵⁵。

今　晚　说　了　心　里　暖。

Pha²¹tɕin³³pu²¹tɕhi⁵⁵ni⁵⁵la:i³¹va:n³¹，

怕　经　不　起　你　来　玩，

Pha²¹tɕin³³pu²¹tɕhi⁵⁵ni⁵⁵la:i³¹sua⁵⁵。

怕　经　不　起　你　来　耍。

Pu²¹pha²¹tɕiu²¹la:i³¹suo³¹phən³¹ʐau⁵⁵，

不　怕　就　来　说　朋　友，

Pu²¹pha²¹tɕiu²¹la:i³¹tɕia:ŋ⁵⁵tɕhin³¹ʐi²¹。
不　怕　就　来　讲　情　义。

Tɕin³³tə³¹tɕhi⁵⁵tɕiu²¹suo³¹tʂan³³ɕin³³,
经　得　起　就　说　真　心,
Wa:n³¹tə³¹tɕhi⁵⁵tɕiu²¹tɕia:ŋ⁵⁵a:i²¹ɕin³³。
玩　得　起　就　讲　爱　心。
Liu³¹tə³¹ni⁵⁵ran³¹liu³¹ni⁵⁵ɕin³³,
留　得　你　人　留　你　心,
Liu³¹pu²¹tə³¹ni⁵⁵a:i²¹liu³¹ɕin³³。
留　不　得　你　爱　留　心。

Pu²¹ʐa:u²¹tɕia:ŋ⁵⁵ta:u²¹ɕia:n³³xua³³tuo⁵⁵,
不　要　讲　到　鲜　花　朵,
Pu²¹ʐa:u²¹suo³¹ta:u²¹tuo⁵⁵tʂhi²¹xua³³。
不　要　说　到　朵　刺　花。

Tʂa³¹tʂhi²¹san³³tʂa:i²¹li³¹su²¹tʂhu²¹,
杂　刺　生　在　梨　树　处,
tʂhi²¹xua³³tʂa:ŋ⁵⁵tʂa:i²¹tʂhi²¹li³¹phəŋ³¹。
刺　花　长　在　刺　梨　蓬。

Pu²¹ʐa:u²¹tɕia:ŋ⁵⁵ta:u²¹ɕia:n³³xua³³tuo⁵⁵,
不　要　讲　到　鲜　花　朵,
Pu²¹ʐa:u²¹suo³¹ta:u²¹tʂa³¹tʂhi²¹xua³³。
不　要　说　到　杂　刺　花。
Tʂhi²¹xua³³san³³tʂa:i²¹tha:u³¹su²¹tɕio³¹,
刺　花　生　在　桃　树　脚,

Tʂhi²¹xua³³tʂa:ŋ⁵⁵tʂa:i²¹tʂhi²¹li³¹phən³¹。

刺 花 长 在 刺 梨 蓬。

Pu²¹ʐa:u²¹thi³¹ta:u²¹tuo⁵⁵ɕia:n³³xua³³，

不 要 提 到 朵 鲜 花，

Pu²¹ʐa:u²¹suo³¹ta:u²¹tʂa³¹this²¹xua³³。

不 要 说 到 杂 刺 花。

This²¹xua³³san³³tʂa:i²¹si²¹tʂi⁵⁵lin³¹，

刺 花 生 在 柿 子 林，

This²¹xua³³san³³tʂa:i²¹tʂhi²¹li³¹phən³¹。

刺 花 生 在 刺 梨 蓬。

Pu²¹ʐa:u²¹tɕia:ŋ⁵⁵ta:u²¹ɕia:n³³xua³³tuo⁵⁵，

不 要 讲 到 鲜 花 朵，

Pu²¹ʐa:u²¹suo³¹ta:u²¹tʂa³¹tʂhi²¹xua³³。

不 要 说 到 杂 刺 花。

Tʂhi²¹xua³³san³³tʂa:i²¹la³¹tʂi⁵⁵ʐua:n³¹，

刺 花 生 在 辣 子 园，

Tʂhi²¹xua³³tʂa:ŋ⁵⁵tʂa³¹tʂhi²¹xua³³phən³¹。

刺 花 长 在 刺 花 蓬。

Ni⁵⁵pu²¹tɕia:ŋ⁵⁵la:i³¹ni⁵⁵pu²¹suo³¹，

你 不 讲 来 你 不 说，

ni⁵⁵pu²¹suo³¹la:i³¹mu²¹ʐe²¹tɕhin³³。

你 不 说 来 木 叶 青。

Ni⁵⁵pu²¹suo³¹la:i³¹mu²¹ʐe²¹ɕia:n³³，

你 不 说 来 木 叶 鲜，

Mu²¹ʐe²¹tɕhin³³la:i³¹ʐə²¹ʐau⁵⁵tɕhin³¹。

木　叶　青　来　叶　有　情。

Thoŋ³¹ni⁵⁵tʂuo²¹la:i³¹thoŋ³¹ni⁵⁵tɕia:ŋ⁵⁵，

同　你　坐　来　同　你　讲，

Xua³³pu²¹ta³¹tʂa:i²¹tɕhin³³ʐe²¹sa:ŋ²¹。

花　布　搭　在　青　叶　上。

Si²¹na²¹tɕhin³¹ʐau⁵⁵la:i³¹xa:n⁵⁵va:n³¹，

是　那　情　友　来　喊　玩，

Si²¹na²¹tɕhin³¹laŋ³¹la:i³¹tɕia:u²¹kə³³。

是　那　情　郎　来　叫　歌。

Pu²¹ɕia:ŋ⁵⁵va:n³¹la:i³¹ʐau³¹ɕia:ŋ⁵⁵sua⁵⁵，

不　想　玩　来　又　想　耍，

Wo⁵⁵ʐau²¹thoŋ³¹ni⁵⁵la:i³¹tʂaŋ²¹kə³³。

我　要　同　你　来　唱　歌。

Wo⁵⁵ʐau²¹thoŋ³¹ni⁵⁵tɕia:ŋ⁵⁵tʂan³³xua²¹，

我　要　同　你　讲　真　话，

Pu²¹ɕia:ŋ⁵⁵sua⁵⁵la:i³¹suo³¹min³¹pə³¹。

不　想　耍　来　说　明　白。

Pu²¹ɕia:ŋ⁵⁵va:n³¹la:i³¹tɕia:ŋ⁵⁵tɕhin³³tʂhu⁵⁵，

不　想　玩　来　讲　清　楚，

ɕia:ŋ⁵⁵ni⁵⁵ɕia:ŋ⁵⁵tʂa:i²¹ɕin³³li⁵⁵thau³¹。

想　你　想　在　心　里　头。

ɕin³³thau³¹nia:n²¹la:i³¹ɕin³³li⁵⁵ɕia:ŋ⁵⁵，

心　头　念　来　心　里　想，

çin³³thau³¹çia:ŋ⁵⁵la:i³¹çin³³çia:ŋ⁵⁵sua⁵⁵。

心　头　想　来　心　想　耍。

ʑau²¹çia:ŋ⁵⁵suo³¹la:i³¹tçia:ŋ⁵⁵pu²¹tʂhu³¹，

要　想　说　来　讲　不　出，

ʑau²¹çia:ŋ⁵⁵tçia:ŋ⁵⁵la:i³¹na:n³¹fa³¹ʑin³³。

要　想　讲　来　难　发　音。

Tçin³³thia:n³³la:i³¹ta:u²¹tʂə²¹li⁵⁵tʂau⁵⁵，

今　天　来　到　这　里　走，

Tʂau⁵⁵kuo²¹tçhin³¹kə³³fa:ŋ³¹ʑa:n³¹tçuo³¹。

走　过　情　哥　房　檐　脚。

Tçin³³va:n⁵⁵la:i³¹ta:u²¹tʂə²¹li⁵⁵çiŋ³¹，

今　晚　来　到　这　里　行，

Tʂau⁵⁵kuo²¹ni⁵⁵la:ŋ³¹wu³³ʑa:n³¹çia²¹。

走　过　你　郎　屋　檐　下。

Tçin³³va:n⁵⁵wo⁵⁵nia:n³¹çia:u⁵⁵wu³¹tʂi³³，

今　晚　我　年　小　无　知，

Tçin³³thia:n³³wo⁵⁵nia:n³¹ʑau²¹wu³¹li⁵⁵。

今　天　我　年　幼　无　礼。

Nia:n³¹tçi²¹çia:u⁵⁵la:i³¹pu²¹xui²¹tçia:ŋ⁵⁵，

年　纪　小　来　不　会　讲，

Nia:n³¹tçi²¹ʑau²¹la:i³¹pu²¹xui²¹ʑin³³。

年　纪　幼　来　不　会　音。

ʑau⁵⁵tçhin³¹ʑau⁵⁵ʑi²¹ka:n⁵⁵la:i³¹sua⁵⁵，

有　情　有　意　敢　来　耍，

ʑau⁵⁵ʑi²¹ʑau⁵⁵tɕhin³¹pu²¹ka:n⁵⁵va:n³¹。
有　意　有　情　不　敢　玩。

Pu²¹tɕin³³xoŋ⁵⁵la:i³¹pu²¹tɕin³³sua⁵⁵，
不　经　哄　来　不　经　耍，
tɕin³³pu²¹tɕhi⁵⁵sua⁵⁵sa:u²¹nia:n³¹laŋ³¹。
经　不　起　耍　少　年　郎。

tɕin³³pu²¹tɕhi⁵⁵va:n³¹sua⁵⁵ʑau²¹ni³¹，
经　不　起　玩　耍　幼　妮（2），
Nia:n³¹ʑau²¹tɕin³³pu²¹tɕhi⁵⁵xoŋ⁵⁵va:n³¹。
　年　幼　经　不　起　哄　玩。

Na²¹tɕu²¹la:i³¹si²¹tʂan³³ɕin³³xua²¹，
哪　句　来　是　真　心　话，
Na²¹sau⁵⁵kə³³la:i³¹si²¹ɕin³³kə³³。
哪　首　歌　来　是　新　歌。
ɕin³³xua²¹tɕu²¹tɕu²¹tʂan³³ɕin³³xua²¹，
新　话　句　句　真　心　话，
ɕin³³kə³³sau⁵⁵sau⁵⁵ta:u²¹tʂan³³tɕhin³¹。
新　歌　首　首　道　真　情。

Fəŋ³³tʂhoŋ³¹ʑun³¹ti⁵⁵ɕia²¹tʂhui³³la:i³¹，
风　从　云　底　下　吹　来，
Fəŋ³³tʂhoŋ³¹ʑun³¹ti⁵⁵phia:u³³kuo²¹la:i³¹。
风　从　云　底　飘　过　来。
Nua:n⁵⁵fəŋ³³tʂhoŋ³¹sa:ŋ²¹pia:n³³tʂhui³³la:i³¹，
暖　风　从　上　边　吹　来，

15

Vai³³fəŋ³³tʂhoŋ³¹sa:ŋ²¹pia:n³³tʂhui³³tɕhi⁵⁵。

微　风　从　上　边　吹　起。

Fəŋ³³pa⁵⁵ʐa:ŋ³³mia:u³¹tʂhui³³tɕi³¹loŋ⁵⁵,

风　把　秧　苗　吹　集　拢,

Fəŋ³³pa⁵⁵ʐa:ŋ³³mia:u³¹tʂhui³³tʂhan³¹tui³³。

风　把　秧　苗　吹　成　堆。

Fəŋ³³pa⁵⁵tɕhin³¹ʑi²¹liu³¹ɕia²¹la:i³¹,

风　把　情　意　留　下　来,

Fəŋ³³pa⁵⁵ʐau⁵⁵tɕhin³¹la:i³¹liu³¹tʂu²¹。

风　把　友　情　来　留　住。

Tʂhun³³fəŋ³³sa:ŋ²¹mia:n²¹tʂhui³³ɕia²¹la:i³¹,

春　风　上　面　吹　下　来,

Pə³¹fəŋ³³toŋ³³pia:n³³tʂhui³³tɕhi⁵⁵la:i³¹。

北　风　东　边　吹　起　来。

Fəŋ³³ta:u²¹ʐa:ŋ³³mia:u³¹ta²¹thia:n³¹pa²¹,

风　到　秧　苗　大　田　坝,

Tʂhui³³ta:u²¹ʐua:n²¹pa²¹wu³³ʐa:n³¹ɕia²¹。

吹　到　院　坝　屋　檐　下。

Pa⁵⁵tɕhin³¹ʐau⁵⁵ʐau⁵⁵ʑi²¹liu³¹ɕia²¹,

把　情　友　友　谊　留　下,

Pa⁵⁵tɕhin³¹ʐau⁵⁵tɕhin³¹san³³la:i³¹liu³¹。

把　情　友　情　深　来　留。

Tɕin²¹khə²¹ran³¹tʂa:i²¹xa:u⁵⁵tʂa:i²¹sa:ŋ²¹,

敬　客　人　在　好　寨　上,

Tɕin²¹tɕhin³¹ʐau⁵⁵tʂa:i²¹kə³³xui²¹tʂhun³³。
　敬　　情　友　在　歌　会　村。

Tɕia:u²¹lia:ŋ⁵⁵tɕhin³¹mai²¹tʂa:i²¹tʂa:i²¹suo³¹,
　叫　　两　　情　妹　在　寨　说,
Xa:n⁵⁵lia:ŋ⁵⁵tɕhin³¹ʐau⁵⁵lia:ŋ⁵⁵pia:n³³tɕia:ŋ⁵⁵。
　喊　　两　　情　友　两　　边　讲。
Tʂi²¹tɕi⁵⁵tɕia:u³³ɕin³³tʂi²¹tɕi⁵⁵tʂhau³¹,
　自　己　焦　心　自　己　愁,
Tʂi²¹tɕi⁵⁵ɕin³³tɕi³¹tʂa:i²¹tʂa:i²¹thau³¹。
　自　己　心　急　在　寨　头。

Tʂi²¹tʂi⁵⁵tɕi³¹ɕin³³tʂa:i²¹wu³³ɕia²¹,
　自　己　急　心　在　屋　下,
Tɕi³¹ɕin³³tɕhin³¹ʐau⁵⁵wu³³ʐa:n³¹ɕia²¹。
　急　心　情　友　屋　檐　下。
Tɕin³³wa:n⁵⁵la:i³¹ta:u²¹tʂə³¹li⁵⁵ɕiŋ³¹,
　今　　晚　来　到　这　里　行,
Tʂau⁵⁵kuo²¹tɕhin³¹ʐau⁵⁵tʂa:i²¹tʂi⁵⁵pia:n³³。
　走　过　情　友　寨　子　边。

Pu²¹xui²¹la:i³¹tɕia:ŋ⁵⁵xa:u⁵⁵tɕi⁵⁵tɕu²¹,
　不　会　来　讲　　好　几　句,
Pu²¹xui²¹suo³¹tɕi⁵⁵tɕu²¹kɯ⁵⁵la:ŋ²¹。
　不　会　说　几　句　给　郎。
Pu²¹xui²¹la:i³¹tɕia:ŋ⁵⁵xa:u⁵⁵kɯ⁵⁵ʐau⁵⁵,
　不　会　来　讲　　好　给　友,

Pu²¹xui²¹suo³¹na²¹tɕu²¹kɯ⁵⁵la:ŋ²¹。

不　会　说　那　句　给　郎。

Tɕin³³wa:n⁵⁵tɕia:u³³lə⁵⁵ɕin³³phəŋ³¹ʑau⁵⁵,

今　　晚　　交　了　新　朋　　友，

ɕin³³li⁵⁵liu³¹ɕia²¹tɕhin³¹ʑi²¹san³³。

心　里　留　下　情　意　深。

Tɕhin⁵⁵ʑau⁵⁵pu²¹pi²¹kua²¹tʂa:i²¹ɕin³³,

情　　友　不　必　挂　在　　心，

Tɕhin⁵⁵ʑau⁵⁵pu²¹ʑa:u²¹faŋ²¹ɕin³³thau³¹。

情　　友　不　要　放　心　头。

Tʂaŋ²¹kə³³kɯ³¹ta²¹tɕia³³la:i³¹thiŋ³³,

唱　歌　给　大　家　来　　听，

Tʂaŋ²¹kə³³kɯ³¹ta²¹tɕia³³la:i³¹sua⁵⁵。

唱　　歌　给　大　家　来　耍。

kə³³tʂaŋ²¹ta:u²¹tʂə²¹li⁵⁵ʑa:u²¹xui³¹,

歌　唱　到　这　里　要　　回，

Xua²¹tɕia:ŋ⁵⁵ta:u²¹tʂə²¹tɕiu²¹ʑa:u²¹lə⁵⁵。

话　　讲　到　这　就　要　了。

Tɕhin⁵⁵tɕhin³¹ʑau⁵⁵tɕin⁵⁵tɕe³¹ɕia²¹la:i³¹,

请　　情　友　紧　接　下　来，

Tʂaŋ²¹sau⁵⁵kə³³kɯ⁵⁵tɕhin³¹mai²¹thin³³。

唱　首　歌　给　情　妹　听。

（1）新朋友，初识的青年男女相称。

（2）幼妮，年轻幼稚的女孩。

相会歌

　　《相会歌》同初识情歌第一首一样，是青年男女初次对歌必须要先唱的一首歌，次序排在《初识歌》后。这是布依族先民留传下来的规矩。这首歌用蜜蜂、燕子、花来赞美对方，同时示意对方自己已成年，已到谈情说爱的时候了。如花到开的季节等，歌词含蓄、委婉、形象地表达初恋之情。反映布依族先民尊重对方，懂礼、遵守规矩、慎重的传统人生交际品德。

Tɕin³³thia:n³³la:i³¹suo³¹ɕin³³pəŋ³¹ʐau⁵⁵,

今　　　天　　来　　说　　新　　朋　　友，

Tɕin³³va:n⁵⁵la:i³¹tɕia:u³³ɕin³³pəŋ³¹ʐau⁵⁵。

今　　晚　　来　　交　　新　　朋　　友。

ʐau⁵⁵tʂan³³xua²¹ʐa:u²¹suo³¹la:i³¹thin³³,

有　　真　　话　　要　　说　　来　　听，

ʐau⁵⁵tʂi³¹sua:ŋ⁵⁵ɕin³³tə³³tɕiu²¹sua⁵⁵。

有　　直　　爽　　心　　的　　就　　耍。

Ni⁵⁵xui²¹tɕia:ŋ⁵⁵la:i³¹ni⁵⁵xui²¹suo³¹,

你　　会　　讲　　来　　你　　会　　说，

Ni⁵⁵xui²¹tɕia:ŋ⁵⁵la:i³³ɕin³³phəŋ³¹ʐau⁵⁵。

你　　会　　讲　　来　　新　　朋　　友。

Tɕia:ŋ⁵⁵xua²¹tɕu²¹tɕu²¹tʂa:i²¹ɕin³³thau³¹,

讲　　话　　句　　句　　在　　心　　头，

Suo³¹xua²¹tɕu²¹tɕu²¹luo³¹ɕin³³tɕia:n³³。

说　　话　　句　　句　　落　　心　　间。

Ni^{55}xui^{21}suo^{31}xui^{21}çia:ŋ^{21}mi^{31}fəŋ^{33},

你　会　说　会　像　蜜　蜂，

Xua^{21}suo^{31}fan^{33}min^{31}phəŋ^{31}ʐu^{55}ʐau^{55}.

话　说　分　明　朋　与　友。

Ni^{55}xui^{21}suo^{31}fan^{33}min^{31}la:i^{31}sua^{55},

你　会　说　分　明　来　耍，

Ni^{55}tçia:ŋ^{55}tə^{33}xua^{21}çia:ŋ^{21}tʂha^{31}xua^{33}.

你　讲　的　话　像　茶　花。

Ni^{55}xui^{21}tçia:ŋ^{55}la:i^{31}ni^{55}xui^{21}suo^{31},

你　会　讲　来　你　会　说，

Ni^{55}tə^{33}tʂui^{55}thia:n^{31}çia:ŋ^{21}ʐa:n^{21}tʂi^{55}.

你　的　嘴　甜　像　燕　子。

Ni^{55}xui^{21}tçia:ŋ^{55}çia:ŋ^{21}ʐa:n^{21}tʂi^{55}tçia:u^{21},

你　会　讲　像　燕　子　叫，

Ni^{55}xui^{21}suo^{31}la:i^{31}çin^{33}phəŋ^{31}ʐau^{55}.

你　会　说　来　新　朋　友。

Ni^{55}xui^{21}tçia:ŋ^{55}la:i^{31}si^{21}çin^{33}ran^{31},

你　会　讲　来　是　新　人，

ʐa:n^{21}tʂi^{55}xa:n^{31}ni^{31}la:i^{31}tʂuo^{21}o^{33}.

燕　子　含　泥　来　做　窝。

Pu^{21}ʐa:u^{21}tçia:ŋ^{55}la:i^{31}pu^{21}ʐa:u^{21}suo^{21},

不　要　讲　来　不　要　说，

Pu^{21}ʐa:u^{21}tçia:ŋ^{55}ta:u^{21}çia:n^{33}xua^{33}phəŋ^{31}.

不　要　讲　到　鲜　花　蓬。

Pu²¹ʐa:u²¹tɕia:ŋ⁵⁵ta:u²¹ɕia:n³³xua³³tuo⁵⁵,
不　要　讲　到　鲜　花　朵，
ɕin³³ɕia:n³³xua³³tuo⁵⁵tɕa:i²¹ʐa:ŋ³¹ɕia²¹。
新　鲜　花　朵　在　阳　下。
Xua³³phəŋ³¹san³³tʂa:i²¹tha:i²¹ʐa:ŋ³¹pia:n³³,
花　蓬　生　在　太　阳　边，
Xua³³phəŋ³¹tʂa:ŋ⁵⁵tʂa:i²¹tha:i²¹ʐa:ŋ³¹ɕia²¹。
花　蓬　长　在　太　阳　下。

Mai²¹tʂhoŋ³¹tha:i²¹ʐa:ŋ³¹ɕia²¹tʂau⁵⁵kuo²¹,
妹　从　太　阳　下　走　过，
Mai²¹tʂhoŋ³¹tha:i²¹ʐa:ŋ³¹pia:n³³li⁵⁵ɕin³¹。
妹　从　太　阳　边　里　行。

Pu²¹ʐau²¹suo³¹la:i³¹pu²¹ʐa:u²¹tɕia:ŋ⁵⁵,
不　要　说　来　不　要　讲，
Ni⁵⁵ʐa:u²¹suo³¹ta:u²¹xua:ŋ³¹xua³³phəŋ³¹。
你　要　说　到　黄　花　蓬。
Pu²¹ʐa:u²¹thi³¹ta:u²¹ɕia:n³³xua³³tuo⁵⁵,
不　要　提　到　鲜　花　朵，
ɕin³³ɕia:n³³xua³³tʂa:i²¹tɕin³³ʐa:ŋ³¹ɕia²¹。
新　鲜　花　在　金　阳　下。

ɕin³³ɕia:n³³xua³³tʂa:i²¹ʐue³¹lia:ŋ²¹ɕia²¹,
新　鲜　花　在　月　亮　下，
ɕia:n³³xua³³tʂa:ŋ⁵⁵tʂa:i²¹ʐue³¹lia:ŋ²¹pia:n³³。
鲜　花　长　在　月　亮　边。

Tɕhin^{31}ẓau^{55}ẓua:n^{21}ẓue^{31}lia:ŋ^{21}ɕia^{21}tʂau^{55},

情　友　愿　月　亮　下　走，

Phəŋ^{31}ẓau^{55}ɕia:ŋ^{55}tʂau^{55}ẓue^{31}lia:ŋ^{21}pia:n^{33}。

朋　友　想　走　月　亮　边。

Mai^{21}tʂhoŋ^{31}ẓue^{31}lia:ŋ^{21}pia:n^{33}tʂau^{55}kuo^{21},

妹　从　月　亮　边　走　过，

Mai^{21}tʂhoŋ^{31}ẓue^{31}lia:ŋ^{21}pia:n^{33}kuo^{21}la:i^{31},

妹　从　月　亮　边　过　来。

Pu^{21}ẓa:u^{21}suo^{31}ta:u^{21}xua:ŋ^{31}xua^{33}tuo^{55},

不　要　说　到　黄　花　朵，

Pu^{21}ẓa:u^{21}tɕia:ŋ^{55}ta:u^{21}ɕia:n^{33}xua^{33}tuo^{55}。

不　要　讲　到　鲜　花　朵。

ɕia:n^{33}xua^{33}san^{33}tʂa:i^{21}tha:i^{21}ẓa:ŋ^{31}ɕia^{21},

鲜　花　生　在　太　阳　下，

ɕia:n^{33}xua^{33}tʂa:ŋ^{55}tʂa:i^{21}ẓue^{31}kua:ŋ^{33}ɕia^{21},

鲜　花　长　在　月　光　下。

Wo^{55}man^{33}tʂoŋ^{31}tɕə^{21}li^{55}tʂau^{55}kuo^{21},

我　们　从　这　里　走　过，

Mai^{21}tʂhoŋ^{31}ẓue^{31}kua:ŋ^{33}ɕia^{21}kuo^{21}la:i^{31}。

妹　从　月　光　下　过　来。

Pu^{21}ẓa:u^{21}tɕia:ŋ^{55}la:i^{31}pu^{21}ẓa:u^{21}suo^{31},

不　要　讲　来　不　要　说，

Pu^{21}ẓa:u^{21}tɕia:ŋ^{55}la:i^{31}tʂha^{31}tʂi^{55}xua^{33}。

不　要　讲　来　茶　紫　花。

tʂi⁵⁵xua³³san³³tʂa:i²¹tɕin³³ʐa:ŋ³¹ɕia²¹,

紫　花　生　在　金　阳　下，

Tʂi⁵⁵xua³³tʂa:ŋ⁵⁵tʂa:i²¹ʐu⁵⁵lu²¹ɕia²¹。

紫　花　长　在　雨　露　下。

Ni⁵⁵xui²¹suo³¹la:i³¹koŋ³³vai³¹xua²¹,

你　会　说　来　恭　维　话，

Ni⁵⁵xui²¹tɕia:ŋ⁵⁵la:i³¹xa:u⁵⁵ʐu⁵⁵ʑin³³。

你　会　讲　来　好　语　音。

Pu²¹ʐa:u²¹suo³¹la:i³¹pu²¹ʐa:u²¹tɕia:ŋ⁵⁵,

不　要　说　来　不　要　　讲，

Pu²¹ʐa:u²¹suo³¹ta:u²¹ta²¹phəŋ³¹xua³³。

不　要　说　到　大　蓬　花。

Pu²¹ʐa:u²¹tɕia:ŋ⁵⁵ta:u²¹xua³³phəŋ³¹tʂoŋ³³,

不　要　讲　到　花　蓬　中，

xua³³phəŋ³¹tʂoŋ³³tɕia:n³³ʐau⁵⁵ɕia:n³³xua³³。

花　蓬　中　间　有　鲜　花。

xua³³phəŋ³¹li⁵⁵la:i³¹tuo⁵⁵tuo⁵⁵ɕia:n³³,

花　蓬　里　来　朵　朵　鲜，

Tɕhin³¹ʐau⁵⁵si²¹phəŋ³¹tuo⁵⁵tuo⁵⁵xua³³。

情　　友　是　蓬　朵　朵　花。

Min³¹la:ŋ⁵⁵xa:u⁵⁵xua²¹ni⁵⁵xui²¹suo³¹,

明　朗　好　话　你　会　说，

ʐua:n³¹run²¹san³³ʑin³³ni⁵⁵xui²¹tɕia:ŋ⁵⁵。

圆　　润　声　音　你　会　讲。

Pu²¹ʐa:u²¹suo³¹la:i³¹tɕin³³ʑin³¹xua³³,

不　要　说　来　金　银　花，

tɕin³³ʑin³¹xua³³san³³pa:n²¹tɕuo³¹a:i³¹。
金　银　花　生　半　脚　岩。

Tɕin³³ʑin³¹xua³³tʂa:ŋ⁵⁵tʂhi²¹phəŋ³¹tʂoŋ³³，
金　银　花　长　刺　蓬　中，
Tʂhi²¹phəŋ³¹ʑin³¹xua³³tuo⁵⁵tuo⁵⁵ka:i³³。
刺　蓬　银　花　朵　朵　开。
Ni⁵⁵ xui²¹suo³¹xa:u⁵⁵thin³³tə³³xua²¹，
你　会　说　好　听　的　话，
Ni⁵⁵xui²¹tʂha:ŋ²¹xa:u⁵⁵thin³³tə³³kə³³。
你　会　唱　好　听　的　歌。

Pu²¹ʐa:u²¹suo³¹la:i³¹pu²¹ʐa:u²¹suo³¹，
不　要　说　来　不　要　说，
Pu²¹ʐa:u²¹suo³¹ta:u²¹ɕia:n³³xua³³tʂhua:n²¹。
不　要　说　到　鲜　花　串。
Li³¹xua³³tʂhua:n²¹la:i³¹ʑin³¹xua³³tʂhua:n²¹，
梨　花　串　来　银　花　串，
Li⁵⁵xua³³tʂhua:n²¹la:i³¹li³¹xua³³tʂhua:n²¹。
李　花　串　来　梨　花　串。

Ni⁵⁵a:n³³xa:u⁵⁵ɕin³³ni⁵⁵kuo²¹la:i³¹，
你　安　好　心　你　过　来，
Ni⁵⁵xua:i³¹ɕin³³ʑi²¹ni⁵⁵la:i³¹sua⁵⁵。
你　怀　心　意　你　来　耍。

Pu²¹ʐa:u²¹ʐa:n³¹la:i³¹pu²¹ʐa:u²¹tɕia:ŋ⁵⁵,

不　要　言　来　不　要　讲，

Pu²¹ʐa:u²¹tɕia:ŋ⁵⁵la:i³¹ɕia:n³³xua³³tʂhua:n²¹。

不　要　讲　来　鲜　花　串。

Tʂa:i³³lə⁵⁵li⁵⁵xua³³tʂa:i³³tha:u³¹xua³³,

摘　了李花　摘　桃　花，

Tɕin³³wa:n⁵⁵ʐuo³¹laŋ³¹la:i³¹wa:n³¹sua⁵⁵。

今　晚　约　郎　来　玩　耍。

ʐuo³¹ɕin³³sa:n²¹tə³³tɕhin³¹ʐau⁵⁵kua:ŋ²¹,

约　心　善　的　情　友　逛，

ʐuo³¹ʐau⁵⁵ɕin³³tə³³laŋ³¹ʐau⁵⁵va:n³¹。

约　有　心　的　郎　友　玩。

Pu²¹ʐa:u²¹suo³¹la:i³¹pu²¹ʐa:u²¹tɕia:ŋ⁵⁵,

不　要　说　来　不　要　讲，

Pu²¹ʐa:u²¹thi³¹lə⁵⁵pə³¹xua³³tʂhua:n²¹。

不　要　提　了　百　花　串。

Tʂa:i³³lə⁵⁵si²¹ʂhi⁵⁵tʂa:i³³tha:u³¹tʂi⁵⁵,

摘　了柿子　摘　桃　子，

Tʂa:i³³lə⁵⁵li⁵⁵xua³³tʂa:i³³tha:u³¹xua³³。

摘　了李花　摘　桃　花。

Tɕin³³thia:n³³ʐu²¹ta:u²¹xa:u⁵⁵va:n³¹ran³¹,

今　天　遇　到　好　玩　人，

Tɕin³³vaːn⁵⁵phəŋ²¹taːu²¹xaːu⁵⁵ɕin³³ran³¹。

今　晚　碰　到　好　心　人。

ʑau⁵⁵xaːu⁵⁵xua²¹laːi³¹suo³¹kɯ⁵⁵ʑau⁵⁵，

有　好　话　来　说　给　友，

ʑau⁵⁵xaːu⁵⁵kə³³laːi³¹tʂhaːŋ²¹kɯ⁵⁵ʑau⁵⁵。

有　好　歌　来　唱　给　友。

Pu²¹ʑaːu²¹ʑaːn³¹laːi³¹pu²¹ʑaːu²¹suo³¹，

不　要　言　来　不　要　说，

Pu²¹ʑaːu²¹tɕiaːŋ⁵⁵taːu²¹ɕiaːn³³xua³³tʂhuaːn²¹。

不　要　讲　到　鲜　花　串。

ɕiaːn³³xua³³tʂhuaːn²¹laːi³¹xuaːn³³xua³³tuo⁵⁵，

鲜　花　串　来　鲜　花　朵，

Tʂaːi³³tɕin³³ʑin³¹xua³³tʂaːi³³laːi³¹xua³³，

摘　金　银　花　摘　辣　花。

Thiaːn³³ʑau⁵⁵pə³¹thiaːn³³ʑau⁵⁵xə³¹ʑe²¹，

天　有　白　天　有　黑　夜，

Ran³¹ʑau⁵⁵ʑi³¹waŋ²¹ʑau⁵⁵tɕi²¹ʑi²¹。

人　有　遗　忘　有　记　忆。

Tɕhin³¹mai²¹maːn²¹ɕiaːŋ⁵⁵tʂhaŋ²¹kɯ⁵⁵ni⁵⁵，

情　妹　慢　想　唱　给　你，

Maːn²¹maːn²¹si³³laːi³¹tɕiaːŋ⁵⁵ni⁵⁵thin³³。

慢　慢　思　来　讲　你　听。

Pu²¹ẓa:u²¹tɕia:ŋ⁵⁵la:i³¹pu²¹ẓa:u²¹suo³¹,

不　要　讲　来　不　要　说，

Pu²¹ẓa:u²¹ẓa:n³¹la:i³¹ɕia:n³³xua³³tʂhua:n²¹。

不　要　言　来　鲜　花　串。

Si²¹tʂi⁵⁵xua³³la:i³¹tʂha:n³¹khua:i⁵⁵ti²¹,

柿　子　花　来　成　块　地，

A:i²¹xua³³tʂha:u⁵⁵phən³¹tʂhan³¹tuo⁵⁵tuo⁵⁵。

艾　花　草　蓬　成　朵　朵。

Tɕhin³¹ẓau⁵⁵tʂhoŋ³¹tʂhan³¹li⁵⁵tʂa:u⁵⁵la:i³¹,

情　友　从　城　里　走　来，

Tɕhin³¹laŋ³¹tʂhoŋ³¹tʂhan³¹pia:n³³tʂau⁵⁵la:i³¹。

情　郎　从　城　边　走　来。

ẓau⁵⁵ɕin³³ẓau⁵⁵ẓi²¹ni⁵⁵la:i³¹tɕia:ŋ⁵⁵,

有　心　有　意　你　来　讲，

ẓau⁵⁵tʂhan³¹ẓau⁵⁵tɕhin³¹ni⁵⁵la:i³¹tʂhaŋ²¹。

有　诚　有　情　你　来　唱。

Pu²¹ẓa:u²¹ẓua:n³¹la:i³¹pu²¹ẓa:u²¹suo³¹,

不　要　言　来　不　要　说，

Pu²¹ẓa:u²¹suo³¹la:i³¹ɕia:n³³xua³³tuo⁵⁵。

不　要　说　来　鲜　花　朵。

Pu²¹ẓa:u²¹suo³¹ta:u²¹tʂha:i²¹a:i²¹tʂha:u⁵⁵,

不　要　说　到　菜　爱　草，

Si^{21}xua^{33}na^{31}li^{55}tʂhan^{31}khua:i^{55}ti^{21}。
柿　花　那　里　成　　块　　地。

A:i^{21}tʂha:u^{55}tuo^{55}tuo^{55}tʂhan^{31}xua^{33}phən^{31},
艾　草　朵　朵　成　花　蓬,
Tɕhin^{31}ʐau^{55}tʂhoŋ^{31}tʂhan^{31}li^{55}tʂau^{55}la:i^{31}。
情　友　从　　城　里　走　来。
ʐau^{55}tɕhin^{31}ʐau^{55}ʑi^{21}ni^{55}la:i^{31}tɕia:ŋ^{55},
有　情　有　意　你　来　讲,
Wu^{31}tɕhin^{31}wu^{31}ʑi^{21}pu^{21}kha:i^{33}xua:i^{31}。
无　情　无　意　不　开　怀。

Pu^{21}ʐa:u^{21}tɕia:ŋ^{31}la:i^{31}pu^{21}ʐa:u^{21}suo^{31},
不　要　讲　来　不　要　说,
Pu^{21}ʐa:u^{21}tɕia:ŋ^{55}la:i^{31}ɕia:n^{33}xua^{33}tʂhua:n^{21},
不　要　讲　来　鲜　花　　串,

Tʂha:i^{21}tʂha:u^{55}xua^{33}la:i^{31}tʂhan^{31}xua^{33}phən^{31},
菜　草　花　来　成　花　蓬,
Tʂha:i^{21}tʂha:u^{55}xua^{33}la:i^{31}tʂhan^{31}ʑi^{31}tuo^{55}。
菜　草　花　来　成　一　朵。

Liu³¹tʂu²¹tɕhin³¹ʐau⁵⁵la:i³¹suo³¹suo³¹,

留　住　情　友　来　说　说，

Liu³¹tʂu²¹tɕhin³¹ʐau⁵⁵va:n³¹ʑi³¹su²¹。

留　住　情　友　玩　一　宿。

Pu²¹ʐa:u²¹tɕia:ŋ⁵⁵la:i³¹pu²¹ʐa:u²¹suo³¹,

不　要　讲　来　不　要　说，

Pu²¹ʐa:u²¹tɕia:ŋ⁵⁵la:i³¹ɕia:n³³xua³³tuo⁵⁵。

不　要　讲　来　鲜　花　朵。

Pu²¹ʐa:u²¹tɕia:ŋ⁵⁵la:i³¹a:i²¹tʂha:u⁵⁵phəŋ³¹,

不　要　讲　来　艾　草　蓬，

a:i²¹tʂha:u⁵⁵phəŋ³¹xua³³tʂan³¹tshua:n²¹tshua:n²¹。

艾　草　蓬　花　成　串　串。

a:i²¹tʂha:u⁵⁵phəŋ³¹xua³³tʂan³¹tuo⁵⁵tuo⁵⁵,

艾　草　蓬　花　成　朵　朵，

Tuo⁵⁵tuo⁵⁵ɕia:n³³xua³³phəŋ³¹li⁵⁵kha:i³³。

朵　朵　鲜　花　蓬　里　开。

Liu³¹pu²¹tʂu²¹ni⁵⁵suo³¹tɕhin³¹xua²¹,

留　不　住　你　说　情　话，

Liu³¹pu²¹tʂu²¹ni⁵⁵ta:u²¹tɕhin³¹ʐu⁵⁵,

留　不　住　你　道　情　语，

Wan⁵⁵pu²¹tʂu²¹ni⁵⁵ɕin³³la:i³¹tʂa:ŋ²¹,

稳　不　住　你　心　来　唱，

Liu³¹pu²¹tʂu²¹ni⁵⁵ɕin³³la:i³¹suo³¹。

留　不　住　你　心　来　说。

Liu³¹pu²¹ɕia²¹ni⁵⁵tɕhin³¹sa:u⁵⁵la:ŋ³¹,

留　不　下　你　情　少　郎,

Liu³¹pu²¹tʂu²¹ni⁵⁵xua³³ɕin³³kə³³。

留　不　住　你　花　心　哥。

ɕin³³ɕia:ŋ⁵⁵tɕhu²¹la:i³¹ɕin³³ɕia:ŋ⁵⁵tʂua:n⁵⁵,

心　想　去　来　心　想　转,

ɕin³³ɕia:ŋ⁵⁵tʂua:n⁵⁵la:i³¹ʑau²¹ɕia:ŋ⁵⁵tɕhu²¹。

心　想　转　来　又　想　去。

Tha:i³¹ka:u³³ɕin³³la:i³¹kan³³wa:n³¹sua⁵⁵,

抬　高　心　来　跟　玩　耍,

Faŋ²¹ɕia²¹ɕin³³la:i³¹kan³³sua⁵⁵va:n⁵⁵。

放　下　心　来　跟　耍　玩。

Kə³³mai²¹lia:ŋ⁵⁵pia:n³³tʂhaŋ²¹ʑi³¹ʑaŋ³¹,

哥　妹　两　边　唱　一　样,

Mai²¹kə³³sua:ŋ³³fa:ŋ³³ʑi³¹ʑaŋ²¹tʂhaŋ²¹。

妹　哥　双　方　一　样　唱。

Tɕhin³¹nia:ŋ³³ɕia:ŋ⁵⁵la:i³¹ʑau²¹ɕia:ŋ⁵⁵tɕhu²¹,

情　娘　想　来　又　想　去,

Ma:n²¹ma:n²¹ɕia:ŋ⁵⁵la:i³¹thia:n³³tɕi⁵⁵tɕi²¹。

慢　慢　想　来　添　几　句。

Ma:n²¹ma:n²¹ɕia:ŋ⁵⁵la:i³¹thia:n³³tɕi⁵⁵sau⁵⁵,

慢　慢　想　来　添　几　首,

Kə³³mai²¹lia:ŋ⁵⁵pia:n³³tʂhaŋ²¹tɕhi⁵⁵la:i³¹。
哥　妹　两　边　唱　起　来。

Ma:n²¹ɕia:ŋ⁵⁵xui³¹ʑi²¹thia:n³³tɕi⁵⁵tɕu²¹，
慢　想　回　忆　添　几　句，
ɕia:ŋ³³ʐuo³¹tɕi⁵⁵sau⁵⁵ʐuo³¹tɕi⁵⁵sau⁵⁵。
相　约　几　首　约　几　首。
ʐuo³¹tɕi⁵⁵tɕu²¹la:i³¹xua:ŋ³³ʐua:n³¹pia:n，
约　几　句　来　荒　园　边，
ʐuo³¹tɕi⁵⁵tɕu²¹tiu³³xua:ŋ³³tʂan³¹pia:n³³。
约　几　句　丢　荒　层　边。

ʐuo³¹tɕi⁵⁵tɕu²¹la:i³¹fa:ŋ³¹ʐua:n³¹pia:n³³，
约　几　句　来　房　园　边，
ʐuo³¹tɕi⁵⁵tɕu²¹la:i³¹fa:ŋ³wu³³ɕia²¹。
约　几　句　来　房　屋　下。
Kə³³pu²¹si²¹tɕhin³¹mai²¹ɕia:n³³tʂhaŋ²¹，
歌　不　是　情　妹　先　唱，
Kə³³lia:ŋ⁵⁵pia:n³³la:i³¹tʂhaŋ²¹ʑi³¹ʐaŋ²¹，
歌　两　边　来　唱　一　样，

Kə³³lia:ŋ⁵⁵pia:n³³la:i³¹tɕia:ŋ⁵⁵ʑi³¹ʐaŋ²¹，
歌　两　边　来　讲　一　样，
Lia:ŋ⁵⁵pia:n³³kə³³la:i³¹tʂha:ŋ²¹thoŋ³¹ʐa:ŋ²¹。
两　边　歌　来　唱　同　样。

Tʂha:ŋ²¹kə³³va:n³¹lə⁵⁵tʂha:ŋ²¹kə³³tɕhu²¹,

唱　　歌　完　了　唱　歌　去，

Tʂha:ŋ²¹kə³³tiu³³tʂa:i²¹tɕhin³³tʂa:i²¹ʐua:n³¹。

唱　　歌　丢　在　　青　菜　园。

Tʂha:ŋ²¹kə³³liu³¹tʂa:i²¹luo³¹po³³ti²¹。

唱　　歌　留　在　　萝　卜　地。

ʑi³¹tɕuo³¹ta³³tʂa:i²¹tʂə²¹pia:n³³tʂhua:n³¹,

一　脚　搭　在　这　边　　船，

ʑi³¹tɕuo³¹ta³³tʂa:i²¹na²¹pia:n³³tʂhua:n³¹。

一　脚　搭　在　那　边　　船。

ʑi³¹sau⁵⁵tʂa:i³³tə³¹lia:ŋ⁵⁵tuo⁵⁵xua³³,

一　手　摘　得　两　朵　花，

Lia:ŋ⁵⁵sa:u⁵⁵tʂa:i³³tə³¹sa:n³³tuo⁵⁵xua³³。

两　　手　摘　得　三　朵　花。

Wai³³wai³³ɕia:u²¹la:i³¹ʑin³¹tɕhin³¹la:ŋ³¹,

微　微　笑　来　迎　情　郎，

Wai³³wai³³ɕia:u²¹la:i³¹ʑin³¹tɕhin³¹ʐau⁵⁵,

微　微　笑　来　迎　情　　友，

ɕia:u²¹lia:n⁵⁵ʑin³¹kə³³ɕi⁵⁵ʐa:ŋ³¹ʐa:ŋ³¹。

笑　脸　迎　哥　喜　洋　　洋。

试探歌

　　这首试探歌，布依语叫"试蒙习"。如果双方都认为合得来，可交朋友，就继续唱下去。这首歌以花、河水、高粱等物为喻体，互相试探。歌词生动，表现手法多样，比喻恰当，富有想象力。这首歌反映布依族先民男女青年的伦理道德观念。

Tɕin³³wa:n⁵⁵la:i³¹ʑu²¹ɕin³³phəŋ³¹ʑau⁵⁵,
今　　晚　　来　遇　新　　朋　　友，
Tɕin³³wa:n⁵⁵la:i³¹suo³¹ɕin³³phəŋ³¹ʑau⁵⁵。
今　　晚　　来　说　新　　朋　　友。
Suo³¹tʂan³³xua²¹la:i³¹tʂa:i²¹ɕin³³tha:u³¹,
说　真　　话　来　在　心　头，
Tɕia:ŋ⁵⁵tʂan³³ɕin³³xua²¹nua:n⁵⁵ɕin³³tɕia:n³³。
讲　　真　心　话　　暖　心　　间。

Na⁵⁵tɕu²¹tʂi³¹xua²¹tɕia:ŋ⁵⁵na⁵⁵tɕu²¹,
哪　句　直　话　讲　　哪　句，
Na⁵⁵tɕu²¹tʂi³¹xua²¹suo³¹na⁵⁵tɕu²¹,
哪　句　直　话　说　哪　句。
Na⁵⁵tɕu²¹tʂi³¹xua²¹tɕiu²¹la:i³¹tɕia:ŋ⁵⁵,
那　句　直　话　就　来　讲，
Na⁵⁵tɕu²¹tʂi³¹xua²¹ɕia:n³³suo³¹la:i³¹。
那　句　直　话　先　说　来。

Tɕu²¹tɕu²¹suo³¹la:i³¹suo³¹xua³³ʐu⁵⁵,

句　句　说　来　说　花　语,

Tɕu²¹tɕu²¹tɕia:ŋ⁵⁵la:i³¹suo³¹ʑa:u²¹kə³³。

句　句　讲　来　说　要　歌。

Tɕu²¹tɕu²¹ta:u³³si²¹tɕia:ŋ⁵⁵tʂa:i²¹ɕin³³,

句　句　都　是　讲　在　心,

Tɕu²¹tɕu²¹ta:u³³si²¹nua:n⁵⁵tɕhin³¹ran³¹。

句　句　都　是　暖　情　人。

Na⁵⁵tɕu²¹tʂi³¹la:i³¹ɕia:n³³la:i³¹tɕia:ŋ⁵⁵,

那　句　直　来　先　来　讲,

Na⁵⁵tɕu²¹xa:u⁵⁵la:i³¹ɕia:n³³la:i³¹suo³¹。

那　句　好　来　先　来　说。

Tɕu²¹tɕu²¹tau³³si²¹thoŋ³¹ʑi³¹ʑaŋ²¹,

句　句　都　是　同　一　样,

Sau⁵⁵sau⁵⁵tau³³si²¹ʑi³¹ʑaŋ²¹tɕhi³¹。

首　首　都　是　一　样　齐。

ɕia:n³³suo³¹na⁵⁵tɕu²¹kɯ⁵⁵ni⁵⁵thin³³,

先　说　那　句　给　你　听,

Xau²¹tʂhaŋ²¹na²¹sau⁵⁵kɯ⁵⁵tɕhin³¹ʑau⁵⁵。

后　唱　那　首　给　情　友。

Na³¹pia:n³³suo³¹la:i³¹suo³¹xua³³ʐu⁵⁵,

那　边　说　来　说　花　语,

Tʂə²¹pia:n³³tɕia:ŋ⁵⁵la:i³¹xua²¹xua³³kə³³。

这　边　讲　来　话　花　歌。

ʑa:u²¹lia:ŋ⁵⁵pia:n³³la:i³¹tʂha³¹lʋ²¹xua³³,

要　　两　　边　　来　　插　　绿　　花，

Tʂha³¹lia:ŋ⁵⁵pia:n³³xua³³ʑa:u²¹ʑi³¹ʑaŋ²¹。

插　　两　　边　　花　　要　　一　　样。

Tɕə²¹ʑaŋ²¹suo³¹la:i³¹si²¹pu²¹si²¹,

这　　样　　说　　来　　是　　不　　是，

Tɕə²¹ʑaŋ²¹tɕia:ŋ⁵⁵la:i³xa:u⁵⁵pu²¹xa:u⁵⁵。

这　　样　　讲　　来　　好　　不　　好。

Sau⁵⁵sau⁵⁵tʂhaŋ²¹la:i³¹tʂhaŋ²¹xua³³kə³³,

首　　首　　唱　　来　　唱　　花　　歌，

Tʂə²¹pia:n³³na³¹pia:n³³ʑi³¹ʑaŋ²¹tʂha:ŋ²¹。

这　　边　　那　　边　　一　　样　　唱。

Tʂə²¹ʑaŋ²¹tɕia:ŋ⁵⁵la:i³¹tʂha:ŋ²¹pu²¹tʂha:ŋ²¹,

这　　样　　讲　　来　　唱　　不　　唱，

Tʂə²¹ʑaŋ²¹ta:u²¹la:i³¹ʑin³³pu²¹ʑin³³。

这　　样　　道　　来　　音　　不　　音。

Xui²¹suo³¹xui²¹tʂhaŋ²¹si²¹tɕhin³¹ʑau⁵⁵,

会　　说　　会　　唱　　是　　情　　友，

Xui²¹tʂhaŋ²¹xui²¹tɕia:ŋ⁵⁵ɕin³³phəŋ³¹ʑau⁵⁵,

会　　唱　　会　　讲　　新　　朋　　友，

Xui²¹tɕia:ŋ⁵⁵xui²¹tʂhaŋ²¹la:i³¹ʑuo³¹ran³¹,

会　　讲　　会　　唱　　来　　约　　人，

ʑuo³¹lə⁵⁵ʑi³¹xuo⁵⁵ɕin³³tɕhin³¹laŋ³¹。

约　　了　　一　　伙　　新　　情　　郎。

Pu²¹xui²¹tɕia:ŋ⁵⁵la:i³¹pu²¹xui²¹suo³¹,

不 会 讲 来 不 会 说,

Pu²¹xui²¹suo³¹tʂa:i²¹sui⁵⁵xu³¹ɕia²¹。

不 会 说 在 水 壶 下。

Pu²¹xui²¹suo³¹kɯ⁵⁵ɕin³³phəŋ³¹ʐau⁵⁵,

不 会 说 给 新 朋 友,

Pu²¹xui²¹tɕia:ŋ⁵⁵kɯ⁵⁵tɕhin³¹ʐau⁵⁵man³³。

不 会 讲 给 情 友 们。

Pu²¹xui²¹tɕia:ŋ⁵⁵la:i³¹pu²¹xui²¹suo³¹,

不 会 讲 来 不 会 说,

Pu²¹xui²¹tɕia:ŋ⁵⁵la:i³¹ʐau⁵⁵ʐua:n³¹ʑin³³。

不 会 讲 来 有 原 因。

Pu²¹xui²¹suo³¹la:i³¹ʐau⁵⁵ʑin³³ʐua:n³¹

不 会 说 来 有 因 缘,

Pu²¹xui²¹tɕia:ŋ⁵⁵na²¹tɕu²¹kɯ⁵⁵ʐau⁵⁵。

不 会 讲 那 句 给 友。

Pu²¹xui²¹suo³¹na²¹tɕu²¹kɯ³¹la:ŋ³¹,

不 会 说 那 句 给 郎,

Pu²¹xui²¹tɕia:ŋ⁵⁵la:i³¹pu²¹xui²¹ʑin³¹,

不 会 讲 来 不 会 吟,

Pu²¹tʂi³³suo³¹na²¹tɕu²¹kɯ⁵⁵la:ŋ³¹,

不 知 说 那 句 给 郎,

Pu²¹xui²¹tʂha:ŋ²¹na²¹sau⁵⁵kɯ⁵⁵ʐau⁵⁵。

不 会 唱 那 首 给 友。

Pu²¹xui²¹tɕia:ŋ⁵⁵la:i³¹pu²¹xui²¹ʐa:n³¹,

不　会　讲　来　不　会　言，

Pu²¹xui²¹tɕia:ŋ⁵⁵na²¹khə²¹tɕhi²¹xua²¹。

不　会　讲　那　客　气　话。

Pu²¹xui²¹suo³¹la:i³¹pu²¹xui²¹tʂua:n⁵⁵,

不　会　说　来　不　会　转，

Pu²¹xui²¹suo³¹tɕhu²¹ʐau²¹suo³¹xui²¹。

不　会　说　去　又　说　回。

Tɕhoŋ³¹tɕhin³¹mai²¹la:i³¹mai²¹tʂau⁵⁵kuo²¹,

穷　　情　妹　来　妹　走　过，

tʂau⁵⁵kuo²¹tɕhin³¹la:ŋ³¹ta²¹thia:n³¹pia:n³³。

走　过　情　郎　大　田　　边。

Tɕhioŋ³¹mai²¹tɕhu²¹kuo²¹laŋ³¹tʂa:i²¹li⁵⁵,

穷　　妹　去　过　郎　寨　里，

Tɕhioŋ³¹mai²¹tʂau⁵⁵kuo²¹laŋ³¹tʂhun³³pia:n³³,

穷　　妹　走　过　郎　村　　边，

Tʂau⁵⁵ta:u²¹tʂhun³³pia:n³³laŋ³¹tɕia³³tʂuo²¹,

走　到　村　　边　郎　家　坐，

Tʂau⁵⁵kuo²¹ʐua:n²¹pa²¹ni⁵⁵tɕia³³tʂuo²¹。

走　过　院　坝　你　家　坐。

Tɕhioŋ³¹mai²¹la:i³¹ta:u²¹xə³¹kha:n⁵⁵pia:n³³,

穷　　妹　来　到　河　坎　　边，

La:i³¹kuo²¹tɕhin³¹laŋ³¹tʂa:i²¹va:n³¹kuo²¹。

来　过　情　郎　寨　玩　过。

Pu²¹tə⁵⁵kə³³la:i³¹ʑa:u²¹tə³¹xua²¹,

不　得　歌　来　要　得　话,

Pu²¹tə³¹lu³³er³¹ʑa:u²¹tə³¹va:n³¹。

不　得　话　儿　要　得　玩。

La:i³¹tɕia:u²¹tɕhin³¹mai²¹la:i³¹pə³¹tʂuo²¹,

来　叫　情　妹　来　白　坐,

Pu²¹tan⁵⁵tɕhin³¹mai²¹pə³¹la:i³¹va:n³¹。

不　等　情　妹　白　来　玩。

Pu²¹tə³¹tɕhin³¹ʑi²¹ʑau⁵⁵ʑau⁵⁵tɕhin³¹,

不　得　情　意　有　友　情,

Pu²¹tə³¹ʑau⁵⁵tɕhin³¹ʑau⁵⁵ran³¹tɕhin³¹。

不　得　友　情　有　人　情。

Pu²¹xa:n⁵⁵tɕhin³¹mai²¹pə³¹tʂuo²¹ʑe²¹,

不　喊　情　妹　白　坐　夜,

Pu²¹tan⁵⁵tɕhin³¹mai²¹pə³¹la:i³¹sua⁵⁵。

不　等　情　妹　白　来　耍。

Tɕin³³thia:n³³ta²¹xuo³¹xuo³¹sui⁵⁵fa:n³³,

今　天　大　河　河　水　翻,

Tɕin³³va:n⁵⁵ta²¹xuo³¹xuo³¹sui⁵⁵tʂa:ŋ⁵⁵。

今　晚　大　河　河　水　涨。

Tɕin³³thia:n³³ta²¹xuo³¹xuo³¹sui⁵⁵ɕia:u³³,

今　天　大　河　河　水　消,

Tɕin³³va:n⁵⁵kə³³tʂaŋ²¹ʐau²¹pu²¹tuo³³。

今　　晚　　歌　　唱　　又　　不　　多。

Tɕin³³thia:n³³si²¹ta²¹xuo³¹sui⁵⁵tʂa:ŋ⁵⁵,

今　　　天　　是　大　河　水　　涨，

Xa:i³¹si²¹ɕia:u⁵⁵xuo³¹sui⁵⁵tʂa:i²¹tʂa:ŋ⁵⁵。

还　　是　小　　河　　水　　在　　涨。

Xa:i³¹si²¹tʂui⁵⁵thia:n³¹tɕhin³¹ʐau⁵⁵tʂhaŋ²¹,

还　　是　嘴　　甜　　情　　友　　唱，

A:i²¹tɕia:ŋ⁵⁵tə³³tɕhin³¹kə³³ɕia:n³³tʂha:ŋ²¹。

爱　　讲　　的　情　　哥　先　　　唱。

Kə³³ʐa:u²¹tʂhaŋ²¹la:i³¹lia:ŋ⁵⁵pia:n³³tʂha:ŋ²¹,

歌　　要　　唱　　来　　两　　边　　唱，

ʐa:u²¹va:n³¹sua⁵⁵la:i³¹lia:ŋ⁵⁵pia:n³³va:n³¹。

要　　玩　耍　来　　两　　边　　玩。

Pu²¹xui²¹tan⁵⁵ni⁵⁵khoŋ³³xui³¹tɕhi²¹,

不　会　　等　你　空　　回　去，

Pu²¹xui²¹tɕia:u²¹ni⁵⁵khoŋ³³xui³¹tʂua:n⁵⁵。

不　会　　叫　　你　空　　回　　转。

Pu²¹ta:i²¹kə³³er³¹ta:i²¹tɕhin³¹ʐi²¹,

不　带　　歌儿　带　　情　　意，

Pu²¹ta:i²¹kə³³tɕhi²¹ta:i²¹tɕhin³¹ʐi²¹。

不　带　　歌　去　带　　情　　义。

Tɕhin³¹ʐau⁵⁵tʂu²¹tʂa:i²¹tɕiu²¹tʂa:u³³tʂhan³¹，
情　　友　　住　　在　　旧　　州　　城，

Tɕhin³¹ʐau⁵⁵tʂu²¹tʂa:i²¹phin³¹pa²¹fu⁵⁵。
情　　友　　住　　在　　平　　坝　　府。

Kə³³san³³pu²¹ɕia:ŋ²¹xuo³¹sui⁵⁵tʂa:ŋ⁵⁵，
歌　声　不　像　河　水　涨，

Kə³³tʂha:ŋ²¹tɕhin³¹la:ŋ³¹tɕhin³¹mai²¹va:n³¹。
歌　唱　情　郎　情　妹　玩。

ʐi³¹ran³¹tʂu²¹tʂa:i²¹tʂhan³¹pia:n³³pia:n³³，
一　人　住　在　城　边　边，

ʐi³¹ran³¹tʂu²¹tʂa:i²¹phin³¹pa²¹ɕia²¹。
一　人　住　在　平　坝　下。

Kə³³tʂhaŋ²¹pu²¹ɕia:ŋ²¹xuo³¹sui⁵⁵məŋ⁵⁵，
歌　唱　不　像　河　水　猛，

Tʂhaŋ²¹pu²¹va:n³¹la:i³¹tɕia:ŋ⁵⁵pu²¹va:n³¹。
唱　不　完　来　讲　不　完。

Kə³³tʂhaŋ²¹tə³¹la:i³¹ta²¹tɕia³³sua⁵⁵，
歌　唱　得　来　大　家　耍，

Kə³³tʂhaŋ²¹tə³¹tɕhi⁵⁵ta²¹tɕia³³va:n³¹。
歌　唱　得　起　大　家　玩。

Kə³³tʂhaŋ²¹tə³¹la:i³¹si²¹phən³¹ʐau⁵⁵，
歌　唱　得　来　是　朋　友，

Kə³³tʂhaŋ²¹tə³¹tɕhi⁵⁵tɕhin³¹ʐau⁵⁵tʂan³³。
歌　唱　得　起　情　友　真。

Kə³³tʂhaŋ²¹ta:u²¹tɕə²¹kə³³ʐau⁵⁵tɕin²¹,

歌　唱　到　这　歌　有　劲，

Kə³³tʂhaŋ²¹ʐue³¹tʂhaŋ²¹ʐue³¹ɕia:ŋ⁵⁵tʂhaŋ²¹。

唱　歌　越　唱　越　想　唱。

Phiŋ³¹pa²¹ɕia²¹fa:n³³kə³³ran³¹tɕia³³,

平　坝　下　方　歌　人　家，

Wo⁵⁵man³³la:i³¹va:n³¹la:i³¹tɕhin³¹ʐau⁵⁵。

我　们　来　玩　来　情　友。

Phin³¹pa²¹sa:ŋ²¹wa:n²¹ʐau⁵⁵kə³³sau⁵⁵,

平　坝　上　方　有　歌　手，

Wo⁵⁵man³³xa:i³¹si²¹la:i³¹sua⁵⁵va:n³¹。

我　们　还　是　来　耍　玩。

Sau⁵⁵tʂua³³ʐa:ŋ⁵⁵lia:ŋ³¹tʂua³³ka:u³³lia:ŋ³¹,

手　抓　荞　粮　抓　高　粱，

Tʂua³³pa⁵⁵ʐa:ŋ⁵⁵lia:ŋ³¹tiu³³ti²¹sa:ŋ²¹。

抓　把　荞　粮　丢　地　上。

Pu²¹si²¹ʑi⁵⁵tɕhi⁵⁵kə³³tə³³tɕia:u³³,

不　是　一　起　歌　的　教，

Pu²¹si²¹ta²¹xuo⁵⁵tʂaŋ²¹ʑi³¹ʐaŋ²¹。

不　是　大　伙　唱　一　样。

Kə³³tʂhaŋ²¹ʐau⁵⁵tʂha:ŋ³¹ʐau²¹ʐau⁵⁵tua:n⁵⁵,

歌　唱　有　长　又　有　短，

Kə³³ʑau⁵⁵tɕhin³¹la:i³¹ʑau²¹ʑau⁵⁵ʑi²¹。

歌　有　情　来　又　有　意。

zi³¹sau⁵⁵tʂua³³ʑa:ŋ⁵⁵ʑi³¹sau⁵⁵tʂua³³lia:ŋ³¹，

一　手　抓　荞　一　手　抓　粱，

Sau⁵⁵tʂua³³tɕhiu³³tʂa:i²¹ka:u³³pha:ŋ³¹ti²¹。

手　抓　丢　在　高　旁　地。

Tɕhin³¹kə³³pu²¹si²¹ʑi³¹tɕhi⁵⁵tɕia:u³³，

情　　歌　不　是　一　起　教，

Ta²¹xuo³¹pu²¹si²¹ta:u³³la:i³¹tʂha:ŋ²¹。

大　伙　不　是　都　来　唱。

Wo⁵⁵man³³tɕhin³¹ʑau⁵⁵ʑi³¹tɕhi⁵⁵tʂhaŋ²¹，

我　们　情　友　一　起　唱，

Ta²¹ɕia³³la:i³¹ tʂhaŋ²¹tʂa:i³¹ʑi³¹ʑaŋ²¹。

大　家　来　唱　才　一　样。

Tha:i²¹ʑa:ŋ³¹ʑi⁵⁵tʂhu³¹ʑi³¹tʂu³¹ka:n³³，

太　阳　已　出　一　竹　竿，

Tha:i²¹ʑa:ŋ³¹ʑi⁵⁵tʂhu³¹wu⁵⁵tʂa:ŋ²¹ka:n³³。

太　阳　已　出　五　丈　竿。

Kə³³pu²¹si²¹ʑi³¹lu²¹tə³³kə³³，

歌　不　是　一　路　的　歌，

Tha³³tʂə²¹ʑaŋ³¹la:i³¹tʂə²¹ʑaŋ³¹suo³¹。

他　这　样　来　这　样　说。

Kə³³tʂhaŋ²¹tʂə²¹er³¹ka:i³³xua:n²¹kə³³,

歌　唱　这儿　该　换　歌,

Kə³³tʂhaŋ²¹tʂə²¹er³¹la:i³¹va:n³¹sua⁵⁵。

歌　唱　这儿　来　玩　耍。

Tɕhin³¹mai²¹suo³¹la:i³¹tɕhin³¹mai²¹tɕia:ŋ⁵⁵,

情　妹　说　来　情　妹　讲,

Tʂhan³¹ku³¹khua:i⁵⁵la:i³¹tʂhan³¹mu³¹khua:i⁵⁵。

成　骨　块　来　成　木　块。

Tʂhan³¹ku³¹khua:i⁵⁵la:i³¹tɕhia:u²¹ka:u³³ti²¹,

成　骨　块　来　撬　高　地,

Tʂhan³¹mu³¹khua:i⁵⁵la:i³¹li³¹pha:u²¹thia:n³¹。

成　木　块　来　犁　泡　田。

Tɕə²¹ʐau³¹tɕhin³¹kə³³la:i³¹ɕia:n⁵⁵kə³³,

这　由　情　哥　来　选　歌,

Wo⁵⁵man³³ʐu⁵⁵tɕhin³¹kə³³la:i³¹suo³¹。

我　们　与　情　哥　来　说。

Tɕhin⁵⁵phəŋ³¹ʐau⁵⁵la:i³¹ɕia:n⁵⁵xa:u⁵⁵suo³¹,

请　朋　友　来　选　好　说,

Tɕhin⁵⁵phəŋ³¹ʐau⁵⁵la:i³¹ʐau²¹ɕia:n³³tɕia:ŋ⁵⁵。

请　情　友　来　又　先　讲。

Tʂhaŋ³¹ku⁵⁵khua:i⁵⁵la:i³¹xa:u³³ka:u³³thia:n³¹,

成　骨　块　来　撬　高　田,

Tʂhan³¹mu²¹khua:i⁵⁵la:i³¹li³¹fan²¹thia:n³¹。

成　木　块　来　犁　粪　田。

Ni^{55}tʂa:ŋ^{55}tə^{31}xa:u^{55}la:i^{55}ɕia:n^{55}kə^{33}，

你　长　得　好　来　选　歌，

Ni^{55}tʂa:ŋ^{55}tə^{31}nan^{21}nan^{21}ʑa:u^{21}kə^{33}。

你　长　得　嫩　嫩　要　歌。

Tɕhin^{31}mai^{21}ʑoŋ^{33}ʑau^{55}va:n^{33}va:n^{33}mai^{31}，

情　妹　拥　有　弯　弯　眉，

ɕin^{33}tʂi^{31}ɕin^{33}tʂhan^{31}la:i^{31}ɕia:n^{55}kə^{33}。

心　直　心　诚　来　选　歌。

Xa:u^{55}kə^{33}xa:u^{55}laŋ^{31}ran^{21}ni^{55}ɕia:n^{55}，

好　歌　好　郎　任　你　选，

Xa:u^{55}tə^{33}kə^{33}sau^{55}ʑau^{31}ni^{55}thia:u^{33}。

好　的　歌　手　由　你　挑。

Kə^{33}tʂhaŋ^{21}ta:u^{21}tɕə^{21}tiu^{33}fai^{55}tʂha:i^{21}ʑua:n^{31}，

歌　唱　到　这　丢　韭　菜　园，

Tʂhaŋ^{21}kə^{33}ta:u^{21}er^{31}tiu^{33}luo^{31}po^{33}ʑua:n^{31}。

唱　歌　到　儿　丢　萝　卜　园。

Ni^{55}a:i^{21}tʂuo^{21}tɕiu^{21}xə^{31}ta^{21}tɕia^{33}tʂuo^{31}，

你　爱　坐　就　和　大　家　坐，

Pu^{21}a:i^{21}tʂuo^{21}tɕhin^{31}ʑau^{55}tɕhin^{55}ni^{55}tʂau^{55}。

不　爱　坐　情　友　请　你　走。

Tʂə^{21}ʑaŋ^{21}tɕia:ŋ^{55}xə^{31}ɕin^{33}pu^{21}tɕhin^{31}ʑau^{55}，

这　样　讲　合　心　不　情　友，

Tʂə^{21}ʑaŋ^{21}suo^{31}xə^{31}ɕin^{33}pu^{21}tɕhin^{31}ʑau^{55}。

这　样　说　合　心　不　情　友。

动情歌

　　《动情歌》是青年男女唱完《试探歌》之后已互相了解，看中了对方的人品，就开始唱起的谈情说爱的歌（布依语叫"文友皋"）。试问情友愿不愿意交朋友，什么时间去相识，什么时候去相认，他们都表明了心意，并邀约在某某地方交朋友，确认什么时候在何地谈情说爱。这首情歌反映了布依族先民男女青年自由恋爱的萌芽。

ʐu⁵⁵tʂhi³³ɕin³³ʐau⁵⁵la:i³¹va:n³¹sua⁵⁵,

与　痴　心　友　来　玩　耍，

ʐu⁵⁵tʂhi³³ɕin³³laŋ³¹la:i³¹va:n³¹sua⁵⁵。

与　痴　心　郎　来　玩　耍。

Tɕia:ŋ⁵⁵mai²¹la:i³¹suo³¹ni⁵⁵tɕhin³¹ʐau⁵⁵,

讲　　妹　来　说　你　情　　友，

Tɕhin³¹ʐua:n²¹pu²¹tɕhin³¹ʐua:n²¹tɕia:u³³ʐau⁵⁵。

情　　愿　不　情　愿　　交　友。

tɕhin³¹ʐau⁵⁵tɕhin³¹ʐua:n²¹pu²¹tɕhin³¹ʐua:n²¹,

情　友　情　　愿　不　　情　　愿，

Na³¹nuo²¹ku³¹tɕhu²¹mo³¹tɕhu²¹nia:n⁵⁵。

拿　糯　谷　去　磨　去　碾。

Na³¹mo³¹xa:u⁵⁵tə³³mi⁵⁵tɕhu²¹tʂhoŋ²¹,

拿　磨　好　的　米　去　舂，

Na³¹nuo²¹mi⁵⁵la:i³¹tʂu⁵⁵ɕi³³fa:n²¹。

拿　糯　米　来　煮　稀　饭。

Na³¹nuo²¹mi⁵⁵tʂan³³tʂuo²¹tʂa:u⁵⁵fa:n²¹。

拿　糯　米　蒸　做　早　饭。

Tʂan³³tʂuo²¹tʂa:u⁵⁵fa:n²¹ta:i²¹tɕhin³¹ʐau⁵⁵，

蒸　做　早　饭　待　情　友，

Na³¹la:i³¹tʂan³³fa:n²¹ta:i²¹tɕhin³¹laŋ³¹，

拿　来　蒸　饭　待　情　郎，

Na³¹tʂan³³tʂhu⁵⁵kɯ³¹tɕhin³¹laŋ³¹tʂhi³¹。

拿　蒸　煮　给　情　郎　吃。

tɕhin³¹ʐau⁵⁵tɕhin³¹ʐua:n²¹pu²¹tɕhin³¹ʐua:n²¹，

情　友　情　愿　不　情　愿，

ʐua:n²¹na³¹nuo²¹kɯ⁵⁵tɕhu²¹nia:n⁵⁵mo³¹。

愿　拿　糯　谷　去　碾　磨。

Tua:n³³tɕhi⁵⁵nia:n⁵⁵xa:u⁵⁵mi⁵⁵tɕhu²¹tʂhoŋ²¹，

端　起　碾　好　米　去　舂，

Na³¹tha³³tɕhu²¹tʂan³³tʂuo²¹wu⁵⁵fa:n²¹。

拿　它　去　蒸　做　午　饭。

Na³¹tha³³tʂan³³tʂuo²¹tʂoŋ³³wu⁵⁵fa:n²¹。

拿　它　蒸　做　中　午　饭。

Tʂhi³¹tʂoŋ³³wu⁵⁵fa:n²¹taŋ⁵⁵tɕhin³¹laŋ³¹。

吃　中　午　饭　等　情　郎。

tɕhin³¹laŋ³¹tɕhin³¹ʐua:n²¹pu²¹tɕhin³¹ʐua:n²¹，

情　郎　情　愿　不　情　愿，

ʐua:n²¹na³¹nuo²¹ku⁵⁵tɕhu²¹nia:n⁵⁵mo³¹。
愿　　拿糯谷去　碾　磨。

tɕhin³¹ʐua:n²¹na³¹nuo²¹mi⁵⁵tɕhu²¹tʂhoŋ²¹，
情　　愿拿糯米去　舂，
Na³¹tha³³tɕhu²¹tʂan³³tʂuo²¹wa:n⁵⁵fa:n²¹。
拿它去蒸　做　晚饭。
Tʂhi³¹lə⁵⁵ wa:n⁵⁵fa:n²¹tʂa:n³¹tɕhu²¹sua⁵⁵，
吃　了　晚　　饭咱　去　耍，
Tʂhi³¹lə⁵⁵ wa:n⁵⁵fa:n²¹ʐuo³¹tɕhu²¹wa:n³¹。
吃　了　晚　　饭约　去　玩。

Tɕhin³¹la:ŋ³¹tɕhin³¹ʐua:n²¹pu²¹tɕhin³¹ʐua:n²¹，
情　郎　情　愿　不　情　愿，
tɕhin³¹ʐua:n²¹na³¹tʂu³¹la:i³¹tʂuo²¹khua:i²¹。
情　　愿拿竹　来　做　　筷。
tɕhin³¹ʐua:n²¹tɕia:u³³ʐau⁵⁵pu²¹tɕhin³¹ʐua:n²¹，
情　　愿　交　友　不　情　愿，
tɕhin³¹ʐua:n²¹tʂuo²¹ʐau⁵⁵na³¹tɕiu²¹xa:u⁵⁵。
情　　愿　做　友　那　就　好。

tɕhin³¹ʐua:n²¹tʂhu³³lia:n²¹pu²¹tɕhin³¹ʐua:n²¹，
情　　愿　初　恋　不　情　愿，
tɕhin³¹ʐua:n²¹tʂuo²¹pa:n²¹ran²¹tɕhin³¹ʐau⁵⁵。
情　　愿　做　伴　认　情　友。

tɕhin³¹ʑua:n²¹pu²¹tɕhin³¹ʑua:n²¹tɕhin³¹laŋ³¹,
情　愿　不　情　愿　情　郎，
tɕhin³¹ʑua:n²¹na³¹tʂa:ŋ³³mu²¹tʂuo²¹khua:i²¹。
情　愿　拿樟　木　做　筷。

tɕhin³¹ʑua:n²¹tʂa:u⁵⁵tʂa:ŋ³³mu³¹tʂuo²¹khua:i²¹,
情　愿　找　樟　木　做　筷，
tɕhin³¹ʑua:n²¹tʂa:u⁵⁵laŋ³¹la:i³¹tʂuo²¹ʑau⁵⁵。
情　愿　找　郎　来　做　友。
Tʂa:u⁵⁵tɕhin³¹laŋ³¹tʂuo²¹ʑau⁵⁵tɕiu²¹xa:u⁵⁵,
找　情　郎　做　友　就　好，
Mai²¹ʑua:n²¹thoŋ³¹tɕhin³¹laŋ³¹tɕhu²¹ɕiŋ³¹。
妹　愿　同　情　郎　去　行。

Si²¹thia:n³³sa:ŋ²¹xuo³¹si²¹ɕia²¹wu²¹,
是　天　上　或　是　下　雾，
Si²¹ka:u³³tia:n³³tɕie³³lia:n³¹wu²¹tɕia:ŋ²¹。
是　高　天　接　连　雾　降。

Tʂə²¹wu²¹tɕhi²¹la:i³¹wu²¹ti²¹ɕia²¹,
这　雾　气　来　雾　地　下，
Tʂa:n³¹pu²¹tʂi³³tɕhu²¹na⁵⁵ɕia:ŋ³³si³¹。
咱　不　知去　哪　相　识。

Tʂa:n³¹pu²¹tʂi³³ta:u²¹na⁵⁵ɕia:ŋ³³ran²¹,
咱　不　知　到　哪　相　认，

Pu²¹tʂi³³ta:u²¹ta:u²¹na⁵⁵lia:n²¹a:i²¹。
不　知　道　到　哪　恋　爱。
Thia:n³³sa:ŋ²¹tɕia:ŋ²¹ɕia²¹noŋ³¹noŋ³¹wu²¹，
天　　上　降　下　浓　浓　雾，
Ka:u³³thia:n³³tɕie³¹lia:n³¹tɕia:ŋ²¹ta²¹wu²¹。
高　　天　接　连　降　大　雾。

Wu²¹tɕhi²¹su²¹thia:n³³ʐau²¹ka:i²¹ti²¹，
雾　气　遮　天　　又　盖　地，
Tʂa:n³¹lia:ŋ⁵⁵pu²¹tʂi³³na⁵⁵ɕia:ŋ³³si³¹，
咱　　俩　不　知　哪　相　　识，
Tʂa:n³¹lia:ŋ⁵⁵pu²¹tʂi³³na⁵⁵li⁵⁵tʂa:n²¹，
咱　　俩　不　知　哪　里　站，
Pu²¹tʂi³³ta:u²¹ta:u²¹na⁵⁵ɕia:ŋ³³a:i²¹。
不　知　道　到　哪　相　　爱。

Ka:u³³thia:n³³tɕia:ŋ²¹ɕia²¹ta²¹wu²¹noŋ³¹，
高　　天　降　下　大　雾　浓，
Ka:u³³thia:n³³lia:n³¹tɕia:ŋ²¹wu²¹noŋ³¹noŋ³¹。
高　　天　连　降　雾　浓　浓。
Wu²¹tɕhi²¹wu²¹la:i³¹ka:i²¹ti²¹ɕia²¹，
雾　气　雾　来　盖　地　下，
Tʂa:n³¹lia:ŋ⁵⁵pu²¹tʂhi³³na⁵⁵ɕia:ŋ³³si³¹，
咱　　俩　不　知　哪　相　　识，

Tʂa:n³¹lia:ŋ⁵⁵pu²¹tʂhi³³na⁵⁵li⁵⁵tʂa:n²¹,

咱　俩　不　知　哪　里　站，

Pu²¹tʂhi³³ta:u²¹ta:u²¹na⁵⁵ɕia:ŋ³³a:i²¹。

不　知　道　到　哪　相　爱。

Tɕhin³¹laŋ³¹tɕhin³¹ʐua:n²¹pu²¹tɕhin³¹ʐua:n²¹,

情　郎　情　愿　不　情　愿，

Tɕhin³¹ʐau⁵⁵tɕhin³¹ʐua:n²¹pu²¹tɕhin³¹ʐua:n²¹。

情　友　情　愿　不　情　愿。

tɕhin³¹ʐua:n²¹ʑi³¹khuo³³ʐa:ŋ³¹liu⁵⁵pu²¹,

情　愿　移　棵　杨　柳　不，

tɕhin³¹ʐua:n²¹ʑi³¹khuo³³liu⁵⁵la:i³¹ɕin³³。

情　愿　移　棵　柳　来　新。

ʑi³¹khuo³³liu⁵⁵la:i³¹thia:n³¹pa²¹thau³¹,

移　棵　柳　来　田　坝　头，

Tɕhin³¹ʐua:n²¹tʂa:u⁵⁵thia:n³¹pa²¹pu²¹tʂau⁵⁵。

情　愿　走　田　坝　不　走。

Tɕhin³¹laŋ³¹tɕhin³¹ʐua:n²¹pu²¹tɕhin³¹ʐua:n²¹,

情　郎　情　愿　不　情　愿，

Tɕhin³¹ʐau⁵⁵tɕhin³¹ʐua:n²¹pu²¹tɕhin³¹ʐua:n²¹。

情　友　情　愿　不　情　愿。

tɕhin³¹ʐua:n²¹ʑi³¹khuo³³ʐa:ŋ³¹liu⁵⁵tʂuo²¹,

情　愿　移　棵　杨　柳　做，

tɕhin³¹ʐua:n²¹ʑi³¹khuo³³sa:n³³la:i³¹tʂuo²¹。

情　愿　移　棵　杉　来　做。

ʑi³¹khuo³³liu⁵⁵faŋ²¹tʂha:u³¹man³¹wu³³,

移　棵　柳　放　朝　　门　屋，

Na³¹faŋ²¹tʂha:u³¹man³¹man³¹phia:u²¹lia:ŋ²¹。

拿　放　朝　　门　门　漂　亮。

Tɕhin³¹ʑau⁵⁵tɕhin³¹ʑua:n²¹pu²¹tɕhin³¹ʑua:n²¹。

情　友　情　　愿　不　情　愿，

Tɕhin³¹laŋ³¹tɕhin³¹ʑua:n²¹pu²¹tɕhin³¹ʑua:n²¹。

情　郎　情　　愿　不　情　愿。

tɕhin³¹ʑua:n²¹la:i³¹tʂa:u²¹ta²¹tʂha:u³¹man³¹,

情　　愿　来　造　大　朝　　门，

Tʂuo²¹xa:u⁵⁵tʂha:u³¹man³¹lia:ŋ⁵⁵kə²¹tʂau⁵⁵。

做　好　朝　　门　两　个　走。

Tʂa:n³¹tʂau⁵⁵tʂha:u³¹man³¹tʂi³¹ta:u²¹wu³³,

咱　走　朝　　门　直　到　屋，

ʑua:n²¹tʂha:i⁵⁵tʂhi⁵⁵man³¹lu²¹phaŋ³¹tʂha:u⁵⁵。

愿　踩　此　门　路　旁　草。

Kə³³ta:u²¹tʂə²¹er³¹kə³³ʑa:u²¹thin³¹,

歌　到　这　儿　歌　要　停，

ʑu³¹ta:u²¹ɕia:u⁵⁵kau³³ʑa:u²¹fa:n⁵⁵xui³¹。

鱼　到　小　沟　要　返　回。

La:ŋ³¹ʑau⁵⁵tɕhin³¹la:i³¹tɕie³¹tʂə³¹tʂhaŋ²¹,

郎　有　情　来　接　着　唱，

Mai²¹phai³¹la:ŋ³¹tʂha:ŋ²¹ta:u²¹thia:n³³min³¹。

妹　陪　郎　唱　到　天　明。

初恋歌

唱完《试探歌》《动情歌》之后，接着就唱这首，由浅入深，不断地试探对方，看对方是否看中了自己的人品，喜爱自己，要不要再深层次地唱下去。如果对方不想继续交往就简单地聊聊天，各自回去了，也唱不完这首歌。这首歌叙述了有情有意来相识和有心邀约来玩，歌词委婉谦虚，真切纯朴。

$zau^{55}çin^{33}zuo^{31}ni^{55}la:i^{31}wa:n^{31}sua^{55}$,

有　心　约　你　来　玩　耍，

$zau^{55}zi^{21}zuo^{31}ni^{55}la:i^{31}çia:ŋ^{33}si^{31}$。

有　意　约　你　来　相　识。

$Wo^{55}çia:ŋ^{55}tçhu^{21}thoŋ^{31}tçhin^{31}zau^{55}va:n^{31}$,

我　想　去　同　情　友　玩，

$Wo^{55}çia:ŋ^{55}thoŋ^{31}tçhin^{31}mai^{21}ran^{21}si^{31}$。

我　想　同　情　妹　认　识。

$Tşi^{55}pha^{21}mai^{31}xa:u^{55}zi^{33}çia:ŋ^{21}zau^{55}$,

只　怕　没　好　衣　像　友，

$Pha^{21}tşhua:n^{33}tə^{33}pu^{21}çia:ŋ^{21}tçhin^{31}zau^{55}$。

怕　穿　得　不　像　情　友。

$Suo^{31}tçhi^{55}lia:ŋ^{31}çin^{33}tçia:ŋ^{55}tşan^{33}çin^{33}$,

说　起　良　心　讲　真　心，

Suo³¹tɕhi⁵⁵lia:ŋ³¹ɕin³³ɕia:ŋ⁵⁵tɕhu²¹sua⁵⁵。

说　起　良　心　想　去　耍。

Tɕia:ŋ⁵⁵tɕhi⁵⁵tʂan³³ɕin³³ɕia:ŋ⁵⁵tɕhu²¹wa:n³¹，

讲　　起　真　心　想　去　玩，

Tʂi⁵⁵pha²¹ʐi³³sa:ŋ³³pu²¹ɕia:ŋ²¹ʐau⁵⁵。

只　怕　衣　裳　不　像　友。

Tʂi⁵⁵pha²¹tʂhua:n³³pu²¹ɕia:ŋ²¹tɕhin³¹ʐau⁵⁵，

只　怕　穿　不　像　情　友，

Na²¹ʐaŋ²¹tau³³pu²¹ru³¹tɕhin³¹mai²¹。

哪　样　都　不　如　情　妹。

Suo³¹lia:ŋ³¹ɕin³³pha²¹tʂau⁵⁵pu²¹tʂhan³¹，

说　良　心　怕　走　不　成，

Tɕia:ŋ⁵⁵tʂan³³ɕin³³pha²¹tʂau⁵⁵pu²¹lia:u⁵⁵。

讲　　真　心　怕　走　不　了。

Pha²¹tʂhua:n³³tə³³pu²¹ɕia:ŋ²¹tɕhin³¹ʐau⁵⁵，

怕　　穿　得　不　像　　情　友，

Pha²¹ʐi³³sa:ŋ³³pu²¹ɕia:ŋ²¹tɕhin³¹ʐau⁵⁵。

怕　衣　裳　不　像　　情　友。

Pha²¹tʂhua:n³³ʐi³³sa:ŋ³³pu²¹ru³¹ni⁵⁵，

怕　　穿　衣　裳　不　如　你，

Pha²¹tʂhua:n³³ʐi³³fu³¹pu²¹ɕia:ŋ²¹ʐau⁵⁵。

怕　　穿　衣　服　不　像　友。

Ka:u³³ka:u³³si³¹wu⁵⁵ʐue³¹lia:ŋ²¹min³¹，

高　　高　十　五　月　亮　明，

Ka:u³³ka:u³³si³¹sa:n³³ɕin³³ɕin³³lia:ŋ²¹。
高　　高　　十　三　　星　星　　亮。

Tʂa:u²¹lia:ŋ²¹thia:n³³ɕia²¹sa:n³³xə³¹mai⁵⁵，
照　　　亮　　天　　下　　山　河　　美，
Tʂa:u²¹lia:ŋ²¹li⁵⁵su²¹lia:ŋ²¹li³¹su²¹。
照　　　　亮　李　树　亮　梨　树。
Tʂa:u²¹lia:ŋ²¹tɕhin³¹ʑau⁵⁵xa:u⁵⁵tʂau⁵⁵lu²¹，
照　　　　亮　　情　　友　　好　　走　路，
Tʂa:u²¹lia:ŋ²¹tɕhin³¹laŋ³¹xa:u⁵⁵ɕin³¹tʂau⁵⁵。
照　　　　亮　　情　郎　　好　　行　　走。

Si³¹wu⁵⁵ʑue³¹lia:ŋ²¹min³¹ʑau²¹min³¹，
十　五　月　亮　　明　又　明，
Si³¹sa:n³³ɕin³³ɕin³³lia:ŋ²¹ʑau²¹lia:ŋ²¹。
十　三　星　星　亮　　又　亮。
Tʂa:u²¹lia:ŋ²¹li³¹min³¹ʑu⁵⁵pə³¹ɕin²¹，
照　　　亮　黎　民　　与　百　　姓，
Tʂa:u²¹lia:ŋ²¹pə³¹xua³³lia:ŋ²¹tha:u³¹su²¹。
照　　　亮　百　花　亮　　桃　　树。

Tʂa:u²¹lia:ŋ²¹tɕhin³¹ʑau⁵⁵la:i³¹ɕin³¹tʂau⁵⁵，
照　　　亮　　情　　友　　来　　行　　走，
Tʂa:u²¹lia:ŋ²¹ɕin³³tʂhan³¹tɕhin³¹ʑau⁵⁵tʂau⁵⁵。
照　　　亮　心　　诚　　情　　友　　走。
ʑue³¹lia:ŋ²¹ta⁵⁵tʂə³¹loŋ³¹pa⁵⁵sa:n⁵⁵，
月　　亮　打　着　龙　把　伞（1），

ɕin³³ɕin³³tʂhan³³tʂə³¹loŋ³¹pa⁵⁵sa:n⁵⁵。
星　星　撑　着　龙　把　伞。
ʑi³¹tɕuo³¹taŋ³³lə⁵⁵ʑi³¹kə²¹khəŋ³³,
一　脚　蹬　了　一　个　坑,

Tɕuo³¹məŋ⁵⁵taŋ³³tʂan²¹toŋ²¹si²¹fa:ŋ³³。
脚　猛　蹬　震　动　四　方。
Tha³³tɕia:u²¹wo⁵⁵tɕhu²¹wa:n³¹ɕin³³wa:n⁵⁵,
它　叫　我　去　玩　新　晚,
Tha³³tɕia:u²¹wo⁵⁵man³³tɕin³³wa:n⁵⁵wa:n³¹。
它　叫　我　们　今　晚　玩。

Tʂhaŋ²¹kə³³tiu³³la:i³¹kə³³tʂhaŋ²¹wa:n³¹,
唱　歌　丢　来　歌　唱　完,
Tʂhaŋ²¹kə³³tiu³³tʂa:i²¹li⁵⁵su²¹tɕuo³¹。
唱　歌　丢　在　李　树　脚。
Tʂhaŋ²¹kə³³faŋ²¹tʂa:i²¹li³¹su²¹ɕia²¹,
唱　歌　放　在　梨　树　下,
Na³¹kɯ⁵⁵ɕin³³pə³¹tɕhin³¹ʑau⁵⁵tɕie³¹。
拿　给　心　白　情　友　接。
Na³¹kɯ⁵⁵tɕhin³¹ʑau⁵⁵tɕie³¹tʂə³¹tʂhaŋ²¹,
拿　给　情　友　接　着　唱,
Na³¹kɯ⁵⁵tɕhin³¹mai²¹tɕie³¹tʂə³¹wa:n³¹。
拿　给　情　妹　接　着　玩。

难逢歌

　　《难逢歌》，是主人公与旧情友分别后，很长时间没有见面和出来玩耍了，情郎（情妹）很惦念她（他）。这首情歌陶醉于理想化的情侣，常常把对方融进自己的审美观，极力用尽善尽美的语言去描述，去赞美，去追求。反映了他们对美好青春的赞美。

Wo⁵⁵la:i³¹tɕia:ŋ⁵⁵kɯ⁵⁵tɕhin³¹ʑau⁵⁵thin³³,

我　　来　　讲　　给　　情　　友　　听，

Wo⁵⁵la:i³¹suo³¹kɯ⁵⁵tɕhin³¹ʑau⁵⁵ɕia:u⁵⁵。

我　　来　　说　　给　　情　　友　　晓。

Na:n³¹fəŋ³¹na:n³¹tɕia:n²¹ni⁵⁵tɕhin³¹mai²¹,

难　　逢　　难　　见　　你　　情　　妹，

Xan⁵⁵tɕiu⁵⁵mai³¹tɕia:n²¹ni⁵⁵tɕhin³¹ʑau⁵⁵。

很　　久　　没　　见　　你　　情　　友。

Na:n³¹fəŋ³¹tɕhin³¹mai²¹tʂau⁵⁵tʂhu³¹man³¹,

难　　逢　　情　　妹　　走　　出　　门，

Na:n³¹fəŋ³¹tɕhin³¹mai²¹tʂhu³kui²¹man³¹。

难　　逢　　情　　妹　　出　　贵　　门。

Tɕiu⁵⁵si³¹pu²¹tɕia:n²¹ni⁵⁵tɕhin³¹mai²¹,

久　　时　　不　　见　　你　　情　　妹，

Mai²¹ʑau⁵⁵na⁵⁵thia:n³³tɕia:n²¹tɕhin³¹ʑau⁵⁵。

没　　有　　哪　　天　　见　　情　　友。

ʑi³¹tʂhaːŋ⁵⁵pu²¹ɕiaːn²¹mai²¹liaːŋ⁵⁵tʂhi²¹,

一　　场　　不　见　妹　两　　次，

Tɕi⁵⁵ri³¹pu²¹tɕiaːn²¹mai²¹ʑi³¹tʂhi²¹。

几　日　不　见　妹　一　次。

Naːn³¹fəŋ³¹tɕhin³¹ʐau⁵⁵naːn³¹fəŋ³¹ran³¹,

难　　逢　　情　友　难　　逢　　人，

Thiaːn³³thiaːn³³naːn³¹fəŋ³¹ni⁵⁵tɕhin³¹mai²¹。

天　　　天　　　难　逢　你　情　　妹。

Xaːu⁵⁵tuo³³thiaːn³³laːi³¹pu²¹tɕiaːn²¹ni⁵⁵,

好　多　天　来　不　见　你，

Naːn³¹fəŋ³¹tɕhin³¹ʐau⁵⁵tʂaːi²¹thiaːn³¹tɕiaːn³³。

难　　逢　情　友　在　田　　　间。

Naːn³¹fəŋ³¹ʐu⁵⁵tɕhin³¹ʐau⁵⁵thoŋ³¹taːu²¹,

难　　逢　与　情　友　同　道，

Naːn³¹fəŋ³¹thoŋ³¹mai²¹koŋ²¹ʑi³¹tʂuo³¹。

难　　逢　同　妹　共　一　桌。

Xaːn⁵⁵ni⁵⁵tɕhin³¹mai²¹tʂuo²¹saːŋ²¹piaːn³³,

喊　你　情　妹　坐　上　边，

Tɕiaːu²¹ni⁵⁵tɕhin³¹mai²¹tʂuo²¹saːŋ²¹miaːn²¹。

叫　你　情　妹　坐　上　面。

Tɕin³¹mai²¹tɕiaːŋ⁵⁵xua²¹pu²¹ru³¹tɕhiaːn³¹,

情　妹　讲　话　不　如　前，

Tɕin³¹mai²¹tɕiaːŋ⁵⁵xua²¹ku²¹tɕhiaːn³¹xau²¹。

情　妹　讲　话　顾　前　后。

Na:n³¹fəŋ³¹ʐu⁵⁵mai²¹tʂuo²¹ʑi³¹tɕhi⁵⁵,
难　　逢　与　妹　坐　一　起，

Na:n³¹fəŋ³¹thoŋ³¹mai²¹thoŋ³¹xə³³tɕiu⁵⁵。
难　　逢　同　妹　同　喝　酒。
Na:n³¹fəŋ³¹thoŋ³¹mai²¹tʂuo²¹ʑi³¹tʂuo³¹,
难　　逢　同　妹　坐　一　桌，
Na:n³¹fəŋ³¹xuo³¹mai²¹thoŋ³¹tʂhi³¹fa:n²¹。
难　　逢　和　妹　同　吃　饭。

Na³¹sua:ŋ³³khua:i²¹tʂi⁵⁵ti²¹kɯ⁵⁵mai²¹,
拿　双　　筷　子　递　给　妹，
Ta²¹tɕia³³ʑi³¹tɕhi⁵⁵thoŋ³¹tʂuo³¹tʂhi³¹。
大　家　一　起　同　　桌　吃。
Na:n³¹fəŋ³¹ʐu⁵⁵mai²¹ʑi³¹ta:u²¹xui³¹,
难　　逢　与　妹　一　道　回，
ʑi³¹nia:n³¹na:n³¹tɕia:n²¹mai²¹ʑi³¹xui³¹。
一　年　难　见　妹　一　回。

Na:n³¹fəŋ³¹tɕhin³¹mai²¹tʂa:i²¹tʂha:ŋ⁵⁵pa²¹,
难　　逢　情　妹　在　　场　坝，
Na:n³¹tɕia:n²¹tɕhin³¹mai²¹tʂa:i²¹tʂha:ŋ⁵⁵sa:ŋ²¹。
难　见　情　妹　在　场　上。
Tɕhin³¹mai²¹xa:u⁵⁵tɕiu⁵⁵pu²¹ka:n⁵⁵tʂha:ŋ⁵⁵,
情　妹　好　久　不　赶　　场，
Na:n³¹fəŋ³¹tɕhin³¹mai²¹la:i³¹ka:n⁵⁵tʂha:ŋ⁵⁵。
难　　逢　情　妹　来　赶　场。

Na:n³¹fəŋ³¹mai²¹la:i³¹na:n³¹fəŋ⁵⁵ran³¹,

难　　逢　妹　来　难　逢　人,

Ran³¹faŋ²¹fan²¹pu²¹faŋ²¹lia:ŋ⁵⁵tʂhan³¹。

人　放　粪　不　放　两　　层。

Mai²¹faŋ²¹fan²¹la:i³¹faŋ²¹lia:ŋ⁵⁵tʂhan³¹,

妹　放　粪　来　放　两　　层,

Tɕhin³¹ʐau⁵⁵faŋ²¹fan²¹tʂa:i²¹si²¹fa:ŋ³³。

情　　友　放　粪　在　四　方。

Mai²¹tʂhau³³thia:n³¹kha:n⁵⁵tɕhie³¹si²¹fa:ŋ³³,

妹　抽　田　坎　砌　四　方,

ɕia:ŋ⁵⁵xə³¹mai²¹ʐu⁵⁵si²¹fa:ŋ³³lia:n³¹。

想　　和　妹　与　四　方　连。

ɕia:ŋ⁵⁵mai²¹si²¹fa:ŋ³³la:i³¹va:n³¹sua⁵⁵,

想　　妹　四　方　来　玩　耍,

Thoŋ³¹mai²¹va:n³¹sua⁵⁵ta:u²¹si²¹fa:ŋ³³。

同　　妹　玩　耍　到　四　方。

ɕin²¹tʂi⁵⁵xua³³la:i³¹thoŋ³¹tʂi⁵⁵xua³³,

杏　子　花　来　桐　子　花,

ɕin²¹tʂi⁵⁵kha:i³³xua³³kha:i³³tɕiu⁵⁵ta:u²¹。

杏　子　开　　花　开　九　道。

Thoŋ³¹tʂi⁵⁵kha:i³³xua³³lia:n³¹ɕia:ŋ³³lia:n³¹,

桐　子　开　花　连　相　　连,

Thoŋ³¹tʂi⁵⁵xua³³ʐu⁵⁵ɕin²¹tʂi⁵⁵lia:n³¹。

桐　子　花　与　杏　子　连。

Pu²¹kua:n⁵⁵ma:u²¹ɕia:ŋ²¹ʐu⁵⁵mai⁵⁵tʂhau⁵⁵，

不　管　貌　相　与　美　丑，

ɕie³¹sau⁵⁵koŋ²¹tu²¹ku⁵⁵xuo³¹pa²¹。

携　手　共　渡　古　河　坝。

Pin²¹tɕia:n³³tɕhia:n³³sau⁵⁵kuo²¹ka:u³³tɕhia:u³¹，

并　肩　牵　手　过　高　桥，

Wa:n³¹lə⁵⁵tɕə²¹pai²¹ɕin³³tʂha:i³¹ɕia:u³³。

玩　了　这　辈　心　才　消。

Ran³¹ma:u²¹mai⁵⁵tʂhau⁵⁵wu³¹suo⁵⁵wai²¹，

人　貌　美　丑　无　所　谓，

ɕie³¹sau⁵⁵koŋ²¹tʂau⁵⁵wai²¹tʂhaŋ³¹xə³¹。

携　手　共　走　渭　城　河。

Pin²¹tɕia:n³³sua:ŋ³³sau⁵⁵fu³¹kuo²¹tɕhia:u³¹，

并　肩　双　手　扶　过　桥，

Wa:n³¹sua⁵⁵tɕə²¹pai²¹ɕin³³khua:i²¹lə³¹。

玩　耍　这　辈　心　快　乐。

Wa:n³¹lə⁵⁵ʐi³¹si³¹tʂha:i³¹luo³¹ɕin³³，

玩　了　一　时　才　落　心，

Wa:n³¹kuo²¹nia:n³¹si³¹ɕin³³tɕiu²¹tiu³³。

玩　过　年　时　心　就　丢。

Na:n³¹fəŋ³¹mai²¹la:i³¹na:n³¹fəŋ³¹mai²¹，

难　逢　妹　来　难　逢　妹，

Tau⁵⁵li²¹xa:u⁵⁵pia:n³³tʂu³¹na:n³¹xua³¹。

斗　笠　好　编　竹　难　划。

Su⁵⁵çia:ŋ²¹xa:u⁵⁵la:i³¹tçu²¹pu²¹tçhia:n³¹，

属　相　好　来　具　不　全，

Faŋ²¹çin³³kha:i³³xua:i³¹wa:n³¹ʑi⁵⁵wa:n³¹。

放　心　开　怀　玩　一　玩。

Na:n³¹fəŋ³¹tçhin³¹mai²¹na:n³¹fəŋ³¹mai²¹，

难　逢　情　妹　难　逢　妹，

Tau⁵⁵li³¹xa:u⁵⁵pia:n³³mai²¹na:n³¹xua²¹。

斗　笠　好　编　篾　难　划。

Su⁵⁵çia:ŋ²¹tʂa:i²¹xa:u⁵⁵tçu²¹pu²¹tçia:n³¹，

属　相　再　好　具　不　全，

Tʂi⁵⁵ʐa:u²¹mai²¹la:ŋ³¹tçhin³¹xə³¹ʑi²¹，

只　要　妹　郎　情　合　意，

Wu³¹fa:ŋ³¹kha:i³³çin³³wa:n³¹ʑi³¹wa:n³¹，

无　妨　开　心、玩　一　玩，

Ta²¹ta:n⁵⁵tʂan³³çin³³sua⁵⁵ʑi³¹sua⁵⁵。

大　胆　真　心　耍　一　耍。

Na:n³¹fəŋ³¹mai²¹la:i³¹na:n³¹fəŋ³¹mai²¹，

难　逢　妹　来　难　逢　妹，

Na:n³¹fəŋ³¹ʐu⁵⁵tçi²¹xua³³çia:ŋ³³fəŋ³¹。

难　逢　与　季　花　相　逢。

Na:n³¹fəŋ³¹si²¹tçia:n²¹ʑin²¹sa:n³³xoŋ³¹，

难　逢　似　见　映　山　红，

Tçiu⁵⁵tçia:n²¹na:n³¹tçia:n²¹çin³³tçi³¹xua:i²¹。

久　见　难　见　心　急　坏。

Kha:n²¹lə⁵⁵ʐin²¹sa:n³³ma:n⁵⁵lai²¹liu³¹,
看　了　映　山　满　泪　流，
ʐu²¹tɕia:n²¹tɕhin²¹ʐau⁵⁵ɕin³³ʐau³³tʂhau³¹。
遇　见　情　友　心　忧　愁。
Na:n³¹fəŋ³¹ʐu²¹tɕia:n²¹si²¹xua³³kha:i³³,
难　逢　遇　见　柿　花　开，
Tɕhin³¹ʐau⁵⁵mai³¹xui⁵⁵tʂa:u⁵⁵la:i³¹ta:u²¹。
情　友　没　悔　早　来　到。
Tɕhin³¹ʐau⁵⁵mai³¹xui⁵⁵tʂa:i²¹na⁵⁵tan⁵⁵,
情　友　没　悔　在　那　等，
Tɕhin³¹mai²¹pha:n²¹wa:ŋ²¹la:ŋ³¹ta:u²¹la:i³¹。
情　妹　盼　望　郎　到　来。

Na:n³¹fəŋ³¹phəŋ²¹ta:u²¹tha:u³¹xua³³kha:i³³,
难　逢　碰　到　桃　花　开，
Mai²¹mai³¹xau²¹xui⁵⁵tʂa:u⁵⁵ta:u²¹la:i³¹。
妹　没　后　悔　早　到　来。
Mai²¹mai³¹xau²¹xui⁵⁵tʂa:u⁵⁵la:i³¹tan⁵⁵,
妹　没　后　悔　早　来　等，
Toŋ³³tan⁵⁵ɕi³³tan⁵⁵laŋ³¹tʂha:i³¹la:i³¹。
东　等　西　等　郎　才　来。

相许歌

　　这首《相许歌》，是主人与旧情友相逢后，感觉很久时间没见了，情郎情妹互相思念着对方，便邀约到刺梨树、桃树下吐真情，愿互为情侣。双方立誓以身相许定终身，双方各自问父母定吉日结婚，女方请求男方父母起新房造新层、酿酒成婚。这首歌反映了男女对美好青春的追求。

Tɕia:ŋ⁵⁵laŋ³¹thin³³la:i³¹suo³¹laŋ³¹thin³³，

讲　　郎　　听　　来　　说　　郎　　听，

Tɕhin³¹mai²¹tɕia:ŋ⁵⁵tʂan³³xua²¹kɯ⁵⁵laŋ³¹thin³³。

情　　妹　　讲　　真　　话　　给　　郎　　听。

Wan²¹tɕhin³¹laŋ³¹tʂuo²¹tʂa:i²¹li⁵⁵su²¹ɕia²¹，

同　　情　　郎　　坐　　在　　李　　树　　下，

ʐua:n²¹thoŋ³¹laŋ³¹tʂuo²¹tʂa:i²¹li³¹su²¹ɕia²¹。

愿　　同　　郎　　坐　　在　　梨　　树　　下。

tɕhin³¹laŋ³tɕhin³¹mai²¹tɕia:ŋ⁵⁵tʂi³³ɕin³³xua²¹，

情　　郎　　情　　妹　　讲　　知　　心　　话，

Thin³³tɕhin³¹laŋ³¹tɕhin³¹mai²¹thu⁵⁵tʂan³³tɕhin³¹。

听　　情　　郎　　情　　妹　　吐　　真　　情。

tɕhin³¹laŋ³¹tɕhin³¹mai²¹tɕia:ŋ⁵⁵tʂui²¹xuo³¹，

情　　郎　　情　　妹　　讲　　最　　合，

Mai²¹na³¹pa⁵⁵sa:n⁵⁵soŋ²¹tɕhin³¹la:ŋ³¹。

妹　　拿　　把　　伞　　送　　情　　郎。

tɕhin³¹laːŋ³¹soŋ²¹pa⁵⁵saːn⁵⁵naᵌ¹pa⁵⁵saːn⁵⁵tʂɔ³³liaːn⁵⁵tɕiaːŋ⁵⁵tʂi³³ɕin³³,

情　郎　送　把　伞　拿　把　伞　遮　脸　讲　知　心，

tɕhin³¹laːŋ³¹ʑau²¹ti²¹pa⁵⁵saːn⁵⁵kɯ⁵⁵tɕhin³¹mai²¹tʂɔ³³ɕiu³³liaːn⁵⁵。

情　郎　又　递　把　伞　给　情　妹　遮　羞　脸。

Kuaːn³³tɕia³³xui³¹xua²¹tʂɔ²¹mɔ³³tɕiaːŋ⁵⁵,

官　　家　回　话　这　么　讲，

Kuaːn³³tɕia³³xui³¹xua²¹tʂɔ²¹mɔ³³suo³¹,

官　　家　回　话　这　么　说，

Xaːu⁵⁵pu²¹kuo²¹tʂi²¹ɕiaːn⁵⁵phai²¹au⁵⁵,

好　不　过　自　选　配　偶，

Xaːu⁵⁵pu²¹kuo²¹tʂi²¹tin²¹tʂoŋ³³san³³。

好　不　过　自　定　终　身。

Thin³³laːŋ³¹suo³¹laːi³¹thin³³laːŋ³¹tɕiaːŋ⁵⁵,

听　郎　说　来　听　郎　讲，

laŋ³¹suo³¹tʂan³³xua²¹kɯ⁵⁵mai²¹thin³³。

郎　说　真　话　给　妹　听。

Thoŋ³¹laŋ³¹tʂuo²¹tʂaːi²¹li⁵⁵su²¹ɕia²¹,

同　郎　坐　在　李　树　下，

Thoŋ³¹laŋ³¹tʂuo²¹tʂaːi²¹thaːu³¹su²¹ɕia²¹

同　郎　坐　在　桃　树　下。

ʑuaːn²¹laŋ³¹mai²¹tʂi²¹thaːn³¹tʂui²¹xaːu⁵⁵,

愿　郎　妹　自　谈　最　好，

注：本地方言中的郎可用长音 laːŋ³¹，也可以用短音 laŋ³¹，这个长短调不固定，原因可能是受普通话的影响。

ʐua:n²¹laŋ³¹mai²¹tʂi²¹tɕia:ŋ⁵⁵xuo³¹si³¹。

愿　郎　妹　自　讲　合　适。

Tɕhin³¹laŋ³¹soŋ²¹pa⁵⁵sa:n⁵⁵kɯ⁵⁵tɕhin³¹mai²¹tʂə³³ɕiu³³lia:n⁵⁵，

情　郎　送　杷　伞　给　情　妹　遮　羞　脸，

Tɕhin³¹mai²¹ʐau²¹pa⁵⁵sa:n⁵⁵kɯ⁵⁵tɕhin³¹laŋ³¹tʂə³³ɕiu³³lia:n⁵⁵。

情　妹　又　把　伞　给　情　郎　遮　羞　脸。

Kua:n³³tɕia³³ta:i²¹ɕin²¹kuo²¹la:i³¹suo³¹，

官　　家　带　信　过　来　说，

Kua:n³³tɕia³³ta:i²¹ɕin²¹kuo²¹la:i³¹tɕia:ŋ⁵⁵。

官　　家　带　信　过　来　讲。

Xa:u⁵⁵pu²¹kuo²¹tʂi²¹lia:n²¹tʂi²¹ɕua:n⁵⁵tɕhin³¹lv⁵⁵，

好　不　过　自　恋　自　选　情　侣，

Xa:u⁵⁵pu²¹kuo²¹tʂi²¹lia:n²¹tʂi²¹ɕua:n⁵⁵tiŋ²¹tʂoŋ³³san³³。

好　不　过　自　恋　自　选　定　终　身。

Tɕhin³¹laŋ³¹tɕia:ŋ⁵⁵tʂan³³la:i³¹tɕhin³¹laŋ³¹tɕia⁵⁵，

情　郎　讲　真　来　情　郎　假，

Tɕhin³¹laŋ³¹tɕia:ŋ⁵⁵tʂan³³tɕhin³¹mai²¹ʐa:u²¹tɕhu²¹，

情　郎　讲　真　情　妹　要　去，

Tɕhin³¹laŋ³¹tɕia:ŋ⁵⁵tɕia⁵⁵tɕhin³¹mai²¹ʐa:u²¹tʂau⁵⁵。

情　郎　讲　假　情　妹　要　走。

Tɕhin³¹laŋ³¹tɕhi³¹ma⁵⁵la:i³¹ka:n³³ni⁵⁵tɕhu²¹，

情　郎　骑　马　来　跟　你　去，

Tɕhin³¹laŋ³¹tɕhi³¹ma⁵⁵la:i³¹ka:n³³ni⁵⁵tʂau⁵⁵。

情　郎　骑马　来　跟　你　走。

Laŋ³¹na³¹ma⁵⁵sua:n³³tʂa:i²¹ʐua:n²¹pa²¹thau⁵⁵。

郎　拿　马　拴　在　院　坝　头。

Laŋ³¹tɕi³¹ma:ŋ³¹tɕin²¹wu³³wan²¹tie³³nia:ŋ³¹,

郎　急　忙　进　屋　问　爹　娘,

Laŋ³¹tɕi³¹ma:ŋ³¹tɕin²¹wu³³wan²¹nia:ŋ³¹tɕhin³³,

郎　急　忙　进　屋　问　娘　亲,

Tɕin³³thia:n³³si²¹pu²¹si²¹ma:u²¹ri³¹nia:ŋ³¹tɕhin³³,

今　天　是　不　是　卯　日　娘　亲,

Tɕin³³thia:n³³si²¹pu²¹si²¹tɕi³¹ri³¹tie³³nia:ŋ³¹。

今　天　是　不　是　吉　日　爹　娘。

Tie³³nia:ŋ³¹tɕə²¹ʐaŋ²¹tɕia:ŋ⁵⁵la:i³¹tɕə²¹ʐaŋ²¹suo³¹,

爹　娘　这　样　讲　来　这　样　说,

Tɕhin³¹laŋ³¹wan²¹ma:u²¹ri³¹ka:u⁵⁵na⁵⁵ʐaŋ²¹,

情　郎　问　卯　日　搞　哪　样,

Tɕhin³¹laŋ³¹wan²¹tɕi³¹ri³¹la:i³¹san³¹mə³³?

情　郎　问　吉　日　来　什　么?

Tɕhin³¹laŋ³¹kan³³tie³³niaŋ³¹tɕə²¹ʐaŋ²¹tɕia:ŋ⁵⁵,

情　郎　跟　爹　娘　这　样　讲,

Tɕhin³¹laŋ³¹kan³³tie³³niaŋ³¹tɕə²¹ʐaŋ²¹suo³¹。

情　郎　跟　爹　娘　这　样　说。

Tɕhin³¹laŋ³¹wan²¹xa:u⁵⁵ri²¹la:i³¹nia:ŋ²¹tɕiu⁵⁵,
情　郎　问　好　日　来　酿　　酒，
Tɕhin³¹laŋ³¹wan²¹tɕi³¹ri²¹ʐa:u²¹tɕe³¹xun³³。
情　郎　问　吉　日　要　结　婚。
Tʂə³¹ha:u⁵⁵tɕi³¹ri²¹wo⁵⁵lia:ŋ⁵⁵ʐa:u²¹tɕie³¹xun³³。
择　好　吉　日　我　俩　要　结　婚。
Tɕhin³¹laŋ³¹tə³³nia:ŋ³¹tɕhin³³tɕə²¹ʐaŋ²¹suo³¹。
情　郎　的　娘　亲　这　样　说。

Si²¹sui³¹tɕia:ŋ⁵⁵na³¹tɕhin³¹mai²¹tɕia²¹kə⁵⁵ni⁵⁵,
是　谁　讲　拿　情　妹　嫁　给　你，
Si²¹sui³¹tɕia:ŋ⁵⁵na³¹tɕhin³¹mai²¹ɕu⁵⁵kə⁵⁴ni⁵⁵。
是　谁　讲　拿　情　妹　许　给　你。
Nia:ŋ³¹tɕhin³³tɕə²¹ʐa:ŋ²¹tɕia:ŋ³¹er³¹tɕhin³¹laŋ³¹tʂha:n³¹khui²¹,
娘　亲　这　样　讲　而　情　郎　惭　愧，
Tɕhin³¹laŋ³¹tʂha:n³¹khui²¹tɕiu²¹tʂhoŋ³¹ta²¹man³¹tʂau⁵⁵。
情　郎　惭　愧　就　从　大　门　走。
Tɕhin³¹laŋ³¹ɕia:ŋ⁵⁵tʂhu³¹tɕhu²¹ʐuo³¹tɕhin³¹mai²¹,
情　郎　想　出　去　约　情　妹，
Tɕhin³¹laŋ³¹pa⁵⁵nia:ŋ³¹xua²¹ka:u²¹su²¹tɕhin³¹mai²¹,
情　郎　把　娘　话　告　诉　情　妹，
Tɕhin³¹laŋ³¹tɕhin³¹mai²¹tui²¹si²¹mo³¹ɕia:ŋ³³ɕia:u²¹,
情　郎　情　妹　对　视　默　相　笑，

Tɕhin³¹laŋ³¹tɕhin³¹mai²¹tui²¹si²¹ɕia:u²¹tʂi²¹tʂi³³。
情　郎　情　妹　对　视　笑　自　知。

Tɕhin³¹laŋ³¹xui²¹tɕia³³thoŋ³¹nia:ŋ³¹tɕhin³³tɕia:ŋ⁵⁵,
情　郎　回　家　同　娘　亲　讲，

Tɕhin³¹laŋ³¹xui²¹tɕia³³thoŋ³¹nia:ŋ³¹tɕhin³³suo³¹,
情　郎　回　家　同　娘　亲　说，

Tɕhin⁵⁵tie³³nia:ŋ³¹tʂi²¹nia:ŋ²¹xa:u⁵⁵tɕiu⁵⁵taŋ⁵⁵,
请　爹　娘　自　酿　好　酒　等，

Tɕhin⁵⁵tie³³nia:ŋ³¹nia:ŋ²¹xa:u⁵⁵nuo²¹mi⁵⁵tɕiu⁵⁵。
请　爹　娘　酿　好　糯　米　酒。

Ta:u²¹lə⁵⁵min³¹nia:n³¹ɕia:n²¹tɕie³¹ɕia:n²¹tə³¹,
到　了　明　年　现　结　现　得，

Ta:u²¹min³¹nia:n³¹ɕia:n²¹tɕie³¹ɕia:n²¹tʂhan³¹tɕia³³。
到　明　年　现　结　现　成　家。

Tɕhin³¹laŋ³¹xui³¹tɕia³³thoŋ³¹nia:ŋ³¹tɕhin³³tɕia:ŋ⁵⁵,
情　郎　回　家　同　娘　亲　讲，

Tɕhin⁵⁵tie³³nia:ŋ³¹nia:ŋ²¹xa:u⁵⁵tɕiu⁵⁵tan⁵⁵tʂə³³,
请　爹　娘　酿　好　酒　等　着，

Tɕhin⁵⁵tie³³nia:ŋ³¹nia:ŋ²¹nuo²¹tɕiu⁵⁵tʂhun³¹tan⁵⁵,
请　爹　娘　酿　糯　酒　存　等，

Min³¹nia:n³¹ɕia:n²¹tɕie³¹xun³³ɕia:n²¹tə³¹ta:u²¹,
明　年　现　结　婚　现　得　到，

Min³¹nia:n³¹ɕia:n²¹tɕie³¹xun³³ɕia:n²¹tɕhan³¹tɕia³³。
明　年　现　结　婚　现　成　家。

Tɕhin³¹laŋ³¹xui³¹tɕia³³thoŋ³¹nia:ŋ³¹tɕhin³³tɕia:ŋ⁵⁵,
情　郎　回　家　同　娘　亲　讲，

Tɕhin⁵⁵tie³³nia:ŋ³¹tɕhi⁵⁵xa:u⁵⁵fa:ŋ³¹tʂi⁵⁵tan⁵⁵,
请　爹　娘　起　好　房　子　等，
Tɕhin⁵⁵tie³³nia:ŋ³¹tɕhi⁵⁵lau³¹fa:ŋ³¹la:i³¹tan³¹。
请　爹　娘　起　楼　房　来　等。

Tɕhi⁵⁵xa:u⁵⁵fa:ŋ³¹tʂi⁵⁵lia:ŋ⁵⁵ran³¹tə³¹tʂu²¹,
起　好　房　子　俩　人　得　住，
Tɕhi⁵⁵xa:u⁵⁵fa:ŋ³¹tʂi⁵⁵lia:ŋ⁵⁵xa:u⁵⁵a:n³³tɕia³³。
起　好　房　子　俩　好　安　家。

Tɕhin³¹laŋ³¹xui³¹tɕia³³thoŋ³¹nia:ŋ³¹tɕhin³³tɕia:ŋ⁵⁵,
情　郎　回　家　同　娘　亲　讲，
Tɕhin⁵⁵tie³³nia:ŋ³¹tɕhi⁵⁵xa:u⁵⁵ɕin³³fa:ŋ³¹tan⁵⁵。
请　爹　娘　起　好　新　房　等。

Tɕhin⁵⁵tie³³nia:ŋ³¹tɕhi⁵⁵xa:u⁵⁵tʂha:u³¹man³¹tan⁵⁵,
请　爹　娘　起　好　朝　门　等，
Tɕhi⁵⁵xa:u⁵⁵fa:ŋ³¹tʂi⁵⁵lia:ŋ⁵⁵ran³¹la:i³¹tʂu²¹,
起　好　房　子　俩　人　来　住，
Tɕhi⁵⁵xa:u⁵⁵tʂha:u³¹man³¹lia:ŋ⁵⁵xa:u⁵⁵a:n³³tɕia³³。
起　好　朝　门　俩　好　安　家。

Kə³³tʂhaŋ²¹ta:u²¹tɕə²¹li⁵⁵lia:ŋ⁵⁵ɕia:ŋ³³lia:n³¹,
歌　唱　到　这　里　俩　相　连，
Tɕhin³¹ʐau⁵⁵ʐau⁵⁵xa:u⁵⁵kə³³tɕie³¹tʂə³¹tʂhaŋ²¹。
情　友　有　好　歌　接　着　唱。

捎信歌

　　在古代，流传在布依族地区关于动物为相恋的情人捎信的传说故事歌谣不少。这首歌，叙述动物向情人捎信的过程。反映了布依族先民的恋爱方式。人生在世没有几年青春，在年华茂盛的时候，就要去追求爱情，享受美好青春年华，想方设法去接触异性，同异性谈情说爱，自己选择情侣。

Ran^{31}san^{33}tʂa:i^{21}si^{21}wa:n^{31}tɕi^{55}nia:n^{31},
人　生　在　世　玩　几　年，
Tɕin^{33}si^{21}ʐau^{55}ʐua:n^{31}la:i^{31}ɕia:ŋ^{33}xui^{21}。
今　世　有　缘　来　相　会。

Wo^{55}tʂhan^{31}sa:u^{33}ɕin^{21}ku^{55}tɕhin^{31}ʐau^{55},
我　曾　捎　信　给　情　友，
ʐau^{55}tɕhin^{31}ɕia:ŋ^{33}si^{31}la:i^{31}sa:u^{33}ɕin^{21}。
有　情　相　识　来　捎　信。

tɕhin^{31}ʐau^{55}sa:u^{33}ɕin^{21}tʂa:i^{21}tʂhan^{31}si^{31},
情　友　捎　信　在　辰　时，
tɕhin^{31}ʐau^{55}sa:u^{33}ɕin^{21}tʂa:i^{21}ma:u^{21}si^{31}。
情　友　捎　信　在　卯　时。

Xoŋ^{55}tɕhin^{31}laŋ^{31}la:i^{31}wa:n^{31}tɕhin^{31}laŋ^{31},
哄　情　郎　来　玩　情　郎，

Khua:ŋ³³xoŋ⁵⁵tɕhin³¹laŋ³¹la:u⁵⁵si³¹ran³¹。
诓　　哄　情　郎　老　实　人。

Tʂi⁵⁵pha²¹laŋ³¹ɕin³³ɕia:ŋ²¹tɕi³³ʐau³¹,
只　怕　郎　心　像　鸡　油,
La:i³¹xoŋ³¹wo⁵⁵nia:n³¹ʐau²¹wu³¹tʂi³³。
来　哄　我　年　幼　无　知。

Wo⁵⁵man³³ɕia:ŋ³³si³¹xa:u⁵⁵tɕi⁵⁵nia:n³¹,
我　们　相　识　好　几　年,
Tɕi³¹nia:n³¹tɕhi³³ tɕia:n³³tʂa:i²¹sa:u³³ɕin²¹。
几　年　期　间　在　捎　信。
Tʂa:i²¹si²¹ʐau⁵⁵tɕi⁵⁵nia:n³¹wa:n³¹sua⁵⁵,
在　世　有　几　年　玩　耍,
Ran³¹ʐau⁵⁵tɕi⁵⁵tʂhun³³tʂan²¹wa:n³¹sua⁵⁵。
人　有　几　春　正　玩　耍。

Tɕhin³¹ʐau⁵⁵sa:u³³ɕin²¹tʂa:i²¹na⁵⁵nia:n³¹,
情　友　捎　信　在　哪　年,
Tɕhin³¹ʐau⁵⁵sa:u³³ɕin²¹tʂa:i²¹tʂhan³¹nia:n³¹。
情　友　捎　信　在　辰　年。

Phəŋ³¹tʂhan³¹pu²¹ɕiŋ³³ran³¹tha:n³¹xua³³,
逢　辰　不　兴　人　弹　花,

Tɕhin³¹la:ŋ³¹tʂhua:n³³pu²¹liə⁵⁵tɕi⁵⁵tɕia:n²¹。
情　郎　穿　不　了　几　件。
Tʂa:i²¹si²¹ʐau⁵⁵tɕi⁵⁵nia:n³¹wa:n³¹sua⁵⁵，
在　世　有　几　年　　玩　耍，
Ran³¹ʐau⁵⁵tɕi⁵⁵tʂhun³³tʂan²¹wa:n³¹sua⁵⁵。
人　有　几　春　　正　玩　耍。

Tɕhin³¹ʐau⁵⁵sa:u³³ɕin²¹tʂa:i²¹na⁵⁵kəŋ³³？
情　友　捎　信　在　哪　庚？
Tɕhin³¹ʐau⁵⁵sa:u³³ɕin²¹tʂa:i²¹sə³¹nia:n³¹。
情　友　捎　信　在　蛇　年。
Wo⁵⁵man³³ɕia:ŋ³³si³¹xa:u⁵⁵tɕi⁵⁵tʂhun³³，
我　们　相　识　好　几　春，
tɕi⁵⁵tʂhun³³tɕhi³³tɕia:n³³tʂa:i²¹sa:u³³ɕin²¹。
几　春　期　间　在　捎　信。

Tʂa:i²¹si²¹ʐau⁵⁵tɕi⁵⁵nia:n⁵⁵wa:n³¹sua⁵⁵，
在　世　有　几　年　　玩　耍，
Ran³¹ʐau⁵⁵tɕi⁵⁵tʂhun³³tʂan²¹wa:n³¹sua⁵⁵，
人　有　几　春　　正　玩　耍，
ʐa:u²¹sa:u³³ɕin²¹kɯ⁵⁵na⁵⁵nia:n³¹kəŋ³³，
要　捎　信　给　哪　年　庚，

Tɕhin³¹ʐau⁵⁵sa:u³³ɕin²¹kɯ⁵⁵sə³¹nia:n³¹。
情　友　捎　信　给　蛇　年。

ɕie⁵⁵ʑi³¹tʂa:ŋ³³tʂi⁵⁵ta:i²¹kuo²¹tɕhu²¹,

写　一　张　　纸帯　过　去，

ʑa:u³³ʑuo³¹tɕhin³¹ʑau⁵⁵kuo²¹la:i³¹wa:n³¹,

邀　约　情　友　过　来　玩，

Tɕhiŋ⁵⁵tɕhin³¹ʑau⁵⁵khua:i²¹kuo²¹la:i³¹sua⁵⁵,

请　情　友　快　过　来　耍，

Tɕhiŋ⁵⁵tɕhin³¹ʑau⁵⁵khua:i²¹kuo²¹la:i³¹va:n³¹。

请　情　友　快　过　来　玩。

Ran³¹tʂa:i²¹si²¹ʑau⁵⁵tɕi⁵⁵nia:n³¹sua⁵⁵,

人　在　世　有　几　年　耍，

ʑau⁵⁵tɕi⁵⁵si³¹tɕi⁵⁵tʂhun³³sa:u³³ɕin²¹。

有　几　时　几　春　捎　信。

ʑa:u²¹sa:u³³ɕin²¹kɯ⁵⁵na⁵⁵ʑi³¹nia:n³¹,

要　捎　信　给　哪　一　年，

Tɕhin³¹ʑau⁵⁵sa:u³³ɕin²¹kɯ⁵⁵su⁵⁵ma⁵⁵。

情　友　捎　信　给　属　马。

Thia:n³³thia:n³³tɕhia:n³³tʂuo³¹ma⁵⁵tɕhu²¹tɕhi³¹,

天　天　牵　着　马　去　骑，

Mai⁵⁵thia:n³³tɕhi³¹ma⁵⁵tɕhu²¹sa:u³³ɕin²¹。

每　天　骑　马　去　捎　信。

Mai³¹ʑau⁵⁵ma⁵⁵ni⁵⁵tʂau⁵⁵pu²¹lie⁵⁵。

没　有　马　你　走　不　了。

Mai³¹ʑau⁵⁵ma⁵⁵ni⁵⁵tʂau⁵⁵pu²tʂhan³¹。

没　有　马　来　走　不　成。

Ran³¹ʐau⁵⁵tɕi⁵⁵tʂhun³³tʂan²¹xa:u⁵⁵sua⁵⁵,

人　有　几　春　　正　好　耍，

Ran³¹ʐau⁵⁵tɕi⁵⁵tʂhun³³tʂan²¹xa:u⁵⁵wa:n³¹。

人　有　几　春　　正　好　玩。

ʐau²¹sa:u³³ɕin²¹kɯ⁵⁵na²¹ʑi³¹nia:n³¹,

要　捎　信　给　哪　一　年，

Tɕhin³¹ʐau⁵⁵sa:u³³ɕin²¹kɯ⁵⁵su⁵⁵ʐa:ŋ³¹。

情　友　捎　信　给　属　羊。

ʐau⁵⁵tɕia:u²¹ɕi⁵⁵tɕhie³¹la:i³¹sa:u³³ɕin²¹,

友　叫　喜　鹊　来　捎　信，

ɕi⁵⁵tɕhie³¹sa:u³³ɕin²¹tʂhi³¹mo³¹ku³³。

喜　鹊　捎　信　吃　蘑　菇。

Mai³¹ʐau⁵⁵pa⁵⁵suo³¹ta:u²¹tɕhin³¹ʐau⁵⁵,

没　有　把　说　到　情　友，

Mai²¹tɕia:ŋ⁵⁵tʂhi³³tɕhin³¹xua²¹ta:u²¹ʐau⁵⁵。

没　讲　痴　情　话　到　友。

ɕia:ŋ⁵⁵tʂha:u³¹tɕia:u²¹sui³¹la:i³¹sa:u³³ɕin²¹,

想　愁　叫　谁　来　捎　信，

ɕia:ŋ⁵⁵tʂha:u³¹mi²¹fəŋ³³tɕhu²¹soŋ²¹ɕin²¹。

想　愁　蜜　蜂　去　送　信。

Mi³¹fəŋ³³sa:u³³ɕin²¹ma:n²¹ma:n²¹fai³³,

蜜　蜂　捎　信　慢　慢　飞，

ʐi³¹thia:n³³ma:n²¹fai³³ma:n²¹ma:n²¹tɕhu²¹。

一　天　慢　飞　慢　慢　去。

Mai³¹thia:n³³ma:n²¹ʑau³¹tɕhu²¹sa:u³³ɕin²¹,

每　天　慢　游　去　捎　信，

Pa⁵⁵xua²¹ta:i²¹ta:u²¹tɕhin³¹ʑau⁵⁵pha:ŋ³¹。

把　话　带　到　情　友　旁。

Tɕhin³¹ʑau⁵⁵pu²¹tʂi³³mi³¹fən³³thiŋ³³,

情　友　不　知　蜜　蜂　叮，

Na³¹sau⁵⁵tɕin³³la:i³¹ta⁵⁵mi³¹fən³³,

拿　手　巾　来　打　蜜　蜂，

mi³¹fən³³pai²¹tɕhin³¹ʑau⁵⁵ta⁵⁵khu³¹。

蜜　蜂　被　情　友　打　哭。

Tʂə²¹tɕhin³¹ʑau⁵⁵la:i³¹wan²¹mi³¹fən³³,

这　情　友　来　问　蜜　蜂，

Tʂə²¹thia:n³³khu³¹san³¹mə³³mi³¹fən³³,

这　天　　哭　什　么　蜜　蜂，

Tʂə²¹thia:n³³khu³na⁵⁵ʑaŋ²¹mi³¹fən³³。

这　天　　哭　哪　样　蜜　蜂。

Tʂə²¹mi³¹fən³³la:i³¹tʂə²¹ʑaŋ²¹tɕia:ŋ⁵⁵。

这　蜜　蜂　来　这　样　讲。

Tʂə²¹kua:i³³mi³¹fən³³tʂə²¹ʑaŋ²¹suo³¹。

这　乖　蜜　蜂　这　样　说。

Wai²¹ni⁵⁵tɕia:u²¹wo⁵⁵tɕhu²¹sa:u³³ɕin²¹,

为　你　叫　我　去　捎　信，

Wai²¹ni⁵⁵tɕia:u²¹wo⁵⁵soŋ²¹ni⁵⁵ɕin³³。

为　你　叫　我　送　你　心。

Wa:i²¹ni⁵⁵si⁵⁵tɕhu²¹xa:u⁵⁵tɕi⁵⁵xui³¹，
为　你　死去　好　　几　回，
Wa:i²¹ni⁵⁵tʂha³³tia:n⁵⁵si⁵⁵tɕi⁵⁵tʂhi²¹。
为　你　差点　　死　几　次。

Ran³¹ʐau⁵⁵tɕi⁵⁵nia:n³¹tsan²¹wa:n³¹sua⁵⁵，
人　有　几　年　正　玩　耍，
Ran³¹nəŋ³¹ʐau⁵⁵tɕi⁵⁵tʂhun³³tɕhiu³³wa:n³¹。
人　能　有　几　春　秋　玩。
ʐa:u²¹sa:u³³ɕin²¹kɯ⁵⁵na²¹ʑi³¹nia:n³¹，
要　捎　信　给　哪　一　年，

Tɕhin³¹ʐau⁵⁵sa:u³³ɕin²¹kɯ⁵⁵su³¹xau³¹。
情　友　捎　信　给　属　猴。
Tʂi³³ta:u²¹lə⁵⁵ʐe⁵⁵pu²¹kua²¹nia:n²¹，
知　道　了　也　不　挂　念，
Kha:n²¹tɕia:n²¹pu²¹tɕia:n²¹pu²¹kua²¹nia:n²¹。
看　见　不　见　不　挂　念。

ʐa:u²¹pu²¹ta:u²¹thia:n³³fəŋ³¹ɕia:ŋ³³ʐu²¹，
要　不　到　天　逢　相　遇，
Na³¹pu²¹tʂun⁵⁵na³¹thia:n³³thoŋ³¹tɕia:ŋ⁵⁵。
拿　不　准　哪　天　同　讲。
Ran³¹ʐau⁵⁵tɕi⁵⁵nia:n³¹tsan²¹xa:u⁵⁵va:n³¹，
人　有　几　年　正　好　玩，
Ran³¹ʐau⁵⁵tɕi⁵⁵tʂhun³³tsan²¹xa:u⁵⁵sua⁵⁵。
人　有　几　春　正　好　耍。

Laŋ³¹sa:u³³ɕin²¹kɯ⁵⁵na⁵⁵ʐi³¹nia:n³¹,

郎　　捎　　信　给　哪　一　年,

Tɕhin³¹ʑau⁵⁵sa:u³³ɕin²¹kɯ⁵⁵su⁵⁵tɕi³³。

情　　友　　捎　　信　给　属　鸡。

Wo⁵⁵ʐa:u²¹tiu³³tʂuo³¹tʂï⁵⁵pu²¹a:n³³,

我　　要　丢　桌　子　不　安,

Tiu³³tʂuo³¹tɕhin³¹ʑau⁵⁵pu²¹thoŋ³³tʂï³³。

丢　桌　情　　友　　不　通　知。

Laŋ³¹mai²¹ɕia:ŋ³³lia:n²¹si³¹pu²¹tʂha:ŋ³¹,

郎　妹　相　　恋　　时　不　长,

Mai²¹laŋ³¹khu³¹ɕia:u²¹pu²¹tʂhu³¹la:i³¹。

妹　郎　哭　笑　　不　出　来。

Ran³¹ʑau⁵⁵tɕi⁵⁵nia:n³¹tʂan²¹xa:u⁵⁵sua⁵⁵,

人　有　几　年　　正　好　耍,

Ran³¹ʑau⁵⁵tɕi⁵⁵tʂhun³³tʂan²¹wa:n³¹sua⁵⁵。

人　有　几　春　　正　玩　耍。

Laŋ³¹sa:u³³ɕin²¹kɯ⁵⁵su⁵⁵na³¹nia:n³¹,

郎　　捎　　信　给　鼠　哪　年,

Tɕhin³¹ʑau⁵⁵sa:u³³ɕin²¹kɯ⁵⁵su³¹ka:u⁵⁵。

情　　友　　捎　　信　给　属　狗。

Kua²¹nia:n²¹mai²¹la:i³¹kua²¹nia:n²¹ʑau⁵⁵,

挂　念　　妹　来　挂　念　　友,

ɕia:ŋ⁵⁵nia:n²¹tɕhin³¹mai²¹tɕhia:u³¹ɕia:ŋ³³fəŋ³¹。
想　念　情　妹　桥　相　逢。

Ran³¹ʑau⁵⁵tɕi⁵⁵nia:n³¹tʂan²¹xa:u⁵⁵sua⁵⁵，
人　有　几　年　正　好　耍，
Ran³¹ʑau⁵⁵tɕi⁵⁵tʂhun³³tʂan²¹wa:n³¹sua⁵⁵。
人　有　几　春　正　玩　耍。

Laŋ³¹sa:u³³ɕin²¹kɯ⁵⁵su⁵⁵na⁵⁵nia:n³¹，
郎　捎　信　给　属　哪　年，
Tɕhin³¹ʑau⁵⁵sa:u³³ɕin²¹kɯ⁵⁵tʂu³³tʂu³³。
情　友　捎　信　给　属　猪。

Mai²¹la:i³¹thoŋ³¹laŋ³¹tɕhu²¹tʂa:i⁵⁵tʂu³³，
妹　来　同　郎　去　宰　猪，
Tɕhin³¹mai²¹thoŋ³¹laŋ³¹tʂhi³¹tʂu³³rau²¹。
情　妹　同　郎　吃　猪　肉。
Tʂhi³¹tɕi⁵⁵tun²¹tʂa:u⁵⁵fa:n²¹ʑau⁵⁵rau²¹，
吃　几　顿　早　饭　有　肉，

Tɕhin³¹mai²¹pu²¹tɕhu²¹si²¹sa⁵⁵mai²¹。
情　妹　不　去　是　傻　妹。
Ran³¹ʑau⁵⁵tɕi⁵⁵nia:n³¹tʂan²¹xa:u⁵⁵sua⁵⁵，
人　有　几　年　正　好　耍，
Ran³¹ʑau⁵⁵tɕi⁵⁵tʂhun³³tʂan²¹xa:u⁵⁵va:n³¹。
人　有　几　春　正　好　玩。

La:ŋ³¹sa:u³³ɕin²¹kɯ⁵⁵su⁵⁵na⁵⁵nia:n³¹,

郎　捎　信　给　属　哪　年，

Tɕhin³¹ʑau⁵⁵sa:u³³ɕin²¹kɯ⁵⁵su⁵⁵su⁵⁵。

情　友　捎　信　给　属　鼠。

Li⁵⁵tɕhu²¹tʂhan³¹thau³¹ma:i⁵⁵phu³¹ran³¹,

里　去　城　头　买　仆　人，

Tɕhu²¹tʂhan³¹ma:i⁵⁵kɯ⁵⁵la:u⁵⁵ʑau⁵⁵kha:n²¹,

去　城　买　给　老　友　看，

Tɕhin³¹mai²¹kha:n²¹lə⁵⁵pu²¹tʂun⁵⁵ʑa:u²¹。

情　妹　看　了　不　准　耍。

Tɕhin³¹laŋ³¹fu²¹mu⁵⁵ʑa:u²¹phu³¹ran³¹。

情　郎　父　母　要　仆　人。

Ma:i⁵⁵ʑi³¹ran³¹la:i³¹pa:ŋ³³thia:u³³sui⁵⁵,

买　一　人　来　帮　挑　水，

Ma:i⁵⁵ʑi³¹kə²¹la:i³¹tʂuo²¹tɕia³³wu²¹。

买　一　个　来　做　家　务。

Ran³¹ʑau⁵⁵tɕi⁵⁵nia:n³¹tʂan²¹xa:u⁵⁵sua⁵⁵,

人　有　几　年　正　好　耍，

Ran³¹ʑau⁵⁵tɕi⁵⁵tʂhun³³tʂan²¹wa:n³¹sua⁵⁵。

人　有　几　春　正　玩　耍。

Laŋ^{31}sa:u^{33}ɕin^{21}kɯ^{55}su^{55}na^{55}nia:n^{31},

郎　　悄　　信　给　属　哪　年,

Tɕhin^{31}ʑau^{31}sa:u^{33}ɕin^{21}kɯ^{55}su^{55}niu^{31}。

情　　友　　悄　　信　给　属　牛。

Thia:n^{33}thia:n^{33}tɕia:ŋ^{55}ta:u^{21}la:u^{55}tɕhin^{31}ʑau^{55},

天　　天　　讲　　到　老　情　　友,

Thia:n^{33}thia:n^{33}pu^{21}tɕia:n^{21}ni^{55}ʑau^{55}xoŋ^{55}。

天　　天　　不　见　你　友　哄。

Thia:n^{33}thia:n^{33}nia:n^{21}ta:u^{21}la:u^{55}tɕhin^{31}ʑau^{55},

天　　天　　念　　到　老　情　　友,

Thia:n^{33}thia:n^{33}wo^{55}kua^{21}nia:n^{21}ni^{55}ʑau^{55}。

天　　天　　我　　挂　念　你　友。

Ran^{31}ʑau^{55}tɕi^{55}nia:n^{31}tʂan^{21}xa:u^{55}sua^{55},

人　　有　几　年　　正　好　耍,

Ran^{31}ʑau^{55}tɕi^{55}tʂhun^{33}tʂan^{21}wa:n^{31}sua^{55}。

人　　有　几　春　　正　玩　耍。

Laŋ^{31}sa:u^{33}ɕin^{21}kɯ^{55}su^{55}na^{55}nia:n^{31},

郎　　悄　　信　给　属　哪　年,

Tɕhin^{31}ʑau^{55}sa:u^{33}ɕin^{21}kɯ^{55}su^{31}xu^{55}。

情　　友　　悄　　信　给　属　虎。

ʑu^{21}ɕia:n^{33}tʂuo^{21}tɕia^{21}tʂi^{31}pu^{21}tɕi^{33},

预　　先　　做　　架　织　布　机,

Tʂa:n³¹ʐa:u²¹tʂan³³tʂuo²¹tʂi³¹ɕia:n²¹tɕia²¹

咱　要　增　做　织　线　架，

Mia:n⁵⁵tə³¹tɕhu²¹ɕia:ŋ²¹ran³¹tɕia³³tɕe²¹，

免　得　去　向　人　家　借，

Xa:u⁵⁵tʂa:i²¹tʂa:n³¹lia:ŋ⁵⁵tʂi²¹tʂi⁵⁵ʐau⁵⁵。

好　在　咱　俩　自　己　有。

痴迷歌

　　一对恋人相爱到痴心不能自拔，女友想男友心切连饭都吃不下，正在吃饭时听说男友已到寨边，立即放下碗筷去接男友。去到寨边时看到的人却不是男友。这是在梦中梦见男友。心不甘得不到男友。回想两人在月光下的身影而伤心，回想两人走在水井边看到水井里的倒影思绪万千。可怜天下情人相思的执着。

$\text{çia:}\eta^{31}\text{wa:}n^{31}\text{tçiu}^{21}\text{la:}i^{31}\text{wa:}n^{31}\text{pa}^{33}\text{tçiu}^{21}\text{zau}^{55}$，
想　　玩　　就　　来　　玩　　吧　旧　友，
$\text{Tha:}n^{33}\text{wa:}n^{31}\text{tşua:}n^{55}\text{xui}^{31}\text{wa:}n^{31}\text{wa:}n^{31}\text{tçhin}^{31}\text{zau}^{55}$。
贪　　玩　　转　　回　　贪　　玩　　情　　友。
$\text{çia:}\eta^{55}\text{tşa:}i^{21}\text{na}^{55}\text{wa:}n^{31}\text{tçiu}^{21}\text{na}^{55}\text{li}^{55}\text{wa:}n^{31}$，
想　　在　　哪　　玩　　就　　哪里　玩，
$\text{çia:}\eta^{55}\text{tşa:}i^{21}\text{na}^{55}\text{li}^{55}\text{sua}^{55}\text{tçiu}^{21}\text{tçhu}^{21}\text{sua}^{55}$。
想　　在　　哪里　耍　　就　　去　　耍。

$\text{Wa:}n^{31}\text{ta:}u^{21}\text{fa}\eta^{31}\text{ti}\eta^{55}\text{wa}^{55}\text{xui}^{21}\text{tşua:}n^{55}$，
玩　　到　　房　顶　瓦　会　　转，
$\text{Wa:}n^{31}\text{ta:}u^{21}\text{fa}\eta^{31}\text{wu}^{33}\text{xui}^{21}\text{çia:}n^{31}\text{tşua:}n^{55}$。
玩　　到　　房　屋　会　旋　　转。

$\text{zau}^{21}\text{pha}^{21}\text{zau}^{55}\text{tçi}^{31}\text{ma:}\eta^{31}\text{si}^{31}\text{tçia:}\eta^{55}$，
又　　怕　　友　急　　忙　　时　　讲，

ȵau²¹pha²¹ȵau⁵⁵tɕi³¹si³¹si³¹thi³¹。
又　怕　友　急　时　时　提。
ȵau²¹pha²¹tɕhin³¹ȵau⁵⁵tɕi³¹tɕia:ŋ³¹liu³¹,
又　怕　情　友　急　讲　留,
ȵue³¹xui²¹ȵau²¹ȵue³¹xə³¹ɕin³³ȵau³¹。
约　会　要　约　合　心　友。
ȵue³¹ȵau⁵⁵ȵa:u²¹ȵue³¹xə³¹ʑi²¹ran³¹,
约　友　要　约　合　意　人,
ȵue³¹ȵau⁵⁵ȵue³¹ʑi²¹ran³¹er³¹ȵau⁵⁵。
约　友　约　意　人　而　友。

Fa:n²¹ta:u²¹mia:n²¹tɕhia:n³¹pu²¹ɕia:ŋ⁵⁵tua:n³³,
饭　到　面　　前　不　想　端,
Fa:n²¹ta:u²¹sau⁵⁵tʂoŋ³³pu²¹ɕia:ŋ⁵⁵tʂhi³¹,
饭　到　手　中　不　想　　吃,
Tha:i³¹fa:n²¹ta:u²¹sau⁵⁵ɕia:ŋ⁵⁵tɕhin³¹ȵau⁵⁵。
抬　饭　到　手　想　　情　友。

Thin³³ta:u²¹san³³ȵin³³ȵau⁵⁵ta:u²¹tʂa:i²¹,
听　到　声　音　友　到　寨,
Thin²²ta:u²¹xua²¹ȵin³³ȵau⁵⁵ta:u²¹tɕia³³。
听　到　话　音　友　到　　家。

Mo²¹min³¹tə³³pa⁵⁵wa:n⁵⁵faŋ²¹ɕia²¹,
莫　名　地　把　碗　　放　下,

Mo²¹min³¹tə³³pa⁵⁵wa:n⁵⁵faŋ²¹tʂə³¹,
莫　名　地　把　碗　放　着，
Pa³¹wa:n⁵⁵faŋ²¹tʂa:i²¹fa:n²¹tʂuo³³sa:ŋ²¹。
把　碗　放　在　饭　桌　上。

Wo⁵⁵man³³tʂa:n²¹tʂa:i²¹tʂu³¹ʑua:n³¹pia:n³³,
我　们　站　在　竹　园　边，
Wo⁵⁵tʂa:n²¹tʂa:i²¹ɕia²¹thau³¹tʂu³¹ʑua:n³¹,
我　站　在　下　头　竹　园，
Tɕhin³¹ʑau⁵⁵kha:n²¹pu²¹tɕia:n²¹tʂa:i²¹tua:n³³。
情　友　看　不　见　在　端。

Tʂa:n³¹la:i³¹tʂa:u⁵⁵pu²¹tɕia:n²¹na:n³¹ʑau⁵⁵,
咱　来　找　不　见　男　友，
Wo⁵⁵la:i³¹pu²¹tɕia:n²¹na:n³¹ʑau⁵⁵tʂau⁵⁵。
我　来　不　见　男　友　走。

Xə³¹ɕin³³pu²¹ni³³si²¹tɕia:n³³ʑau⁵⁵?
合　心　不　呢　世　间　友？
Xə³¹ɕin³³pu²¹ni³³si²¹sa:ŋ²¹ran³¹?
合　心　不　呢　世　上　人？

Xə³¹ɕin³³pu²¹ʑau⁵⁵si²¹tɕia:n³³ʑau⁵⁵。
合　心　不　友　世　间　友。

Xə³¹ɕin³³ʐuo³¹ʑi³¹kə²¹tɕhin³¹ran³¹,

合　心　约　一　个　情　人，

Xə³¹ɕin³³pa⁵⁵tɕiu²¹tɕhin³¹ʐau⁵⁵xoŋ⁵⁵,

合　心　把　旧　情　友　哄，

ʐuo³¹xui²¹ʑa:u²¹ʐuo³¹xə³¹ɕin³³ʐau⁵⁵,

约　会　要　约　合　心　友，

ʐuo³¹xui²¹ʑa:u²¹ʐuo³¹tɕhin³¹ʑi²¹ran³¹。

约　会　要　约　情　意　人。

ʑi³¹wa:n⁵⁵fa:n²¹lia:ŋ⁵⁵ran³¹tʂui⁵⁵tʂhi³¹,

一　碗　饭　两　人　嘴　吃，

Lia:ŋ⁵⁵wa:n⁵⁵fa:n²¹lia:ŋ⁵⁵ran³¹tʂui⁵⁵tʂa:n³³,

两　碗　饭　两　人　嘴　粘，

Lia:ŋ⁵⁵tʂui⁵⁵sa:ŋ²¹tʂa:n³³ʐau⁵⁵khau⁵⁵sui⁵⁵。

两　嘴　上　粘　有　口　水。

Tʂhi³¹fa:n²¹pu²¹ɕia:ŋ³³suo³¹mai³¹ʑa:n³¹,

吃　饭　不　香　说　没　盐，

Tʂhi³¹tʂau³³pu²¹ɕia:ŋ³³suo³¹mai³¹ʑa:n³¹。

吃　粥　不　香　说　没　盐。

Tʂhi³¹tʂa:u⁵⁵fa:n²¹pu²¹tɕia:n²¹na:n³¹ʐau⁵⁵,

吃　早　饭　不　见　男　友，

Tʂhi³¹tʂa:u⁵⁵fa:n²¹tɕia:n²¹ni⁵⁵tɕhin³¹ʐau⁵⁵,

吃　早　饭　见　你　情　友，

Tʂhi³¹wu⁵⁵fa:n²¹pu²¹tɕia:n²¹tɕhin³¹ran³¹。
吃　午饭　不　见　情　人。
Tʂhi³¹wu⁵⁵fa:n²¹pu²¹tɕia:n²¹ni⁵⁵ʐau⁵⁵。
吃　午饭　不　见　你　友。
ʐuo³¹xui²¹ʐa:u²¹ʐuo³¹xə³¹ɕin³³ʐau⁵⁵，
约　会　要　约　合　心　友，
ʐuo³¹ʐuo³¹xə³¹ɕin³³pu²¹tɕhin³¹ʐau⁵⁵，
约　约　合　心　不　情　友，
ʐuo³¹xui²¹ʐa:u²¹ʐuo³¹xə³¹ɕin³³ran³¹。
约　会　要　约　合　心　人。

Wai²¹ʐau⁵⁵wa:n³¹sua⁵⁵ta:u²¹tɕin⁵⁵khau⁵⁵，
为　友　玩　耍　到　井　口，
Wai²¹ʐau⁵⁵wa:n³¹sua⁵⁵ta:u²¹si³¹sa:ŋ²¹。
为　友　玩　耍　到　石　上。

Lia:ŋ⁵⁵tɕuo³¹tʂha:i⁵⁵tʂa:i²¹si³¹tha:u³³sa:ŋ²¹，
两　脚　踩　在　石　头　上，
Lia:ŋ⁵⁵tɕuo³¹tʂha:i⁵⁵tʂa:i²¹sui⁵⁵mia:n²¹sa:ŋ²¹，
两　脚　踩　在　水　面　上，
Lia:ŋ⁵⁵tɕuo³¹tʂa:i²¹sa:ŋ²¹sa:ŋ²¹mia:n²¹sui⁵⁵。
两　脚　踩　在　上　面　水。

Kha:n²¹tɕhu²¹tɕin⁵⁵li⁵⁵tʂhan³¹lia:ŋ⁵⁵kə²¹，
看　去　井　里　成　两　个，
Kha:n²¹tɕin⁵⁵tʂoŋ³³tʂhan³¹lia:ŋ⁵⁵tɕhin³¹ran³¹，
看　井　中　成　两　情　人，

Kha:n²¹tɕhu²¹tɕin⁵⁵ti⁵⁵tʂhan³¹lia:ŋ⁵⁵kə²¹。
看　　去　　井　底　成　　两　个。

Kha:n²¹tɕin⁵⁵ti⁵⁵ʑau⁵⁵lia:ŋ⁵⁵tɕhin³¹ʑau⁵⁵。
看　　井　底　有　两　　情　友。
Tʂhan³¹wa:i³¹lia:ŋ⁵⁵tɕhin³¹ran³¹pa:n³¹tɕia:n³³。
成　　为　　两　情　人　扳　肩。

Tʂhan³¹wai³¹lia:ŋ⁵⁵tɕhin³¹ran³¹thau³¹ʑin⁵⁵，
成　　为　　两　　情　人　头　影，
Lia:ŋ⁵⁵tɕhin³¹ran³¹pa:n⁵⁵tɕia:n³³thau³¹ʑin⁵⁵。
两　　情　人　扳　肩　头　　影。

ɕin³³pu²¹si⁵⁵ʑa³¹ɕin³³pu²¹ka:n³³，
心　不　死呀　心　不　甘，
ɕin³³pu²¹si⁵⁵ʑu⁵⁵ʑau⁵⁵tʂan³¹sua:ŋ³³，
心　不　死　与　友　成　　双，
ɕin³³pu²¹si⁵⁵thoŋ³¹na:n³¹ʑi³¹tui²¹，
心　不　死　同　男　一　对，
ɕin³³pu²¹ka:n³³ʑu⁵⁵ʑau⁵⁵ta:u²¹ʑin⁵⁵，
心　不　甘　　与　友　倒　影，
ɕin³³pu²¹fu³¹xə³¹ʑau⁵⁵thau³¹ʑin⁵⁵。
心　不　服　和　友　头　　影。

ʐuo³¹xui²¹ʐau²¹ʐuo³¹xə³¹ɕin³³ʐau⁵⁵,

约　会　要　约　合　心　友，

ʐuo³¹xui²¹ʐau²¹ʐuo³¹xə³¹ɕin³³ʐau⁵⁵,

约　会　要　约　合　心　友，

ʐuo³¹xui²¹ʐau²¹ʐuo³¹xə³¹ɕin³³ran³¹。

约　会　要　约　合　心　人。

Wai²¹ʐuo³¹ʐau⁵⁵tʂa:n³¹pha:u⁵⁵tɕin⁵⁵pia:n³³。

为　约　友　咱　跑　井　边。

Wai²¹ʐuo³¹tɕhin³¹ʐau⁵⁵pa:u⁵⁵tɕin⁵⁵khau⁵⁵,

为　约　情　友　跑　井　口，

Wai²¹ʐuo³¹ʐau⁵⁵tʂa:n³¹ʐau³¹si³¹sa:ŋ²¹。

为　约　友　咱　游　石　上。

Kha:n²¹tɕin⁵⁵li⁵⁵ʐau²¹tʂhan³¹lia:ŋ⁵⁵ran³¹,

看　井　里　又　成　两　人，

Kha:n²¹tɕin⁵⁵ti⁵⁵ʐau²¹ʐau⁵⁵lia:ŋ⁵⁵kə²¹。

看　井　底　又　有　两　个。

Kha:n²¹tɕin⁵⁵ti⁵⁵ʐau²¹ʐau⁵⁵lia:ŋ⁵⁵ran³¹,

看　井　底　又　有　两　人，

Xa:u⁵⁵ɕia:ŋ²¹lia:ŋ⁵⁵tɕhin³¹ʐau⁵⁵pa:n⁵⁵tɕia:n³³,

好　像　两　情　友　扳　肩，

Tʂhan³¹ɕia:ŋ²¹ʐau⁵⁵xə³¹ʐau⁵⁵pa:n⁵⁵tɕia:n³³。

成　像　友　和　友　扳　肩。

Xa:u⁵⁵ɕia:ŋ⁵⁵lia:ŋ⁵⁵tɕhin³¹ran³¹ta:u²¹ʑin⁵⁵，
好　　像　　两　　情　　人　　倒　　影，
Tʂhan³¹ɕia:ŋ²¹ʐau⁵⁵xə³³na:n³¹ʐau⁵⁵thau³¹ʑin⁵⁵。
成　　像　　友　　和　　男　　友　　头　　影。

ɕin³³pu²¹si⁵⁵ʐa³¹ɕin³³pu²¹ka:n⁵⁵，
心　不　死　呀　心　不　甘，
ɕin³³pu²¹si⁵⁵ʐu⁵⁵ʐau⁵⁵ta:u²¹ʑin⁵⁵，
心　不　死　与　友　　倒　影，
ɕin³³pu²¹ta:u⁵⁵xə³¹tɕhin³¹ʐau⁵⁵thau³¹ʑin⁵⁵，
心　不　倒　和　情　友　头　影，
ɕin³³pu²¹ka:n³³xə³¹ʐau⁵⁵thau³¹ʑin⁵⁵。
心　不　甘　和　友　头　　影。

ɕin³³pu²¹fu³¹xə³¹ʐau⁵⁵thau³¹ʑin⁵⁵，
心　不　服　和　友　头　　影，
Tə³¹xə³¹ʐau⁵⁵ta:u²¹ʑin⁵⁵ɕin³³tha³³si³¹，
得　和　友　倒　影　心　踏　实，
Tə³¹xə³¹tɕhin³¹ʐau⁵⁵thau³¹ʑin⁵⁵ɕin³³tha³³si³¹，
得　和　情　友　头　影　心　踏　实，
Tə³¹xə³¹ʐau⁵⁵pa:n⁵⁵tɕia:n³³ɕin³³wan⁵⁵ta:ŋ²¹。
得　和　友　扳　肩　心　稳　当。

Tə³¹xə³¹tɕhin³¹ʐau⁵⁵pa:n⁵⁵tɕia:n³³ɕin³³wan⁵⁵ta:ŋ³¹，
得　和　情　友　扳　肩　心　稳　当，

Ta³¹ʑin²¹wo⁵⁵pu²¹nə³³na:n³¹ʑau⁵⁵?
答 应 我 不 呢 男 友?
Ta³¹ʑin²¹fa:ŋ²¹pu²¹luo³³na:n³¹ʑau⁵⁵,
答 应 放 不 咯 男 友,

Ta³¹ʑin²¹wo⁵⁵pu²¹nə³³tɕhin³¹ran³¹?
答 应 我 不 呢 情 人?
Ta³¹ʑin²¹fa:ŋ²¹pu²¹luo³³ʑau⁵⁵,
答 应 放 不 咯 友,
Ta³¹ʑin²¹tʂuo²¹wo⁵⁵tə³³na:n³¹ʑau⁵⁵,
答 应 做 我 的 男 友,
Ta³¹ʑin²¹tə³¹ta:u²¹ni⁵⁵tʂuo²¹na:n³¹ʑa:u⁵⁵。
答 应 得 到 你 做 男 友。

Ta³¹ʑin²¹tʂuo²¹wo⁵⁵tə³³tɕhin³¹ʑau⁵⁵,
答 应 做 我 的 情 友,
Ta³¹ʑin²¹tʂa:i²¹ta:u²¹ni⁵⁵tʂuo²¹ʑau⁵⁵。
答 应 在 到 你 做 友。

ʑuo³¹xui²¹ʑa:u²¹ʑuo³¹xə³¹ɕin³³ʑau⁵⁵,
约 会 要 约 合 心 友,
ʑuo³¹ʑa:u²¹xə³¹ɕin³³pu²¹tɕhin³¹ʑau⁵⁵,
约 要 合 心 不 情 友,
ʑuo³¹xui²¹ʑa:u²¹ʑue³¹xə³¹ɕin³³ran³¹。
约 会 要 约 合 心 人。

ʑuo³¹ʑa:u²¹xə³¹ɕin³³pu²¹tɕhin³¹ʑa:u⁵⁵,
约 要 合 心 不 情 友,

Lia:ŋ⁵⁵tɕuo³¹tʂha:i⁵⁵tʂa:i²¹sui⁵⁵mia:n²¹sa:ŋ²¹,

两　脚　踩　在　水　面　上,

Lia:ŋ⁵⁵tɕuo³¹tʂha:i⁵⁵tʂa:i²¹sa:ŋ²¹mia:n²¹sui⁵⁵,

两　脚　踩　在　上　面　水,

Tʂha:i⁵⁵sui⁵⁵sa:ŋ²¹ʑi⁵⁵wai³¹si²¹si³¹。

踩　水　上　以　为　是　石。

ɕin³³li³¹tɕia:u³³tɕi³¹ɕia:ŋ⁵⁵ta:u²¹ni⁵⁵,

心　里　焦　急　想　到　你,

ɕin³³li³¹tɕia:u³³tɕi³¹pha:n²¹ta:u²¹ni⁵⁵,

心　里　焦　急　盼　到　你,

ɕin³³li³¹tɕi³¹toŋ²¹ɕia:ŋ⁵⁵ta:u²¹ni⁵⁵,

心　里　激　动　想　到　你,

ɕin³³rə²¹na:u²¹kuo²¹ɕia:ŋ³¹ta:u²¹ni⁵⁵。

心　热　闹　过　想　到　你。

ɕin³³xua:ŋ³³ɕia:ŋ⁵⁵ta:u²¹ni⁵⁵tɕhin³¹ʑau⁵⁵,

心　慌　想　到　你　情　友,

ɕin³³xua:ŋ³³ɕia:ŋ⁵⁵ta:u²¹ran³¹tɕiu²¹ʑau⁵⁵

心　慌　想　到　人　旧　友,

ɕin³³xua:ŋ³³ɕia:ŋ⁵⁵ta:u²¹ni⁵⁵tɕhin³¹ran³¹。

心　慌　想　到　你　情　人。

ʑuo³¹xui²¹ʑa:u²¹ʑuo³¹xə³¹ɕin³³ʑau⁵⁵,

约　会　要　约　合　心　友,

ʑuo³¹ʑa:u²¹xə³¹ɕin³³pu²¹tɕhin³¹ʑau⁵⁵,

约　要　合　心　不　情　友,

91

ʐuo³¹xui²¹ʐaːu²¹ʐuo³¹xə³¹ɕin³³ran³¹。

约　会　要　约　合　心　人。

ʑi³¹khaːi³³khau⁵⁵tɕiu²¹tɕiaːŋ⁵⁵taːu²¹ni⁵⁵,

一　开　口　就　讲　到　你，

ɕiaːn²¹khaːi³³khau⁵⁵ɕiaːn²¹thi³¹taːu²¹ni⁵⁵,

现　开　口　现　提　到　你，

Sui³¹tʂi³³ɕiŋ⁵⁵laːi³¹si²¹məŋ²¹tʂoŋ³³。

谁　知　醒　来　是　梦　中。

Sui²¹ɕin⁵⁵laːi³¹si²¹sui²¹paːn²¹ʐe²¹,

睡　醒　来　是　睡　半　夜，

San³³tɕhi²¹tʂau⁵⁵tɕhi⁵⁵ʐue³¹kuaːŋ³³ɕia²¹,

生　气　走　去　月　光　下，

ɕiaːŋ⁵⁵tɕhi²¹maːn²¹tʂau⁵⁵ɕia²¹ʐue³¹liaːŋ²¹。

想　气　慢　走　下　月　亮。

ʐau⁵⁵taːu²¹na⁵⁵tau³³ʐau⁵⁵ɕin³³ɕin³³。

游　到　哪　都　有　星　星。

Thiaːn³³ɕia²¹ɕin³³ɕin³³tɕi⁵⁵waːn²¹khə³³,

天　下　星　星　几　万　颗，

ɕia²¹thiaːn³³tɕi⁵⁵waːn²¹khə³³ɕin³³ɕin³³,

下　天　几　万　颗　星　星，

Tʂaːn³¹tʂaːi²¹ʐue³¹kuaːŋ³³ɕia²¹waːn³¹sua⁵⁵。

咱　在　月　光　下　玩　耍。

Wo⁵⁵man³³tʂa:i²¹ɕia²¹ɕin³³ɕin³³wa:n³¹sua⁵⁵,

我 们 在 下 星 星 玩 耍,

Na:n³¹ʑau⁵⁵si³¹si³¹suo³¹la:i³¹wa:n³¹sua⁵⁵,

男 友 时 时 说 来 玩 耍,

Tɕhin³¹ʑau⁵⁵si³¹si³¹tɕia:ŋ⁵⁵la:i³¹wa:n³¹。

情 友 时 时 讲 来 玩。

Tʂa:n³¹tə³³ɕin³³li⁵⁵tʂi²¹pha:n²¹ta:n²¹,

咱 的 心 里 自 判 断,

ɕin³³li⁵⁵tʂi²¹ɕin²¹ʑau²¹tʂi²¹ʑu⁵⁵,

心 里 自 言 又 自 语,

Tʂi²¹tɕi⁵⁵ʑau²¹ka:u²¹su²¹tʂi²¹tɕi⁵⁵。

自 己 又 告 诉 自 己。

ɕin³³li⁵⁵xə³¹ɕin³³li⁵⁵tʂi²¹tɕia:ŋ⁵⁵,

心 里 和 心 里 自 讲,

Khə⁵⁵ɕi³¹ʑa³³khə⁵⁵ɕi³¹na:n³¹ʑau⁵⁵,

可 惜 呀 可 惜 男 友,

Khə⁵⁵ɕi³¹la:i³¹khə⁵⁵ɕi³¹tɕiu²¹ʑau⁵⁵,

可 惜 来 可 惜 旧 友,

Khə⁵⁵ɕi³¹ʑa³¹khə⁵⁵ɕi³¹tɕhin³¹ran³¹。

可 惜 呀 可 惜 情 人。

Khə⁵⁵ɕi³¹pu²¹naŋ³¹thoŋ³¹tʂhi³¹ʑa:n³¹,

可 惜 不 能 同 吃 盐,

Khə⁵⁵ɕi³¹tʂa:n³¹si²¹min²¹khu⁵⁵ran³¹,

可 惜 咱 是 命 苦 人,

Khə⁵⁵çi³¹tçia:n³¹pai²¹min²¹pu²¹xa:u⁵⁵,

可　惜　前　辈　命　不　好,

Khə⁵⁵çi³¹wa:ŋ³¹kuo²¹tʂə²¹ʑi³¹san³³。

可　惜　枉　过　这　一　生。

Tʂa:n³¹pu²¹ra:ŋ²¹pie³¹ran³¹tçia:ŋ⁵⁵ʐau⁵⁵,

咱　不　让　别　人　讲　友,

Tʂa:n³¹pu²¹ra:ŋ²¹tçhin³¹tiu³³tçhin³¹ʐau⁵⁵,

咱　不　让　情　丢　情　友,

Tʂa:n³¹pu²¹ra:ŋ²¹ran³¹suo³¹tçhin³¹ʐau⁵⁵。

咱　不　让　人　说　情　友。

Tʂa:n³¹pu²¹ran³¹suo³¹tçhin³¹ʐau⁵⁵tçia:ŋ⁵⁵,

咱　不　人　说　情　友　讲,

Lia:ŋ⁵⁵tçhin³¹ʐau⁵⁵tʂi²¹tin²¹tʂoŋ³³san³³。

两　情　友　自　定　终　身。

痴情歌

　　一对恋人相爱到痴心着迷的程度，继续相爱下去，不能自拔。其他恋人相恋到一定程度后，因不能成为一家而各自另作选择。而我俩相爱痴心很深，却不能成为一家，但仍然依依不舍，相爱越陷越深。没办法的情况下，他们只好以"兄妹"相称，决心要把河填成一条情路，互相来往，互走到死的那一天，可想爱情的力量。

Ma^{31}tɕhue^{31}wa:n^{31}sua^{55}ɕi^{33}ʐua:n^{31}pia:n^{33},
麻　　雀　　玩　　耍　　栖　　园　　边，
Ma^{31}tɕhue^{31}la:i^{31}tʂa:n^{21}tʂa:i^{21}ʐua:n^{31}pia:n^{33}。
麻　　雀　　来　　站　　菜　　园　　边。

Xua^{21}mai^{31}wa:n^{31}sua^{55}tʂa:n^{21}ti^{21}tɕuo^{31},
画　　眉　　玩　　耍　　站　　地　　角，
Wa:n^{31}xua^{21}mai^{31}la:i^{31}tʂa:n^{21}ti^{21}tɕuo^{31}。
玩　　画　　眉　　来　　站　　地　　角。

Thia:n^{33}nia:n^{21}na:n^{31}ʐau^{55}xa:u^{55}tɕi^{55}tʂhi^{21},
天　　念　　男　　友　　好　　几　　次，
ʐi^{31}thia:n^{33}tɕia:ŋ^{55}na:n^{31}ʐa:u^{55}tɕi^{55}pia:n^{21}。
一　　天　　讲　　男　　友　　几　　遍。

çia:ŋ⁵⁵wa:n³¹tçiu²¹wa:n³¹pa³³tçiu²¹ʑau⁵⁵,
想　玩　就　玩　吧　旧　友，
A:i²¹wa:n³¹tçiu²¹wa:n³¹pa³³tçhin³¹ʑau⁵⁵。
爱　玩　就　玩　吧　情　友。

Ma³¹tçhuo³¹wa:n³¹sua⁵⁵çi³¹ʑua:n³¹pia:n³³,
麻　雀　玩　耍　栖　园　边，
Xua²¹mai³¹wa:n³¹sua⁵⁵tʂa:n²¹ti²¹tçuo³¹。
画　眉　玩　耍　站　地　角。

ʑi³¹thia:n³³tçia:ŋ⁵⁵ta:u²¹ni⁵⁵tçi⁵⁵tʂhi²¹,
一　天　讲　到　你　几　次，
 ʑi³¹thia:n³³suo³¹ta:u²¹ni⁵⁵tçi⁵⁵pia:n²¹。
一　天　说　到　你　几　遍。
çia:ŋ⁵⁵wa:n³¹tçiu²¹wa:n³¹pa³³tçiu²¹ʑau⁵⁵,
想　玩　就　玩　吧　旧　友，
Tha:n³³wa:n³¹la:i³¹tha:n³³wa:n³¹tçiu²¹ʑau⁵⁵,
贪　玩　来　贪　玩　旧　友，
A:i²¹wa:n³¹tçiu²¹wa:n³¹pa³³tçhin³¹ʑau⁵⁵。
爱　玩　就　玩　吧　情　友。

Wa:n³¹na:n³¹ʑau⁵⁵ʑa³³ʑu⁵⁵ʑau⁵⁵wa:n³¹,
玩　男　友　呀　与　友　玩，
Wa:n³¹na:n³¹ʑau⁵⁵çia:ŋ²¹tçia:u³³phəŋ³¹ʑau⁵⁵,
玩　男　友　像　交　朋　友，
ʑu⁵⁵ʑau⁵⁵wa:n³¹sua⁵⁵çia:ŋ²¹tçia:u³³ʑau⁵⁵。
与　友　玩　耍　像　交　友。

Wa:n³¹na:n³¹ʐau⁵⁵ɕia:ŋ²¹ʐau³¹faŋ²¹thau³¹。
玩　　男　友　像　油　放　头。

Pie³¹ran³¹faŋ²¹ʐau³¹ʐau³¹xui²¹ka:n³³,
别　人　放　油　油　会　干,
Pie³¹ran³¹wa:n³¹ʐau⁵⁵wa:n³¹ʐi³¹si³¹,
别　人　玩　友　玩　一　时,
Tʂa:n²¹man³³wa:n³¹ʐau⁵⁵wu³¹si³¹ɕia:n²¹。
咱　们　玩　友　无　时　限。

Wu³¹si³¹ɕia:n²¹ʐa³³ʐu⁵⁵ʐau⁵⁵sua⁵⁵,
无　时　限　呀　与　友　耍,
Wu³¹si³¹ɕia:n²¹ʐa³³ʐu⁵⁵ʐau⁵⁵wa:n³¹。
无　时　限　呀　与　友　玩。
ʐu⁵⁵ʐau⁵⁵tɕia:u³³wa:ŋ⁵⁵pu²¹ʐua:n²¹tɕia:n²¹,
与　友　交　　往　不　厌　倦,
Xuo³¹ʐau⁵⁵tɕia:u³³wa:ŋ⁵⁵pə³¹pu²¹ʐua:n²¹。
和　友　交　往　百　不　厌。

ɕia:ŋ⁵⁵wa:n³¹tɕiu²¹wa:n³¹pa³³tɕiu²¹ʐau⁵⁵,
想　玩　就　玩　吧　旧　友,
ɕia:ŋ⁵⁵wa:n³¹tɕiu²¹wa:n³¹pa³³tɕhin³¹ʐau⁵⁵。
想　玩　就　玩　吧　情　友。
Wa:n³¹na:n³¹ʐau⁵⁵ʐa³³ʐu⁵⁵ʐau⁵⁵wa:n³¹,
玩　　男　友　呀　与　友　玩,
Wa:n³¹na:n³¹ʐau⁵⁵ɕia:ŋ²¹tɕia:u³³phəŋ³¹ʐau⁵⁵,
玩　　男　友　像　交　朋　友,

ʐu⁵⁵ʐau⁵⁵wa:n³¹sua⁵⁵ɕia:ŋ²¹tɕia:u³³ʐau⁵⁵。
与　友　玩　耍　像　　交　　友。

Wa:n³¹na:n³¹ʐau⁵⁵ɕia:ŋ²¹ʐau³¹faŋ²¹thau³¹,
玩　　男　友　像　油　放　头,
Pie³¹ran³¹faŋ²¹ʐau³¹ʐau⁵⁵si³¹ɕia:n²¹,
别　人　放　油　有　时　限,
Pie³¹ran³¹wa:n³¹ʐau⁵⁵xui²¹faŋ²¹sau⁵⁵,
别　人　玩　　友　会　放　手,
Tʂa:n³¹man³³wa:n³¹ʐau⁵⁵pu²¹faŋ²¹sau⁵⁵。
咱　　们　玩　　友　不　放　手。

Pu²¹faŋ²¹sau⁵⁵ʐa³³ʐu⁵⁵ʐau⁵⁵sua⁵⁵,
不　放　手　呀　与　友　耍,
Pu²¹faŋ²¹sau⁵⁵ʐa³³ʐu⁵⁵ʐau⁵⁵wa:n³¹。
不　放　手　呀　与　友　玩。
ʐu⁵⁵ʐau⁵⁵wa:n³¹sua⁵⁵pu²¹za:n²¹tɕua:n²¹,
与　友　玩　耍　不　厌　倦,
ʐu⁵⁵ʐau⁵⁵wa:n³¹sua⁵⁵pə³¹pu²¹za:n²¹。
与　友　玩　耍　百　不　厌。

ɕia:ŋ⁵⁵wa:n³¹tɕiu²¹wa:n³¹pa³³tɕiu²¹ʐau⁵⁵。
想　　玩　就　玩　吧　旧　友。

A:i²¹wa:n³¹tɕiu²¹wa:n³¹pa³³tɕhin³¹ʐau⁵⁵。
爱　玩　就　玩　吧　情　友。

Ta:n²¹ʐua:n²¹na⁵⁵si²¹tɕi²¹ɕu²¹wa:n³¹,

但　愿　哪世　继续　玩，

Ta:n²¹ʐua:n²¹na⁵⁵si²¹wa:n³¹ʐoŋ⁵⁵ʐua:n⁵⁵,

但　愿　哪世　玩　永　远，

Ta:n²¹ʐua:n²¹na⁵⁵si²¹min²¹ʐun²¹xa:u⁵⁵。

但　愿　哪世　命　运　好。

Tʂa:n³¹au²¹tɕhi²¹wa:n³¹sua⁵⁵si³¹tua:n⁵⁵,

咱　怄　气　玩　耍　时　短，

Tʂa:n³¹na³¹ɕia:n²¹la:i³¹tɕie³¹tʂhaŋ³¹ʐua:n⁵⁵,

咱　拿　线　来　接　长　远，

Na³¹si³¹la:i³¹tɕie³¹si³¹ʐau²¹tʂoŋ²¹,

拿　石　来　接　石　又　重，

Na³¹tʂha:i²¹la:i³¹tɕie³¹tʂa:i²¹ʐau²¹tua:n⁵⁵。

拿　菜　来　接　菜　又　短。

ʐu⁵⁵ʐau⁵⁵tɕia:u³³wa:ŋ⁵⁵wu³¹si³¹ɕia:n²¹,

与　友　交　往　无　时　限，

ʐu⁵⁵ʐau⁵⁵tɕia:u³³wa:ŋ⁵⁵pu²¹ʐa:n²¹tɕia:n²¹。

与　友　交　往　不　厌　倦。

ɕia:ŋ⁵⁵wa:n³¹tɕiu²¹wa:n³¹pa³³tɕiu²¹ʐau⁵⁵。

想　玩　就　玩　吧旧　友。

A:i²¹wa:n³¹tɕiu²¹wa:n³¹pa³³tɕhin³¹ʐau⁵⁵。

爱　玩　就　玩　吧　情　友。

Wa:n³¹sua⁵⁵tʂa:i²¹ta²¹xuo³¹ta²¹tha:n³³,

玩　耍　在　大　河　大　滩，

ʑa:u²¹wa:n³¹sua⁵⁵raŋ²¹ta²¹xuo³¹ka:n³³,
要　玩　耍　让　大　河　干，
ʑa:u²¹wa:n³¹sua⁵⁵raŋ²¹ta²¹xuo³¹khu³³。
要　玩　耍　让　大　河　枯。

Ta:u²¹na²¹si³¹tʂa:n³¹ran²¹ɕioŋ³³ti²¹,
到　那　时　咱　认　兄　弟，
Ran²¹tʂuo²¹ʑi³¹san³³xa:u⁵⁵ɕioŋ³³ti²¹,
认　做　一　生　好　兄　弟，
Xa:u⁵⁵ɕioŋ³³ti²¹wa:ŋ⁵⁵la:i³¹ʑi³¹san³³。
好　兄　弟　往　来　一　生。

ɕia:ŋ⁵⁵wa:n³¹tɕiu²¹wa:n³¹pa³³tɕiu²¹ʑau⁵⁵,
想　玩　就　玩　吧　旧　友，
A:i²¹wa:n³¹tɕiu²¹wa:n³¹pa³³tɕhin³¹ʑau⁵⁵。
爱　玩　就　玩　吧　情　友。

Wa:n³¹sua⁵⁵tʂa:i²¹ta²¹xuo³¹ta²¹tha:n³³,
玩　耍　在　大　河　大　滩，
ʑau²¹wa:n³¹sua⁵⁵ra:ŋ²¹ta²¹xuo³¹ka:n³³。
要　玩　耍　让　大　河　干。

Ta:u²¹na²¹si³¹tʂa:n³¹ran²¹tʂɿ⁵⁵mai²¹,
到　那　时　咱　认　姊　妹，
Ran²¹tʂuo²¹ʑi³¹san³³xa:u⁵⁵tʂɿ⁵⁵mai²¹,
认　做　一　生　好　姊　妹，

xa:u⁵⁵tʂi⁵⁵mai²¹wa:ŋ⁵⁵la:i³¹ʑi³¹san³³。
好　姊　妹　往　来　一　生。

Ka:n⁵⁵ɕia:ŋ⁵⁵wa:n³¹tɕiu²¹wa:n³¹pa³³tɕiu²¹ʐau⁵⁵，
赶　想　玩　就　玩　吧　旧　友，
A:i²¹wa:n³¹tɕiu²¹wa:n³¹pa³³tɕhin³¹ʐau⁵⁵。
爱　玩　就　玩　吧　情　友。
Thia:n³¹ta²¹xuo³¹ʐa³³thia:n³¹ta²¹xa:i⁵⁵，
填　大　河　呀　填　大　海，
Thia:n³¹ta²¹xuo³¹la:i³¹tʂuo²¹lu²¹tʂau⁵⁵，
填　大　河　来　做　路　走，
Thia:n³¹ta²¹ha:i⁵⁵la:i³¹tʂuo²¹lu²¹ɕiŋ³¹。
填　大　海　来　做　路　行。

Thia:n³¹ta²¹lu²¹la:i³¹tʂau⁵⁵ʐau⁵⁵tʂa:i²¹，
填　大　路　来　走　友　寨，
Thia:n³¹khua:n³³lu²¹la:i³¹ʐu⁵⁵ʐau⁵⁵sua⁵⁵。
填　宽　路　来　与　友　耍。
Thia:n³¹lu²¹khua:n³³la:i³¹ʐau³¹tʂa:i²¹ʐau⁵⁵，
填　路　宽　来　游　寨　友，
Phu³³sə²¹lu²¹la:i³¹thoŋ³¹ʐa:u⁵⁵wa:n³¹。
铺　设　路　来　同　友　玩。

同友去

《同友去》用比喻的手法叙述一对情人的爱情心理。情妹愿同情郎去，走了几坡几冲又悸怕（心里在跳动发慌），但被情所感召，情妹舍不得丢情郎，为情跟情郎走。这首歌表现手法多样，歌词生动，富有想象力。

A:i²¹wa:n³¹tɕiu²¹wa:n³¹pa³³tɕiu²¹ʐau⁵⁵,
爱　玩　　就　玩　吧　旧　友，
A:i²¹sua⁵⁵tɕiu²¹sua⁵⁵pa³³tɕhin³¹ʐau⁵⁵。
爱　耍　就　耍　吧　情　　友。

ʑi³¹thia:u³¹ɕi²¹pu²¹xoŋ⁵⁵wo⁵⁵man³³,
一　条　　细　布　哄　我　们，
Xuo³¹ʐau⁵⁵wa:n³¹tɕi⁵⁵nia:n³¹ta:u²¹thau³¹,
和　友　玩　几　　年　到　头，
Xuo³¹ʐau⁵⁵sua⁵⁵tɕi⁵⁵thia:n³³ta:u²¹xə³¹。
和　友　耍　几　天　　到　黑。

A:i²¹wa:n³¹tɕiu²¹wa:n³¹pa³³tɕiu²¹ʐau⁵⁵,
爱　玩　　就　玩　吧　旧　友，
Wai²¹tɕia:n²¹tɕhin³¹ʐau⁵⁵wai²¹ʐuo³¹ʐau⁵⁵。
为　见　　情　友　为　约　友。

Wai²¹tɕia:n²¹tɕhin³¹ʑau⁵⁵tʂa:n³¹tʂau⁵⁵tʂa:i²¹,
为　　见　　情　友　咱　走　寨，

Wai²¹ʑuo³¹tɕhin³¹ʑau⁵⁵tʂau⁵⁵tɕi⁵⁵tɕhu²¹。
为　　约　　情　友　走　几　处。
tʂau⁵⁵tɕi⁵⁵tɕhu²¹ʑa³³pha³¹tɕi⁵⁵tʂoŋ³³,
走　几　处　呀　爬　几　冲，
Xuo³¹tɕhin³¹ʑau⁵⁵wa:n³¹ta:u²¹ʑoŋ⁵⁵ʑua:n⁵⁵。
和　　情　友　玩　到　永　远。

A:i²¹wa:n³¹tɕiu²¹wa:n³¹pa³³tɕiu²¹ʑau⁵⁵,
爱　玩　就　玩　吧　旧　友，
A:i²¹wa:n³¹tɕiu²¹wa:n³¹pa³³tɕhin³¹ʑau⁵⁵。
爱　玩　就　玩　吧　情　友。

Wai²¹tɕia:n²¹tɕhin³¹ʑau⁵⁵wai²¹ʑuo³¹ʑau⁵⁵,
为　　见　　情　友　为　约　友，
Wai²¹tɕia:n²¹tɕhin³¹ʑau⁵⁵tʂa:n³¹tʂau⁵⁵tʂai²¹,
为　　见　　情　友　咱　走　寨，
Wai²¹tɕia:n²¹tɕhin³¹ʑau⁵⁵tʂa:n³¹tʂau⁵⁵tʂhu²¹。
为　　约　　情　友　咱　走　处。
ʑau⁵⁵ʑau⁵⁵xoŋ⁵⁵ʑau⁵⁵pa:n³³ti²¹tia:n⁵⁵,
为　友　哄　友　搬　地　点，
Tʂau⁵⁵tɕi⁵⁵tʂhu²¹ʑa³³pha³¹tɕi⁵⁵tʂhoŋ³³。
走　　几　处　呀　爬　几　冲。

Tʂau⁵⁵tɕi⁵⁵tʂhu²¹ɕin³³li⁵⁵tʂi²¹xua:ŋ³³,
走　　几　处　心　里　自　慌，
Pha³¹tɕi⁵⁵tʂhoŋ³³ɕin³³li⁵⁵na²¹man²¹。
爬　　几　冲　心　里　纳　闷。

Pu²¹tɕia:n²¹ran³¹ʐin³¹pu²¹tɕia:n²¹ran³¹,
不　见　人　影　不　见　人，
Pu²¹tɕia:n²¹ran³¹ʐin³¹tɕia:n²¹kuo²¹ran³¹。
不　见　人　影　见　过　人。

Tha:i²¹tʂa:i²¹xu³³lə⁵⁵ɕin³³na:n³¹kuo²¹,
太　在　乎　了　心　难　过，
Pu²¹thoŋ³¹ɕin³³a:u⁵⁵tʂa:n³¹tə³³tɕhi²¹,
不　同　心　怄　咱　的　气，
Pu²¹xuo³¹ɕin³³ʐu⁵⁵tʂa:n³¹au⁵⁵tɕhi²¹。
不　和　心　与　咱　怄　气。
A:i²¹wa:n³¹tɕiu²¹wa:n³¹pa³³tɕiu²¹ʐau⁵⁵,
爱　玩　就　玩　吧　旧　友，
A:i²¹wa:n³¹tɕiu²¹wa:n³¹pa³³tɕhin³¹ʐau⁵⁵。
爱　玩　就　玩　吧　情　友。

Suo³¹tʂi²¹tɕi⁵⁵kua:n⁵⁵pu²¹kua:n⁵⁵tɕhia:n³¹,
说　自　己　管　不　管　钱，
Tʂi²¹tɕi⁵⁵san³³sa:ŋ²¹pu²¹kua:n⁵⁵tɕia:n³¹,
自　己　身　上　不　管　钱，
Ra:ŋ²¹tɕhin³¹ʐau⁵⁵tʂi²¹tɕi⁵⁵kua:n⁵⁵san³³。
让　情　友　自　己　管　身。

Tʂə²¹si³¹ɕin³³li⁵⁵pu²¹tɕia:n²¹tʂha:u⁵⁵,

这　时　心　里　不　　见　　草，

Pu²¹tɕia:n²¹tʂa:u⁵⁵ʐa³¹pu²¹tɕia:n²¹wai⁵⁵。

不　见　草　呀　不　见　　苇。

Pu²¹tɕia:n²¹tʂa:u⁵⁵ʐa³¹lu³¹wai⁵⁵tʂhoŋ³¹,

不　见　草　呀　芦　苇　丛，

Pu²¹tɕia:n²¹lu³¹wai⁵⁵tʂa:i²¹tɕin⁵⁵pia:n³³。

不　见　芦　苇　在　井　　边。

Sui³¹pha:n³³ɕin³³la:i³¹tɕhin³¹san³³tɕhi²¹,

谁　偏　心　来　情　生　气，

Tɕhin³¹ʐau⁵⁵pha:n³³ɕin³³tɕhin³¹san³³tɕhi²¹,

情　　友　偏　心　情　生　气，

Tɕhin³¹san³³tɕhi²¹ɕin³³li⁵⁵ʐau⁵⁵tɕhi²¹。

情　　生　气　心　里　有　气。

Tɕhi²¹tʂa:i²¹tɕhin³¹ʐau⁵⁵pu²¹tʂa:i²¹tʂa:i²¹,

气　在　情　友　不　在　　寨，

ɕia:ŋ⁵⁵tɕhi²¹tʂa:u⁵⁵ta:u²¹tɕia³³tɕiu²¹ʐau⁵⁵,

想　气　走　到　家　旧　友，

ɕia:ŋ⁵⁵tɕhi²¹tʂa:u⁵⁵ta:u²¹tɕia³³tɕhin³¹ʐau⁵⁵。

想　气　走　到　家　情　　友。

A:i²¹wa:n³¹tɕiu²¹va:n³¹pa³³tɕiu²¹ʐau⁵⁵,

爱　玩　就　玩　吧　旧　　友，

A:i²¹wa:n³¹tɕiu²¹va:n³¹pa³³tɕhin³¹ʐau⁵⁵。

爱　玩　就　玩　吧　情　　友。

Wa:n^{31}çia:u^{55}ʐu^{31}ʑa^{33}wa:n^{31}lv^{55}ʐu^{31},

玩　　小　鱼　呀　玩　鲤鱼，

Wa:n^{31}ʐu^{31}çi^{33}li^{55}xui^{21}suo^{31}xua^{21},

玩　　鱼溪里　会　说　话，

Wa:n^{31}çia^{33}çia:u^{55}çi^{33}xui^{21}çia:u^{21}xua^{21}。

玩　　虾　小　溪　会　笑　话。

Wa:n^{31}xua^{21}mai^{31}ʑa^{33}wa:n^{31}ma^{31}tçuo^{31},

玩　　画　眉　呀　玩　麻　雀，

Wa:n^{31}xua^{21}mai^{21}xui^{21}tʂhui^{33}thia:u^{31}la:i^{31},

玩　　画　眉　会　吹　条　　来，

Wa:n^{31}ma^{31}tçhuo^{31}ka:n^{55}tʂa:n^{21}xə^{31}ma^{31}kha:u^{55},

玩　麻　雀　　敢　站　和　麻　口，

Wa:n^{31}ma^{31}tçhuo^{31}xui^{21}tʂhui^{33}waŋ^{31}xa:u^{21}。

玩　麻　雀　会　吹　王　号。

Wa:n^{31}pu^{21}raŋ^{21}tçhin^{31}laŋ^{31}fan^{33}sau^{55},

玩　　不　让　情　郎　分　手，

Wa:n^{31}pu^{21}raŋ^{21}tçhin^{31}ran^{31}fan^{33}pie^{31}。

玩　　不　让　情　人　分　别。

A:i^{21}wa:n^{31}la:i^{31}wa:n^{31}pa^{33}tçiu^{21}ʑau^{55},

爱　玩　来　玩　吧　旧　友，

A:i^{21}wa:n^{31}la:i^{31}wa:n^{31}pa^{33}tçhin^{31}ʑau^{55}。

爱　玩　就　玩　吧　情　　友。

Wa:n^{31}çia:u^{55}ʐu^{31}ʑa^{33}wa:n^{31}lv^{55}ʐu^{31},

玩　　小　鱼　呀　玩　鲤鱼，

Wa:n³¹ʐu³¹ɕi³³li⁵⁵xui²¹suo³¹xua²¹。
玩　　鱼　溪　里　会　说　　话。

Wa:n³¹ɕia³³ɕia:u⁵⁵ɕi³³xui²¹tɕia:ŋ⁵⁵xua²¹，
玩　　虾　小　　溪　会　讲　　　话，
Wa:n³¹ɕia³³xuo³¹li⁵⁵ɕi³³tʂi³³ɕia:u²¹，
玩　　虾　河　里　溪　知　笑，
Wa:n³¹ɕia³³ɕia:u⁵⁵ɕia³³ʐa³¹la:i³¹wai³³ɕia:u²¹。
玩　　虾　小　　虾　呀　来　微　笑。

Wa:n³¹ra:ŋ²¹xua²¹mai³¹ʐa³³wa:n³¹ma³¹tɕhuo³¹，
玩　　让　画　眉　呀　玩　麻　雀，
Wa:n³¹xua²¹mai³¹la:i³¹ʐa³³xui²¹tʂhui³³ɕia:u³³，
玩　　画　眉　来　呀　会　吹　　箫，
Wa:n³¹ma³¹tɕhuo³¹la:i³¹xui²¹sau⁵⁵tʂhan³¹tʂi⁵⁵。
玩　麻　雀　来　会　守　登　　子。

Tɕhin³¹ʐau⁵⁵wa:n³¹pu²¹ra:ŋ²¹ʐau⁵⁵fan³³sau⁵⁵，
情　　友　玩　不　让　　友　分　手，
Lia:ŋ⁵⁵tɕhin³¹ʐau⁵⁵wa:n³¹pu²¹ɕu⁵⁵fan³³kha:i³³。
两　情　　友　玩　不　许　分　开。
ʐa:u²¹wa:n³¹ta:u²¹ma⁵⁵xua:ŋ³¹san³³ku³¹thau³³。
要　玩　到　蚂　蟥　生　骨　头。

梦恋情歌

《梦恋情歌》叙述男女在恋爱时，一方已坠入情网的单相思，每月十五都做梦去偷看情友。待梦醒来发现不是真的，是自己平时想多了而在做梦，越想越伤心哭泣，由此可想单相思的痛苦呀。

Khə⁵⁵ɕi³¹la:u⁵⁵ʐau⁵⁵ɕi³¹tɕiu²¹ʐau⁵⁵,
可　惜　老　友　惜　旧　友，
Khə⁵⁵ɕi³¹la:u⁵⁵ʐau⁵⁵ɕi³¹tɕhin³¹ʐau⁵⁵。
可　惜　老　友　惜　情　友。

Khə⁵⁵ɕi³¹si³¹wu⁵⁵la:i³¹tʂuo²¹məŋ²¹,
可　惜　十　五　来　做　梦，
Tʂuo²¹məŋ²¹tɕhu²¹mia:u³³mai²¹man³¹tʂhuaŋ³³,
做　梦　去　瞄　妹　门　窗，
Məŋ²¹tʂa:n²¹tʂa:i²¹man³¹fəŋ²¹thau³³kha:n²¹。
梦　站　在　门　缝　偷　看。

Tɕhin³¹mai²¹na³¹ʐa:n³³ti²¹kuo²¹tɕhu²¹,
情　妹　拿　烟　递　过　去，
Mai²¹na³¹ʐa:n³³ti²¹kɯ⁵⁵tɕhin³¹laŋ³¹。
妹　拿　烟　递　给　情　郎。

Tʂə²¹kan³³ʐa:n³³la:i³¹tʂə²¹ʐa:n³³tau⁵⁵,
这　根　烟　来　这　烟　斗，

Tʂə²¹kan³³ʐa:n³³tau⁵⁵pu²¹xui²¹tau⁵⁵。

这　根　烟　斗　不　会　抖。

Tʂə²¹ʐa:n³³tau⁵⁵pu²¹xui²¹tau⁵⁵toŋ²¹,

这　烟　斗　不　会　抖　动,

Tia:n⁵⁵tʂə²¹kan³³thu⁵⁵ʐa:n³³pu²¹ra:n³¹.

点　这　根　土　烟　不　燃。

Tʂə²¹xui²¹loŋ³¹tʂa:u⁵⁵tʂi⁵⁵xoŋ⁵⁵ran³¹,

这　会　龙　枣　子　哄　人,

Tʂə²¹khuo³³loŋ³¹tʂa:u⁵⁵su²¹loŋ³¹tʂa:u⁵⁵.

这　棵　龙　枣　树　龙　枣。

Tʂə²¹khuo³³loŋ³¹tʂa:u⁵⁵su²¹xui²¹xoŋ⁵⁵ran³¹。

这　棵　龙　枣　树　会　哄　人。

Ni⁵⁵xui²¹xoŋ⁵⁵ran³¹la:i³¹tɕhin³¹kə³³,

你　会　哄　人　来　情　哥,

Ni⁵⁵xui²¹xoŋ⁵⁵ran³¹la:i³¹tɕhin³¹zau⁵⁵.

你　会　哄　人　来　情　友。

Khə⁵⁵ɕi³¹tɕhin³¹zau⁵⁵ɕi³¹tɕiu²¹zau⁵⁵,

可　惜　情　友　惜　旧　友,

Khə⁵⁵ɕi³¹si³¹wu⁵⁵la:i³¹tʂuo²¹məŋ²¹,

可　惜　十　五　来　做　梦,

Məŋ²¹li⁵⁵tɕhu²¹mia:u³³mai²¹man³¹tʂhua:ŋ³³,

梦　里　去　瞄　妹　门　窗,

Məŋ²¹kha:u²¹tʂa:i²¹ɕia:u⁵⁵man³¹fəŋ²¹kha:n²¹.

梦　靠　在　小　门　缝　看。

109

Tɕhin³¹mai²¹na³¹tʂuo⁵⁵sau⁵⁵tɕhu²¹ʐa³¹,

情　妹　拿　左　手　去　压，

Tɕhin³¹mai²¹na³¹ʐau²¹sau⁵⁵tɕhu²¹ʐa³¹。

情　妹　拿　右　手　去　压。

Mai²¹tʂuo⁵⁵sau⁵⁵ʐa³¹ta:u²¹tɕhua:ŋ³¹ti⁵⁵,

妹　左　手　压　到　床　底，

Lai²¹sui⁵⁵tha:ŋ⁵⁵ta:u²¹ɕia²¹pa³³la:i³¹。

泪　水　淌　到　下　巴　来。

Khə⁵⁵ɕi³¹ʐa:u⁵⁵la:i³¹khə⁵⁵ɕi³¹la:ŋ³¹,

可　惜　友　来　可　惜　郎，

Khə⁵⁵ɕi³¹la:u⁵⁵ʐa:u⁵⁵ɕi³¹tɕiu²¹ʐau⁵⁵,

可　惜　老　友　惜　旧　友，

Khə⁵⁵ɕi³¹si³¹wu⁵⁵la:i³¹tʂuo²¹məŋ²¹。

可　惜　十　五　来　做　梦。

Məŋ²¹tɕia:n²¹tɕhin³¹mai²¹mia:u³¹man³¹tʂhua:ŋ³³,

梦　见　情　妹　瞄　门　窗，

Məŋ²¹tʂoŋ³³tɕhin³¹mai²¹tʂoŋ³¹fəŋ³¹kha:n²¹。

梦　中　情　妹　从　缝　看。

Tɕhin³¹tʂhau³¹tʂuo⁵⁵sau⁵⁵la:i³¹ʐa³¹tʂhua:ŋ³¹,

情　愁　左　手　来　压　床，

ɕia:ŋ⁵⁵tʂhau³¹ʐau²¹sau⁵⁵la:i³¹ʐa³¹tʂhua:ŋ³¹,

想　愁　右　手　来　压　床，

110

San^{33}tʂhu^{31}tʂuo^{55}sau^{55}ʐa^{31}tʂhua:ŋ^{31}pia:n^{33},

伸　出　左　手　压　床　　边，

San^{33}sau^{55}ʐa^{31}tʂa:i^{21}wai^{31}tʂhua:ŋ^{31}pu^{21},

伸　手　压　在　围　床　　布，

ʐa:n^{55}lai^{21}ti^{31}fa:ŋ^{21}tʂa:i^{21}tʂhua:ŋ^{31}pu^{21}。

眼　泪　滴　放　在　床　　布。

Khə^{55}çi^{31}la:u^{55}ʐau^{55}çi^{31}tɕiu^{21}ʐau^{55},

可　惜　老　友　惜　旧　友，

Khə^{55}çi^{31}la:u^{55}ʐau^{55}çi^{31}tɕhin^{31}ʐau^{55}

可　惜　老　友　惜　情　友。

Khə^{55}çi^{31}si^{31}wu^{55}la:i^{31}tʂuo^{21}məŋ^{21},

可　惜　十　五　来　　做　梦，

Məŋ^{21}tʂoŋ^{33}çin^{55}la:i^{31}si^{21}pa:n^{21}ʐe^{21},

梦　中　醒　来　是　半　夜，

Pa:n^{21}ʐe^{21}ʐi^{55}san^{33}sui^{21}pu^{21}tɕuo^{31}。

半　夜　已　深　睡　不　着。

çia:ŋ^{55}la:i^{31}çia:ŋ^{55}tɕhu^{21}er^{31}khu^{31}tɕhi^{21},

想　来　想　去　而　哭　泣，

çia:ŋ^{55}ta:u^{21}tɕhin^{31}ʐau^{55}er^{31}khu^{31}tɕhi^{21},

想　到　情　友　而　哭　泣，

çia:ŋ^{55}ta:u^{21}tɕiu^{21}tɕhin^{31}tʂi^{21}tʂi^{55}khu^{31}。

想　到　旧　情　自　己　哭。

Khə⁵⁵çi³¹la:u⁵⁵ʐau⁵⁵tɕiu²¹tɕhin³¹ʐau⁵⁵,

可　惜　老　友　旧　情　友，

Khə⁵⁵çi³¹la:u⁵⁵ʐau⁵⁵çi³¹tɕhin³¹ʐau⁵⁵。

可　惜　老　友　惜　情　友。

ʐa:n⁵⁵lai²¹tha:ŋ⁵⁵la:i³¹ʐa:n⁵⁵lai²¹ti³³,

眼　泪　淌　来　眼　泪　滴，

ʐa:n⁵⁵lai²¹tha:ŋ⁵⁵çia²¹tʂa:i²¹tɕia:n³³sa:ŋ²¹,

眼　泪　淌　下　在　肩　上，

ʐa:n⁵⁵lai²¹tha:ŋ⁵⁵ltʂa:i²¹mai³¹ma:u³³sa:ŋ²¹。

眼　泪　淌　在　眉　毛　上。

ʐa:n⁵⁵lai²¹tha:ŋ⁵⁵tʂhan³¹ʐi³¹sui⁵⁵tha:ŋ³¹,

眼　泪　淌　成　一　水　塘，

Na³¹tʂuo²¹la:u⁵⁵ʐau⁵⁵çi⁵⁵çie³¹kau³³。

拿　做　老　友　洗　鞋　沟。

ʐa:n⁵⁵lai²¹tha:ŋ⁵⁵tʂhan³¹ʐi³¹sua:ŋ³³kau³³,

眼　泪　淌　成　一　双　沟，

na³¹kɯ⁵⁵tɕiu²¹ʐau⁵⁵çi⁵⁵çi⁵⁵tɕio³¹。

拿　给　旧　友　洗　洗　脚。

A:i²¹wa:n³¹sua⁵⁵tɕiu²¹la:i³¹wa:n³¹ʐau⁵⁵,

爱　玩　耍　就　来　玩　友，

A:i²¹wa:n³¹sua⁵⁵la:i³¹wa:n³¹tɕiu²¹ʐau⁵⁵。

爱　玩　耍　来　玩　旧　友。

Wo⁵⁵lia:ŋ⁵⁵khaŋ³¹tɕhi⁵⁵tʂhu³¹tɕhu²¹wa³³xə³¹,

我　俩　扛　起　锄　去　挖　河，

Wo⁵⁵lia:ŋ⁵⁵wa³³xə³¹sui⁵⁵la:i³¹fa:ŋ²¹thia:n³¹。

我　俩　挖　河　水　来　放　田。

Tʂə²¹thaŋ³¹sui⁵⁵si²¹wo⁵⁵lia:ŋ⁵⁵tə³³lai²¹sui⁵⁵,

这　塘　水　是　我　俩　的　泪　水，

Tʂə²¹thaŋ³¹sui⁵⁵lai²¹sui⁵⁵lia:ŋ⁵⁵ran³¹tə³³lai²¹sui⁵⁵。

这　塘　水　泪　水　两　人　的　泪　水。

Fa:n³³la:i³¹fu²¹tɕhu²¹tɕia:u²¹nia:ŋ³¹tɕhin³³,

翻　来　覆　去　叫　娘　亲，

Nia:ŋ³¹tɕhin³³thin³³ta:u²¹khu³¹tɕhi²¹wan²¹,

娘　亲　听　到　哭　泣　问，

ʑe²¹ʑi⁵⁵san³³wai²¹sa³¹khu³¹tɕhi²¹？

夜　已　深　为　啥　哭　泣？

Tʂa:u⁵⁵sa:ŋ²¹nia:ŋ³¹tɕhin³³sa:ŋ²¹la:i³¹tʂa:u⁵⁵,

早　上　娘　亲　上　来　找，

ʑi³¹tʂa:u⁵⁵nia:ŋ³¹tɕhin³³pia:n²¹wan²¹ta:u²¹,

一　早　娘　亲　便　问　道，

Si²¹ni⁵⁵ɕia:u⁵⁵mai²¹ʑe²¹khu³¹tɕia:u²¹,

是　你　小　妹　夜　哭　叫，

Si²¹ni⁵⁵ɕia:u⁵⁵mai²¹ʑe²¹khu³¹san³³,

是　你　小　妹　夜　哭　声，

Wai²¹sa³¹pa:n²¹ʐe²¹ɕiŋ³¹khu³¹tɕia:u²¹。
为　啥　半　夜　醒　哭　叫？

ʐe²¹san³³thiŋ³³ta:u²¹ʐau⁵⁵khu³¹tɕhi²¹，
夜　深　听　到　有　哭　泣，
ɕia:ŋ²¹si²¹tha³³tʂa:i²¹xa:n⁵⁵nia:ŋ³¹tɕhin³³。
像　是　她　在　喊　娘　亲。
ɕia:ŋ²¹si²¹tha³³tʂa:i²¹xa:n⁵⁵tie³³niaŋ³¹khu³¹，
像　是　她　在　喊　爹　娘　哭，
Tie³³niaŋ³¹thin³³ta:u²¹khu³¹tɕhi²¹xan⁵⁵sa:ŋ³³ɕin³³。
爹　娘　听　到　哭　泣　很　伤　心。

Tɕhin³¹mai²¹tɕhi⁵⁵la:i³¹xa:n⁵⁵nia:ŋ³¹tɕhin³³，
情　妹　起　来　喊　娘　亲，
Tɕhin³¹mai²¹tua:n³³tɕhi⁵⁵fa:n²¹kɯ⁵⁵fu²¹mu⁵⁵，
情　妹　端　起　饭　给　父　母，
Mai³¹ʐau⁵⁵xa:u⁵⁵ʐa:n³¹xa:u⁵⁵ʐu⁵⁵tɕin²¹fu²¹mu⁵⁵。
没　有　好　言　好　语　敬　父　母。

Tɕhin³¹ʐau⁵⁵ni⁵⁵xui²¹xoŋ⁵⁵ran³¹xoŋ⁵⁵，
情　友　你　会　哄　人　哄，
Tɕhin³¹mai²¹ni⁵⁵xui²¹khua:ŋ³³xoŋ⁵⁵ran³¹，
情　妹　你　会　诓　哄　人，
ɕi³³tɕhin³¹ʐau⁵⁵la:i³¹ɕi³³la:u⁵⁵ʐau⁵⁵。
惜　情　友　来　惜　老　友。

Khə⁵⁵çi³¹si³¹wu⁵⁵la:i³¹tʂuo²¹məŋ²¹,

可　惜　十　五　来　做　梦，

Məŋ²¹li⁵⁵tɕhu²¹mia:u³³mai²¹man³¹tʂhua:ŋ³³,

梦　里　去　瞄　妹　门　窗，

Məŋ²¹kha:u²¹tʂa:i²¹çia:u⁵⁵man³¹fəŋ²¹kha:n²¹。

梦　靠　在　小　门　缝　看。

Tɕhin³¹mai²¹tʂa:u²¹ʑa:n³³ti²¹kuo²¹la:i³¹,

情　　妹　造　烟　递　过　来，

Mai²¹na³¹ʑa:n³³la:i³¹kɯ⁵⁵tɕhin³¹laŋ³¹。

妹　拿　烟　来　给　情　郎。

Tʂə²¹tʂi³³ʑa:n³³la:i³¹tʂə²¹ʑa:n³³tau⁵⁵,

这　支　烟　来　这　烟　斗，

Tʂə²¹tʂi³³ʑa:n³³la:i³¹pu²¹xui²¹tau⁵⁵。

这　支　烟　来　不　会　抖。

Tʂə²¹tʂi³³ʑa:n³³la:i³¹pu²¹xui²¹toŋ²¹,

这　支　烟　来　不　会　动，

Tia:n⁵⁵tʂə²¹tʂi³³ʑa:n³³la:i³¹pu²¹ra:n³¹。

点　　这　支　烟　来　不　燃。

Loŋ³¹tʂa:u⁵⁵su²¹la:i³¹loŋ³¹tʂa:u⁵⁵tʂi⁵⁵,

龙　枣　树　来　龙　枣　子，

Loŋ³¹tʂa:u⁵⁵su²¹la:i³¹xui²¹xoŋ⁵⁵ran³¹。

龙　枣　树　来　会　哄　人。

Tɕhin³¹mai²¹ni⁵⁵xui²¹khua:ŋ³³xoŋ⁵⁵ran³¹,

情　　妹　你　会　诓　哄　人，

Khə⁵⁵ɕi³¹ʑau⁵⁵la:i³¹khə⁵⁵ɕi³¹laŋ³¹,

可　惜　友　来　可　惜　郎，

Khə⁵⁵ɕi³¹la:u⁵⁵ʑau⁵⁵ɕi³¹tɕhin³¹laŋ³¹,

可　惜　老　友　惜　情　郎，

Khə⁵⁵ɕi⁵⁵si³¹wu⁵⁵la:i³¹tʂuo²¹məŋ²¹。

可　惜　十　五　来　做　梦。

Məŋ²¹tʂoŋ³³ɕin⁵⁵la:i³¹ʑi⁵⁵pa:n²¹ʑe²¹,

梦　中　醒　来　已　半　夜，

Tʂhau³¹man²¹san³³sau⁵⁵ʑa³¹tʂhuaŋ³¹thau³¹,

愁　闷　伸　手　压　床　头，

ɕia:ŋ⁵⁵tʂau³¹ʑau³¹sau⁵⁵ʑa³¹tʂhua:ŋ³¹pia:n³³,

想　愁　右　手　压　床　边，

Tʂuo⁵⁵sau⁵⁵san³³tɕhu²¹ʑa³¹tʂhua:ŋ³¹tɕuo³¹,

左　手　伸　去　压　床　角，

ʑa:n⁵⁵lai²¹ti³¹ti³¹tia:u²¹tɕhua:ŋ³¹ɕia²¹。

眼　泪　滴　滴　掉　床　下。

Khə⁵⁵ɕi³¹tɕhin³¹ʑau⁵⁵khə⁵⁵ɕi³¹laŋ³¹,

可　惜　情　友　可　惜　郎，

Khə⁵⁵ɕi³¹la:u⁵⁵ʑau⁵⁵ɕi³¹tɕhin³¹la:ŋ³¹,

可　惜　老　友　惜　情　郎，

Khə⁵⁵ɕi³¹si³¹wu⁵⁵la:i³¹tʂuo²¹məŋ²¹。

可　惜　十　五　来　做　梦。

Məŋ²¹tʂoŋ³³ɕin⁵⁵la:i³¹ʑi⁵⁵ba:n²¹ʑe²¹。
梦　　中　　醒　来　已　半　夜。
Tʂhau³¹lə⁵⁵tʂuo⁵⁵sau⁵⁵la:i³¹ʑa³¹tʂhua:ŋ³¹，
愁　　了　左　手　来　压　床，
ɕia:ŋ⁵⁵tʂhau³¹ʐau²¹sau⁵⁵la:i³¹ʑa³¹tʂhua:ŋ³¹，
想　　愁　　右　手　来　压　床，
San³³tʂhu³¹tʂuo⁵⁵sau⁵⁵ʑa³¹tʂhua:ŋ³¹pia:n³³，
伸　出　　左　手　压　床　　边，
ʑa:n⁵⁵lai²¹ti³¹faŋ²¹tʂhua:ŋ³¹thau³¹pia:n³³。
眼　　泪　滴　放　床　　头　　边。

Khə³¹ɕi³¹tɕhin³¹ʐau⁵⁵khə⁵⁵ɕi³¹la:ŋ³¹，
可　惜　情　　友　可　惜　郎，
Khə³¹ɕi³¹la:u⁵⁵ʐau⁵⁵ɕi³¹tɕhin³¹la:ŋ³¹，
可　惜　老　　友　惜　情　　郎，
Khə³¹ɕi³¹si³¹wu⁵⁵la:i³¹tʂuo²¹məŋ²¹。
可　惜　十　五　来　　做　　梦。

Məŋ²¹ɕin⁵⁵ʑi⁵⁵kuo²¹ta²¹pa:n²¹ʑe²¹，
梦　醒　　已　过　大　半　夜，
Pa:n²¹ʑe²¹li⁵⁵la:i³¹ʑe²¹khu³¹tɕia:u²¹，
半　夜　　里　来　夜　哭　　叫，
ʑe²¹pa:n²¹li⁵⁵la:i³¹khu³¹tɕia:u²¹san³³。
夜　半　　里　来　哭　　叫　声。

117

Tʂa:u⁵⁵sa:ŋ²¹tɕhin³³nia:ŋ³¹tɕhu²¹tʂha³¹wan²¹,

早　　上　亲　娘　　去　查　问，

ʑi³¹tʂa:u⁵⁵nia:ŋ³¹tɕhin³³tɕhu²¹ɕun³¹wan²¹,

一　早　　娘　亲　　去　询　　问，

ɕia:u⁵⁵laŋ³¹ʑe²¹pa:n²¹khu³¹ san³¹mə³³,

小　　郎　夜　半　　哭　什　么？

ɕia:u⁵⁵laŋ³¹ʑe²¹pa:n²¹khu³¹kə²¹sa³¹。

小　　郎　夜　半　　哭　个　啥？

San³³kan³³pa:n²¹ʑe²¹ʑau⁵⁵khu³¹tɕhi²¹,

深　　更　　半　　夜　有　哭　　泣，

Pa:n²¹ʑe²¹thin³³ta:u²¹ʑau⁵⁵khu³¹san³³。

半　　夜　听　　到　　有　哭　声。

Pha²¹si²¹tɕhin³¹mai²¹tʂa:i²¹khu³¹tɕhi²¹,

怕　　是　情　　妹　　在　哭　涕，

Pha²¹si²¹tɕhin³¹la:ŋ³¹tʂa:i²¹khu³¹san³³。

怕　　是　情　　郎　　在　哭　声。

Tʂə²¹tui²¹tɕhin³¹ran³¹tʂə²¹ʑaŋ²¹tɕia:ŋ⁵⁵,

这　对　情　　人　这　样　　讲，

Tʂə²¹tui²¹lia:n²¹ran³¹tʂə²¹ʑaŋ²¹suo³¹,

这　对　恋　　人　这　样　　说。

Pu²¹si²¹tɕhin³¹mai²¹la:i³¹khu³¹tɕhi²¹,

不　是　情　　妹　　来　哭　泣，

Tɕhu²¹si²¹tɕhin³¹laŋ³¹tʂa:i²¹khu³¹tɕhi²¹。

却　　是　情　　郎　在　哭　泣。

ɕia:ŋ⁵⁵tɕhi⁵⁵tɕhin³¹ran³¹laŋ³¹khu³¹tɕhi²¹,

想　起　情　人　郎　哭　泣，

Mi³¹lia:n²¹tɕhin³¹mai²¹laŋ³¹khu³¹tɕhi²¹。

迷　恋　情　妹　郎　哭　泣。

Khə⁵⁵ɕi³¹la:u⁵⁵ʑau⁵⁵ɕi³³tɕhin³¹laŋ³¹,

可　惜　老　友　惜　情　郎，

Khə⁵⁵ɕi³¹si³¹wu⁵⁵la:i³¹tʂuo²¹məŋ²¹

可　惜　十　五　来　做　梦，

Si³¹wu⁵⁵tʂuo²¹məŋ²¹ʑi⁵⁵ʑe²¹pa:n²¹。

十　五　做　梦　已　夜　半。

Məŋ²¹xin⁵⁵ʑi⁵⁵kuo²¹ta²¹pa:n²¹ʑe²¹,

梦　醒　已　过　大　半　夜，

Pa:n²¹ʑe²¹li⁵⁵la:i³¹ʑau⁵⁵khu³¹tɕhi²¹,

半　夜　里　来　有　哭　泣，

Pa:n²¹ʑe²¹li⁵⁵la:i³¹ʑau⁵⁵khu³¹san³³。

半　夜　里　来　有　哭　声。

ʑi³¹tʂa:u⁵⁵tɕhin³³nia:ŋ³¹la:i³¹ɕun³¹wan²¹,

一　早　亲　娘　来　询　问，

Tʂa:u⁵⁵tʂa:u⁵⁵nia:ŋ³¹tɕhin³³la:i³¹wan²¹ɕun³¹。

早　早　娘　亲　来　问　询。

ɕia:u⁵⁵la:ŋ³¹ʑe²¹pa:n²¹khu³¹san³¹mə³³,

小　郎　夜　半　哭　什　么？

ɕia:u⁵⁵la:ŋ³¹ʑe²¹pa:n²¹wai²¹sa³¹khu³¹。

小　郎　夜　半　为　啥　哭？

119

Pa:n²¹ʑe²¹tə³¹la:i³¹pa:n²¹ʑe²¹khu³¹,
半　夜　得　来　半　夜　哭，
ʑe²¹pa:n²¹thin³³ta:u²¹khu³¹tɕhi²¹san³³。
夜　半　听　到　哭　泣　声。

Nia:ŋ³¹tʂa:i²¹kan³³tɕha:n³¹tʂə²¹ʑaŋ²¹tɕia:ŋ⁵⁵,
娘　在　跟　前　这　样　讲，
Niaŋ³¹tɕhin³³tʂa:u⁵⁵la:i³¹tʂə²¹ʑa:ŋ²¹suo³¹。
娘　亲　走　来　这　样　说。
Pu²¹si²¹ɕia:u⁵⁵liaŋ²¹tʂa:i²¹khu³¹tɕhi²¹,
不　是　小　郎　在　哭　泣，
Pu²¹si²¹tɕia³³laŋ³¹tʂa:i²¹khu³¹tɕhi²¹。
不　是　家　郎　在　哭　泣。

ɕia:ŋ⁵⁵ta:u²¹tɕhin³¹mai²¹la:i³¹khu³¹tɕhi²¹,
想　到　情　妹　来　哭　泣，
ɕia:ŋ⁵⁵ta:u²¹fan³³li³¹tɕiu²¹khu³¹tɕhi²¹。
想　到　分　离　就　哭　泣。

Lai²¹ʑa:n⁵⁵ti³¹la:i³¹wa:ŋ⁵⁵ɕia²¹thaŋ²¹,
泪　眼　滴　来　往　下　淌，
Ti³¹thaŋ⁵⁵tʂhan³¹ʑi³¹thia:u³¹ɕia:u⁵⁵kau³³。
滴　淌　成　一　条　小　沟。
Tʂhan³¹kau³³la:i³¹wa:n³¹sua⁵⁵la:u⁵⁵ʑau⁵⁵,
成　沟　来　玩　耍　老　友，
Ti³¹tʂhan³¹tɕin⁵⁵mai²¹ɕi⁵⁵wai³¹tɕin³³。
滴　成　井　妹　洗　围　巾。

lai²¹ʐa:n⁵⁵ti³¹tha:ŋ⁵⁵wa:ŋ⁵⁵ɕia²¹tʂau⁵⁵,

泪　眼　滴　淌　往　下　走，

Ti³¹tha:ŋ⁵⁵tʂhan³¹ɕia:u⁵⁵thia:u³¹sui⁵⁵kau³³。

滴　淌　成　小　条　水　沟。

Ti³¹tʂhan³¹tɕhin³¹mai²¹ɕi⁵⁵ʑi³³kau³³,

滴　成　情　妹　洗　衣　沟，

Xa:u⁵⁵kɯ⁵⁵tɕhin³¹ʐau⁵⁵ɕi⁵⁵ʑi³³tɕin⁵⁵。

好　给　情　友　洗　衣　井。

分别歌

　　这首歌叙述男女双方在谈情说爱时，发生误解而分手，分手后回想前两年恋情依依不舍的情景。人虽然离开了情友，但心还惦念情友，如心不甘呀想情友，心不死呀想情人。这首歌歌词生动，表现手法多样，比喻恰当，富有想象力。这首歌反映布依族先民男女青年纯朴的爱情心理。

　　分别歌，指分离、分开。下文中的义为留，是与丢相搭配（或相对应）的一个词。

　　布依族未婚青年男女之间，在交友的过程中，有初识、相识、相会、相恋、思念、提亲等过程，旧友是布依族未婚青年男女之间一个固定的词语（或称呼）。青年人之间第一次相识后，第二次见面称为旧友，旧友含有情友、情人的意义。

A:i²¹wa:n³¹tɕiu²¹wa:n³¹pa³³tɕiu²¹ʐɑu⁵⁵,

爱　　玩　　就　　玩　　吧　旧　友，

A:i²¹wa:n³¹tɕiu²¹wa:n³¹pa³³tɕhin³¹ʐɑu⁵⁵。

爱　　玩　　就　　玩　　吧　情　友。

Lia:ŋ⁵⁵nia:n³¹tɕhia:n³¹ʐa³³tɕhia:n³¹lia:ŋ⁵⁵nia:n³¹,

两　　年　　前　　呀　前　　两　　年，

Lia:ŋ⁵⁵nia:n³¹tɕhia:n³¹tʂa:n³¹tʂhan³³lv³¹sa:n⁵⁵,

两　　年　　前　　咱　撑　　绿　伞，

Tɕhia:n³¹lia:ŋ⁵⁵nia:n³¹tʂa:n³¹tʂhan³³xua³³sa:n⁵⁵。

前　　两　　年　　咱　撑　　花　伞。

Lia:ŋ⁵⁵nia:n³¹tɕhia:n³¹tʂa:n³¹a:i²¹wa:n³¹sua⁵⁵,

两　　年　　前　　咱　爱　玩　耍，

Lia:ŋ⁵⁵nia:n³¹tɕhia:n³¹tʂa:n³¹tɕia:ŋ⁵⁵wa:n³¹sua⁵⁵。
两　　年　　前　　咱　　讲　　玩　　耍。

Tʂa:n³¹wa:n³¹sua⁵⁵pu²¹tɕia:ŋ⁵⁵si³¹tɕia:n³³,
咱　　玩　　耍　　不　　讲　　时　　间,

Tʂa:n³¹wa:n³¹sua⁵⁵pu²¹xui²¹ʐua:n²¹tɕua:n²¹。
咱　　玩　　耍　　不　　会　　厌　　倦。

Lia:ŋ⁵⁵nia:n³¹tɕhia:n³¹ʐa³³tɕhia:n³¹lia:ŋ⁵⁵nia:n³¹,
两　　年　　前　　呀　　前　　两　　年,

Lia:ŋ⁵⁵nia:n³¹tɕhia:n³¹tʂa:n³¹tʂhan³³lv³¹sa:n⁵⁵,
两　　年　　前　　咱　　撑　　绿　　伞,

Lia:ŋ⁵⁵nia:n³¹tɕhia:n³¹tʂa:n³¹tʂhan³³xua³³sa:n⁵⁵,
两　　年　　前　　咱　　撑　　花　　伞,

Sa:n⁵⁵ʐau⁵⁵xua³³tʂa:n³¹tɕiu²¹si⁵⁵ʐoŋ²¹。
伞　　有　　花　　咱　　就　　使　　用。

Sa:n⁵⁵xa:u⁵⁵sau³³tʂə³¹tʂa:n³¹si⁵⁵ʐoŋ²¹。
伞　　好　　收　　折　　咱　　使　　用。

Tʂə²¹sa:n⁵⁵xa:u⁵⁵ʐoŋ²¹ma³³tɕhin³¹ʐau⁵⁵?
这　　伞　　好　　用　　吗　　情　　友?

Tʂə²¹sa:n⁵⁵xa:u⁵⁵tʂhan³³ma³³tɕhin³¹ʐau⁵⁵?
这　　伞　　好　　撑　　吗　　情　　友?

Tɕin³³tʂa:n³¹fan³³li³¹xai³¹si²¹liu³¹?
今　　咱　　分　　离　　还　　是　　留?

Tʂa:n³¹fan³³li³¹tʂa:i²¹tɕie³¹si³¹si²¹,
咱　　分　　离　　在　　节　　十　　四。

Tʂa:n³¹fan³³li³¹tʂa:i²¹tɕie³¹si³¹wu⁵⁵。
咱　分　离　在　节　十　五。
Pu²¹tʂi³³tɕhin³¹ʐau⁵⁵xa:i³¹tɕi²¹tə³¹？
不　知　情　友　还　记　得？
pu²¹tʂi³³tɕhin³¹ʐau⁵⁵ʐi⁵⁵wa:ŋ²¹tɕi²¹，
不　知　情　友　已　忘　记，
Thia:n³³thia:n³³tɕia:ŋ⁵⁵ta:u²¹ni⁵⁵tɕiu²¹ʐau⁵⁵。
天　天　讲　到　你　旧　友。

Thia:n³³thia:n³³thi³¹ta:u²¹ni⁵⁵tɕhin³¹ʐau⁵⁵，
天　天　提　到　你　情　友，
Na⁵⁵thia:n³³fan³³li³¹na⁵⁵thia:n³³liu³¹？
哪　天　分　离　哪　天　留？
Na⁵⁵thia:n³³fan³³li³¹tɕie³¹si³¹wu⁵⁵。
哪　天　分　离　节　十　五。

ɕin³³pu²¹ka:n³³ʐa³¹ɕia:ŋ⁵⁵tɕhin³¹ʐau⁵⁵，
心　不　甘　呀　想　情　友，
ɕin³³pu²¹ka:n³³ʐa³¹ɕia:ŋ⁵⁵tɕhin³¹ran³¹，
心　不　甘　呀　想　情　人，

ɕin³³pu²¹ka:n³³ʐa³¹ɕia:ŋ⁵⁵tɕiu²¹ʐau⁵⁵，
心　不　甘　呀　想　旧　友，
ɕia:ŋ⁵⁵tɕhin³¹ran³¹ʐa³³ɕin³³tha³³si³¹。
想　情　人　呀　心　踏　实。

Na⁵⁵thia:n³³tiu³³ʐa³¹na⁵⁵thia:n³³liu³¹？
哪　天　丢　呀　哪　天　留？

124

Na⁵⁵thia:n³³tiu³³tʂa:i²¹a:i²¹su²¹tʂhoŋ³¹,

哪　天　　丢　在　艾　树　丛，

Na⁵⁵thia:n³³tiu³³tʂa:i²¹soŋ³³su²¹ɕia²¹。

哪　天　　丢　在　松　树　下。

Wai²¹ni⁵⁵ʑa:n³¹ʐu⁵⁵tʂha:i³¹fan³³li³¹,

为　你　言　语　才　　分　离，

Wai²¹ni⁵⁵ʑa:n³¹ʐu⁵⁵tʂha:i³¹fan³³kha:i³³。

为　你　言　语　才　　分　开。

Na⁵⁵thia:n³³tiu³³ʐa³¹na⁵⁵thia:n³³liu³¹?

哪　天　　丢　呀　哪　天　　留？

Na⁵⁵thia:n³³tiu³³tʂa:i²¹a:i²¹su²¹tʂhoŋ³¹,

哪　天　　丢　在　艾　树　丛，

Na⁵⁵thia:n³³tiu³³tʂa:i²¹tha:u³¹su²¹ɕia²¹。

哪　天　　丢　在　　桃　树　下。

Wai²¹ni⁵⁵ʑa:n³¹ʐu⁵⁵tʂha:i³¹fan³³li³¹,

为　你　言　语　才　　分　离，

Wai²¹ni⁵⁵ʑa:n³¹ʐu⁵⁵tʂha:i³¹fan³³kha:i³³。

为　你　言　语　才　　分　开。

Na⁵⁵thia:n³³tiu³³ʐa³¹na⁵⁵thia:n³³liu³¹?

哪　天　　丢　呀　哪　天　　留？

Na⁵⁵thia:n³³tiu³³tʂa:i²¹a:i²¹su²¹tʂhoŋ²¹,

哪　天　　丢　在　艾　树　丛，

Na⁵⁵thia:n³³tiu³³tʂa:i²¹si²¹su²¹ɕia²¹。

哪　天　　丢　在　柿　树　下。

Ni⁵⁵tɕia:ŋ⁵⁵pu²¹wa:n³¹tʂha:i³¹fan³³li³¹,

你　讲　不玩　才　分离，

Ni⁵⁵suo³¹pu²¹wa:n³¹tʂha:i³¹fa:n³³kha:i³³。

你　说　不玩　才　分开。

Na⁵⁵thia:n³³tiu³³ʐa³¹na⁵⁵thia:n³³liu³¹？

哪　天　丢呀哪天　留？

Na⁵⁵thia:n³³tiu³tʂa:i²¹a:i²¹su²¹tʂhoŋ³¹,

哪　天　丢在艾树丛，

Na⁵⁵thia:n³³tiu³tʂa:i²¹la³¹tɕia:u³³tʂhoŋ³¹。

哪　天　丢在辣椒　丛。

Ni⁵⁵tɕia:ŋ⁵⁵pu²¹ʐa:u²¹tʂha:i³¹fan³³li³¹,

你　讲　不要　才　分离，

Ni⁵⁵suo³¹pu²¹ʐa:u²¹tʂha:i³¹fan³³kha:i³³。

你　说　不要　才　分开。

Na⁵⁵thia:n³³tiu³³ʐa³¹na⁵⁵thia:n³³liu³¹？

哪　天　丢呀哪天　留？

Tʂa:n³¹man³³wai²¹lə⁵⁵sa:n⁵⁵fan³³li³¹,

咱　们　为了伞分离，

Tʂa:n³¹man³³wai²¹tau⁵⁵li²¹fan³³kha:i³³。

咱　们　为斗笠分开。

Tʂa:n³¹man³³fan³³li³¹wai²¹tau⁵⁵li²¹,

咱　们　分离为斗笠，

Tʂa:n³¹man³³fan³³kha:i³³wai²¹xua³³sa:n⁵⁵。

咱　们　分开为花　伞。

Tʂə²¹tau⁵⁵li²¹pu²¹tʂi³¹tuo³³sa:u⁵⁵tɕhia:n³¹,

这 斗 笠 不 值 多 少 钱,

Tha³³pu²¹tʂi³¹tuo³³sa:u⁵⁵phəŋ³¹ʑau⁵⁵wa:n³¹,

它 不 值 多 少 朋 友 玩,

Tha³³mai³¹ʑau⁵⁵tʂa:n³¹tɕhin³¹ʑau⁵⁵tʂhi³¹。

它 没 有 咱 情 友 值。

Tha³³pu²¹tʂi³¹tuo³³sa:u⁵⁵tɕiu²¹ʑau⁵⁵,

它 不 值 多 少 旧 友,

Tha³³mai³¹ʑau⁵⁵tʂa:n³¹tɕhin³¹ran³¹tʂi³¹。

它 没 有 咱 情 人 值。

逃婚歌

　　这是一首典型的反对包办婚姻的情歌谣。在古代布依族地区包办婚姻普遍存在，指腹为婚、表兄妹订婚，由双方父母包办等现象比比皆是。这首歌叙述了爱情已到极度的迷恋，恋恋不舍，舍不得分开，非成亲不可，为此两人商量由男方卖谷物来作路费，女方回家收拾自己的衣物。由于女方家的织布机太大带不了，仍留在家中，情妹的爹娘、姐妹、兄弟看见情妹留下的原用物而伤心哭泣。

　　两人要走大路过桥生怕前情郎（情妹原许配男方）骑马追赶；要走小路又怕男方拦截，在担惊受怕的逃走路途中，终于到了家。男方爹娘兄弟姐妹早就在大门前来迎接她了，全家老小想她爱她，她的到来让全家很高兴。这首古情歌反映了爱情是双方感情的积蓄，一旦遇到日思夜想的心中情人，那炽热的感情就如山洪暴发，汹涌而出，你说不是吗？

çia:ŋ⁵⁵tçhi²¹na:n³¹kuo²¹tçhi²¹tçiu²¹ʐau⁵⁵,
想　　气　难　过　气　旧　友，
çia:ŋ⁵⁵tçhi²¹na:n³¹kuo²¹tçhi²¹tçhin³¹ʐau⁵⁵.
想　　气　难　过　气　情　友。
çia:ŋ⁵⁵tçhi²¹na:n³¹kuo²¹sun²¹tçie³³tʂau⁵⁵,
想　　气　难　过　顺　街　走，

Tçhin³¹ʐau⁵⁵tçhu²¹tʂa:u⁵⁵ti²¹fa:ŋ³³tʂuo²¹,
情　友　去　找　地　方　坐，
Tçhin³¹ʐau⁵⁵tçhu²¹li³¹su²¹tçuo³¹tʂuo²¹.
情　友　去　梨　树　脚　坐。

Thoŋ³¹laŋ³¹sa:ŋ³³lia:ŋ³³thoŋ³¹laŋ³¹tɕia:ŋ⁵⁵,

同　　郎　　商　　量　　同　　郎　　讲，

Thoŋ³¹laŋ³¹sa:ŋ³³lia:ŋ³³thoŋ³¹laŋ³suo³¹,

同　　郎　　商　　量　　同　　郎　　说，

Thoŋ³¹laŋ³¹sa:ŋ³³lia:ŋ³³sa:n³³tʂhɑ：ŋ⁵⁵kuo²¹。

同　　郎　　商　　量　　三　　场　　过。

Thoŋ³¹laŋ³¹sa:ŋ³³lia:ŋ³³tɕiu⁵⁵tʂha:ŋ⁵⁵thia:n³³,

同　　郎　　商　　量　　九　　场　　天，

ɕia:ŋ⁵⁵tɕhi²¹na:n³¹kuo²¹xə³¹ʑau⁵⁵sua⁵⁵。

想　　气　　难　　过　　和　　友　　耍。

ɕia:ŋ⁵⁵tɕhi²¹na:n³¹kuo²¹tha:u³¹xə³¹ʑau⁵⁵,

想　　气　　难　　过　　逃　　和　　友，

ʐu⁵⁵na:n³¹ʑau⁵⁵tha:u³¹tɕhu²¹ʑua:n⁵⁵tʂhu²¹,

与　　男　　友　　逃　　去　　远　　处，

Xə³¹na:n³¹ʑau⁵⁵tha:u³¹tʂau⁵⁵¹ʑua:n⁵⁵ti²¹。

和　　男　　友　　逃　　走　　远　　地。

ɕia:ŋ⁵⁵tɕhi²¹na:n³¹kuo²¹tɕhi²¹tɕiu²¹ʑau⁵⁵,

想　　气　　难　　过　　气　　旧　　友，

ɕia:ŋ⁵⁵tɕhi²¹na:n³¹kuo²¹tɕhi²¹tɕhin³¹ʑau⁵⁵,

想　　气　　难　　过　　气　　情　　友，

ɕia:ŋ⁵⁵tɕhi²¹na:n³¹kuo²¹sun²¹tɕie³³tʂau⁵⁵。

想　　气　　难　　过　　顺　　街　　走。

Tɕhin³¹ʐau⁵⁵tɕhu²¹tʂa:u⁵⁵ti²¹fa:ŋ³³tʂuo²¹,
情　　友　去　找　地　方　　坐，
ʐu⁵⁵laŋ³¹sa:ŋ³³lia:ŋ³³li³¹tɕuo³¹ɕia²¹,
与　郎　商　　量　梨　脚　下，
Kan³³ʐau⁵⁵sa:ŋ³³lia:ŋ³³thoŋ³¹laŋ³¹tɕia:ŋ⁵⁵,
跟　友　商　　量　同　郎　讲，
Thoŋ³¹laŋ³¹la:i²¹ʐi²¹xa:u⁵⁵tɕi⁵⁵tʂhi²¹。
同　　郎　来　议　好　几　　次。

Kan³³ʐau⁵⁵la:i³¹tɕian⁵⁵xa:u⁵⁵tɕi⁵⁵xui³¹,
跟　友　来　讲　　好　几　回，
Thoŋ³¹laŋ³¹la:i²¹ʐi²¹xa:u⁵⁵tɕi⁵⁵tʂhi²¹。
同　　郎　来　议　好　几　　次。
Thoŋ³¹laŋ³¹sa:ŋ³³lia:ŋ³³kan³³laŋ³¹tɕia:ŋ⁵⁵。
同　　郎　商　　量　　跟　郎　讲。
Kan³³laŋ³¹ʐi²¹tʂa:i²¹li⁵⁵su²¹ɕia²¹,
跟　　郎　议　在　李　树　下，
ʐu⁵⁵laŋ³¹suo³¹tʂa:i²¹tha:u³¹su²¹tɕuo³¹。
与　郎　说　在　　桃　　树　脚。

ɕia:ŋ⁵⁵tɕhi²¹na:n³¹kuo²¹xə³¹ʐau⁵⁵sua⁵⁵,
想　　气　难　过　和　友　耍，
ɕia:ŋ⁵⁵tɕhi²¹na:n³¹kuo²¹tha:u³¹xə³¹ʐau⁵⁵。
想　　气　难　过　逃　和　友。

ʐu⁵⁵na:n³¹ʐau⁵⁵tha:u³¹tɕhu²¹ʐua:n⁵⁵tʂhu²¹,
与　男　友　逃　去　远　　处，

130

Xə³¹na:n³¹ʑau⁵⁵tha:u³¹tʂau⁵⁵tha³³ɕia:ŋ³³。
和　男　友　逃　走　他　乡。

A:i²¹wa:n³¹tɕiu²¹wa:n³¹pa³³tɕiu²¹ʑau⁵⁵，
爱　玩　就　玩　吧旧　友，
A:i²¹sua⁵⁵tɕiu²¹sua⁵⁵pa³³tɕhin³¹ʑau⁵⁵。
爱　耍　就　耍　吧　情　友。

Tɕia:n⁵⁵xoŋ³¹lv⁵⁵ʑi³³tʂhua:ŋ³³kha:u⁵⁵ta:i²¹
捡　红绿衣装　口　袋，
Tɕia:n⁵⁵tɕhi⁵⁵xoŋ³¹ʑi³³san³³sa:ŋ²¹tʂhua:n³³。
捡　起　红衣身上　穿。

Tɕia:n⁵⁵wa:n³¹lə⁵⁵ʑa³³tɕia:n⁵⁵wa:n³¹xau²¹，
捡　完　了呀捡　完　后，
Tɕia:n⁵⁵wa:n³¹lə⁵⁵kan³³na:n³¹ʑau⁵⁵tʂau⁵⁵，
捡　完　了　跟　男　友　走，
Tɕia:n⁵⁵wa:n³¹lə⁵⁵thoŋ³¹na:n³¹ʑau⁵⁵thau³¹。
捡　完　了　同　男　友　逃。

A:i²¹wa:n³³tɕiu²¹wa:n³¹pa³³tɕiu²¹ʑau⁵⁵，
爱　玩　就　玩　吧旧　友，
A:i²¹sua⁵⁵tɕiu²¹sua⁵⁵pa³³tɕhin³³ʑau⁵⁵。
爱　耍　就　耍　吧　情　友。

Tɕia:n⁵⁵xoŋ³¹lv³¹ʑi³³fu³¹faŋ²¹kui²¹，
捡　红绿衣服放柜，

131

Tɕia:n⁵⁵xoŋ³¹lu³¹ʑi³³faŋ²¹kui²¹tʂi⁵⁵。

捡　　红　绿　衣　放　柜　子。

Tɕia:n⁵⁵wa:n³¹lə⁵⁵ʑa³³tɕia:n⁵⁵wa:n³¹xau²¹，

捡　　完　了　呀　捡　　完　后，

Tɕia:n⁵⁵wa:n³¹lə⁵⁵ʑa³³thoŋ³¹ʑau⁵⁵tha:u³¹。

捡　　完　了　呀　同　　友　逃。

Tɕia:n⁵⁵wa:n³¹lə⁵⁵ʑa³³kan³³ʑau⁵⁵tʂau⁵⁵，

捡　　完　了　呀　跟　友　走，

Thoŋ³¹tɕhin³¹ʑau⁵⁵tha:u³¹ta:u²¹ʑua:n⁵⁵tʂhu²¹tɕhi²¹，

同　　情　友　逃　到　　远　处　去，

ʑu⁵⁵tɕhin³¹ʑau⁵⁵tha:u³¹ta:u²¹ʑua:n⁵⁵fa:ŋ³³tɕhu²¹。

与　　情　友　逃　到　　远　方　去。

A:i²¹wa:n³¹tɕiu²¹wa:n³¹pa³³tɕiu²¹ʑau⁵⁵，

爱　玩　　就　玩　　吧　旧　友，

A:i²¹sua⁵⁵tɕiu²¹sua⁵⁵pa³³tɕhin³¹ʑau⁵⁵。

爱　耍　就　耍　吧　情　　友。

Thoŋ³¹la:ŋ³¹sa:ŋ³³lia:ŋ³³kan³³laŋ³¹suo³¹，

同　　郎　商　　量　　跟　郎　说，

Thoŋ³¹la:ŋ³¹sa:ŋ³³lia:ŋ³³kan³³laŋ³¹tɕia:ŋ⁵⁵，

同　　郎　商　　量　　跟　郎　讲，

Kan³³laŋ³¹tɕia:ŋ⁵⁵la:i³¹ma:i²¹ku³¹tʂi⁵⁵，

跟　郎　讲　　来　卖　谷　子，

Ma:i²¹tə³¹ku³¹tʂi⁵⁵er²¹ta:n²¹wu⁵⁵，

卖　　得　谷　子　二　石　五，

Ma:i²¹tə³¹ku³¹tʂi⁵wu⁵⁵ta:n²¹tuo³³。

卖　得　谷　子　五　石　多。

Ma:i²¹ku³¹ʑin³¹tʂi⁵⁵kau²¹lia:ŋ⁵⁵ʐoŋ²¹，

卖　谷　银　子　够　俩　用，

Ma:i²¹ku³¹ʑin³¹tʂi⁵⁵kau²¹lia:ŋ⁵⁵tʂhi³¹。

卖　谷　银　子　够　俩　吃。

Thoŋ³¹laŋ³¹sa:ŋ³³lia:ŋ³³kan³³laŋ³¹tɕia:ŋ⁵⁵，

同　郎　商　量　跟　郎　讲，

Kan³³laŋ³¹tɕia:ŋ⁵⁵la:i³¹ma:i²¹ka:u³³lia:ŋ³¹。

跟　郎　讲　来　卖　高　粱。

Kan³³ʐau⁵⁵tɕia:ŋ⁵⁵la:i³¹ma:i²¹ta:u²¹ku³¹，

跟　友　讲　来　卖　稻　谷，

Ri³¹tɕhia:n³¹wo⁵⁵ma:i²¹er²¹ta:n²¹wu⁵⁵，

日　前　我　卖　二　石　五，

wo⁵⁵man³³ma:i²¹lə⁵⁵wu⁵⁵ta:n²¹tuo³³，

我　们　卖　了　五　石　多，

Ri³¹xau²¹tʂu³¹kau²¹wo⁵⁵lia:ŋ⁵⁵ʐoŋ²¹。

日　后　足　够　我　俩　用。

Wo⁵⁵la:i³¹tɕia:ŋ⁵⁵kɯ⁵⁵tɕhin³¹mai²¹thin³³，

我　来　讲　给　情　妹　听，

Mai²¹ni⁵⁵fau⁵⁵tɕia:n⁵⁵xa:u⁵⁵ʑi³³wu²¹，

妹　你　否　捡　好　衣　物，

Tɕia:n⁵⁵xa:u⁵⁵ʑi³³wu²¹wo⁵⁵man³³tʂau⁵⁵，

捡　好　衣　物　我　们　走，

Si³¹xa:u⁵⁵ʐi³³wu²¹wo⁵⁵lia:ŋ⁵⁵ɕin³¹。

拾　好　衣　物　我　俩　　行。

Tʂau⁵⁵sa:ŋ²¹thia:u³¹lu²¹tʂa:u⁵⁵ɕia²¹thia:u³¹lu²¹，

走　　上　条　路　走　下　条　　路，

Tʂau⁵⁵sa:ŋ²¹thia:u³¹lu²¹pha²¹ʐau⁵⁵ran³¹la:n³¹，

走　　上　条　路　怕　有　人　拦，

Tʂau⁵⁵ɕia²¹thia:u³¹lu²¹pha²¹ʐau⁵⁵ran³¹tɕie³¹。

走　　下　条　路　怕　有　人　　截。

Xa:i²¹pha²¹tɕhia:n³¹tɕhin³¹ʐau⁵⁵pa:n²¹lu²¹la:n³¹，

害　怕　前　　情　友　半　路　拦，

Xa:i²¹pha²¹tɕhia:n³¹tɕhin³¹ʐau⁵⁵sua⁵⁵kau⁵⁵tɕie³¹，

害　怕　前　　情　友　耍　狗　　截，

Xa:i²¹pha²¹tɕhia:n³¹tɕhin³¹ʐau⁵⁵tɕia:n³³kau⁵⁵tʂui³³。

害　怕　前　　情　友　牵　狗　　追。

A:i²¹wa:n³¹tɕiu²¹wa:n³¹pa³³tɕiu²¹ʐau⁵⁵，

爱　玩　就　玩　吧　旧　友，

A:i²¹sua⁵⁵tɕiu²¹sua⁵⁵pa³³tɕhin³¹ʐau⁵⁵。

爱　耍　就　耍　吧　情　友。

Tʂau⁵⁵sa:ŋ²¹thia:u³¹lu²¹tʂau⁵⁵ɕia²¹thia:u³¹lu²¹，

走　　上　条　路　走　下　条　　路，

Tʂau⁵⁵sa:ŋ²¹thia:u³¹lu²¹pha²¹ʐau⁵⁵ran³¹la:n³¹，

走　　上　条　路　怕　有　人　拦，

Tʂau⁵⁵ɕia²¹thia:u³¹lu²¹pha²¹ʐau⁵⁵ran³¹tɕie³¹。

走　　下　条　路　怕　有　人　　截。

Tʂau⁵⁵sa:ŋ²¹thia:u³¹lu²¹pha²¹ʐau⁵⁵ran³¹la:n³¹,

走　　上　　条　　路　　怕　　有　　人　　拦，

Xa:i²¹pha²¹tʂau⁵⁵la:u⁵⁵lu²¹la:u⁵⁵ɕia:u⁵⁵lu²¹,

害　　怕　　走　　老　　路　　老　　小　　路，

Xa:i²¹pha²¹tʂau⁵⁵ʐua:n³¹lu²¹tʂau⁵⁵tɕiu²¹lu²¹,

害　　怕　　走　　原　　路　　走　　旧　　路，

Xa:i²¹pha²¹tɕhia:n³¹tɕhin³¹ʐau⁵⁵tɕhia:n³³kau⁵⁵la:n³¹。

害　　怕　　前　　情　　友　　牵　　狗　　拦。

Xa:i²¹pha²¹tʂau⁵⁵wu³¹ran³¹xua:ŋ³³ʐua:n³¹lu²¹,

害　　怕　　走　　无　　人　　荒　　芜　　路，

Xa:i²¹pha²¹tʂau⁵⁵ɕia³¹ɕia:u⁵⁵tə³³ɕia:u⁵⁵lu²¹,

害　　怕　　走　　窄　　小　　的　　小　　路，

Xa:i²¹pha²¹tɕhin³¹ʐau⁵⁵na³¹kun²¹pa:ŋ²¹tɕie³¹。

害　　怕　　情　　友　　拿　　棍　　棒　　截。

Tɕhin³¹la:ŋ³¹tʂhua:n⁵⁵la:i³¹thoŋ³¹tɕhin³¹mai²¹tɕia:ŋ⁵⁵,

情　　郎　　转　　来　　同　　情　　妹　　讲，

Tɕhin³¹la:ŋ³¹tʂhua:n⁵⁵la:i³¹thoŋ³¹tɕhin³¹mai²¹suo⁵⁵,

情　　郎　　转　　来　　同　　情　　妹　　说，

Wa:ŋ²¹ta:i²¹san³¹mə³³mai³¹ʐau⁵⁵tɕhin³¹mai²¹,

忘　　带　　什　　么　　没　　有　　情　　妹，

Waŋ²¹tɕi²¹ta:i²¹san³¹mə³³mai³¹ʐau⁵⁵ʐau⁵⁵。

忘　　记　　带　　什　　么　　没　　有　　友。

Tɕhin³¹mai²¹tʂua:n⁵⁵kuo²¹san³³xui³¹ta³¹tɕia:ŋ⁵⁵,
情　　妹　转　过　身　回　答　讲,
Tɕhin³¹mai²¹tʂua:n⁵⁵san³³thoŋ³¹tɕhin³¹laŋ³¹tɕia:ŋ⁵⁵,
情　　妹　转　身　同　情　郎　　讲,
Wa:ŋ²¹tɕi²¹tau⁵⁵li²¹tʂa:i²¹ɕia:ŋ³³fa:ŋ³¹thau³¹,
忘　记　斗　笠　在　厢　房　头,

Wa:ŋ²¹tɕi²¹suo³³ʐi³³kua²¹ɕia:ŋ³³fa:ŋ³¹tɕio³¹,
忘　记　蓑　衣　挂　厢　房　角,
Wa:ŋ²¹tɕi²¹tʂha:u⁵⁵ma:u²¹kua²¹tʂa:i²¹tʂhua:ŋ³¹tha:u³¹。
忘　记　草　帽　挂　在　床　头。

ɕia:ŋ⁵⁵ta:u²¹wa:ŋ²¹ta:i²¹wu²¹ʐa:n⁵⁵lai²¹liu³¹,
想　到　忘　带　物　眼　泪　流,
ɕia:ŋ⁵⁵ta:u²¹li³¹tɕia³³tʂau⁵⁵ti³³thau³¹khu³¹。
想　到　离　家　走　低　头　哭。

Tɕhin³¹mai²¹tʂua:n⁵⁵kuo²¹san³³tɕhin³¹la:ŋ³¹suo³¹,
情　　妹　转　过　身　情　郎　说,
Tɕhin³¹mai²¹tʂua:n⁵⁵san³³tʂə²¹laŋ³¹suo³¹tɕia:ŋ⁵⁵,
情　　妹　转　身　这　郎　说　讲,
Wa:ŋ²¹tɕi²¹san³¹mə³³mai³¹ʐau⁵⁵tɕhin³¹kə³³,
忘　记　什　么　没　有　情　哥,
Wa:ŋ²¹tɕi²¹san³¹mə³³mai³¹ʐau⁵⁵tɕhin³¹laŋ³¹。
忘　记　什　么　没　有　情　郎。

Tɕhin³¹la:ŋ³¹tui²¹tɕhin³¹mai²¹xui³¹ta³¹suo³¹,

情　郎　对　情　妹　回　答　说,

Tɕhin³¹laŋ³¹tui²¹tɕhin³¹mai²¹xui³¹ta³¹tɕia:ŋ⁵⁵,

情　郎　对　情　妹　回　答　讲,

Waŋ²¹tɕi²¹pa⁵⁵li³¹pha³³tʂa:i²¹thia:n³¹pa²¹,

忘　记　把　犁　耙　在　田　坝,

Waŋ²¹tɕi²¹pa⁵⁵li³¹pha³³tʂa:i²¹thia:n³¹thau³¹.

忘　记　把　犁　耙　在　田　头。

ɕioŋ³³ʐu⁵⁵ti²¹tɕia:n²¹lə⁵⁵tɕiu²¹san³³tɕhi²¹,

兄　与　弟　见　了　就　生　气,

Tie³¹nia:ŋ³¹tɕia:n²¹lə⁵⁵tɕiu²¹a:n²¹liu³¹lai²¹。

爹　娘　见　了　就　暗　流　泪。

A:i²¹wa:n³¹tɕiu²¹wa:n³¹pa³³tɕiu²¹tɕhin³¹ʐau⁵⁵,

爱　玩　就　玩　吧　旧　情　友,

A:i²¹sua⁵⁵tɕiu²¹la:i³¹sua⁵⁵pa³³tɕhin³¹ʐau⁵⁵。

爱　耍　就　来　耍　吧　情　友。

Tɕhin³¹ʐau⁵⁵tʂhua:n³³pho²¹xa:u⁵⁵tɕi⁵⁵ta:i²¹ɕie³¹,

情　友　穿　破　好　几　袋　鞋,

Tɕhin³¹ʐau⁵⁵tʂhua:n³³xua:i²¹tɕi⁵⁵sua:ŋ³³tʂha:u⁵⁵ɕie³¹。

情　友　穿　坏　几　双　草　鞋。

Kua:ŋ³³tɕuo³¹tʂau⁵⁵kuo²¹tʂhi²¹phəŋ³¹pho³³tɕuo³¹,

光　脚　走　过　刺　蓬　坡　脚,

Lia:ŋ⁵⁵tɕuo³¹tʂau⁵⁵pho²¹lə⁵⁵tɕiu⁵⁵tʂhan³¹phi³¹,
两　　脚　走　破　了　九　层　皮，
Tɕhin³¹la:ŋ³¹mai³¹wan³¹kuo²¹thoŋ²¹pu²¹thoŋ²¹。
情　郎　没　问　过　痛　不　痛。

Tʂhoŋ³¹tɕhia:n³¹mai³¹tʂau⁵⁵kuo²¹tʂa:n³¹lia:ŋ⁵⁵tʂau⁵⁵,
从　　前　没　走　过　咱　俩　走，
Tʂhoŋ³¹tɕhia:n³¹mai³¹lu²¹lia:ŋ⁵⁵ɕia:n²¹phi³³lu²¹,
从　　前　没　路　俩　现　劈　路，
Mai³¹ran³¹tʂau⁵⁵tʂə²¹thia:u³¹thia:u³¹tʂhun³³lu²¹,
没　人　走　这　过　条　村　路，
Wo⁵⁵sau⁵⁵tɕhia:n³³sau⁵⁵tʂau⁵⁵tʂə²¹thia:u³¹lu²¹。
我　手　牵　手　走　这　条　路。

A:i²¹wa:n³¹tɕiu²¹wa:n³¹pa³³tɕiu²¹tɕhin³¹ʐau⁵⁵,
爱　玩　就　玩　吧　旧　情　友，
A:i²¹sua⁵⁵tɕiu²¹la:i³¹sua⁵⁵pa³³tɕhin³¹ʐau⁵⁵。
爱　耍　就　来　耍　吧　情　友。

Tɕhin³¹laŋ³¹tʂhua:n³³xua:i²¹xa:u⁵⁵tɕi⁵⁵ta:i²¹ɕie³¹,
情　郎　穿　坏　好　几　袋　鞋，
Tɕhin³¹ʐau⁵⁵tʂhua:n³³pho²¹si³¹sua:ŋ³³pu²¹ɕie³¹,
情　友　穿　破　十　双　布　鞋，
Tɕuo³¹ti⁵⁵pa:n⁵⁵tɕhi⁵⁵lə⁵⁵tɕiu⁵⁵tʂan³¹phi³¹,
脚　底　板　起　了　九　层　皮，

Mai³¹ʐau⁵⁵na³¹tɕhin³¹ran³¹la:i³¹wan²¹luo²¹。

没　有　那　情　人　来　问　津。

Ta:u²¹ʑin³³tʂhu²¹ʐa³¹ta:u²¹lə⁵⁵lia:ŋ³¹tʂhu²¹，

到　　阴　处　呀　到　了　凉　处，

Ta:u²¹ʑin³³tʂhu²¹tʂa:n³¹lia:ŋ⁵⁵ɕia:ŋ⁵⁵xə³³sui⁵⁵，

到　　阴　处　咱　俩　想　喝　水，

Ta:u²¹ʑin³³tʂhu²¹tʂa:n³¹lia:ŋ⁵⁵ɕia:ŋ⁵⁵ɕie³¹tɕuo³¹。

到　　阴　处　咱　俩　想　歇　脚。

Tɕhin³¹ʐau⁵⁵na³¹wu⁵⁵fa:n²¹la:i³¹tɕie⁵⁵tʂhi³¹，

情　友　拿　午　饭　来　解　吃，

Tʂa:n³¹lia:ŋ⁵⁵ʐau⁵⁵tʂa³¹kuo²¹tʂhi³¹wu⁵⁵fa:n²¹，

咱　　俩　友　咋　过　吃　午　饭，

Lia:ŋ⁵⁵na³¹san³¹mə³³la:i³¹tʂuo²¹khua:i²¹tʂi⁵⁵，

俩　拿　什　么　来　做　筷　子，

Tɕhin³¹laŋ³³tʂa:u⁵⁵tə³¹lia:ŋ⁵⁵sua:ŋ³³khua:i²¹tʂi⁵⁵。

情　郎　找　得　两　双　筷　子。

ʐoŋ²¹ɕia:u⁵⁵su²¹tʂi³³la:i³¹tʂuo²¹khua:i²¹tʂi⁵⁵，

用　小　树　枝　来　做　筷　子，

Tɕhin³¹laŋ³¹tʂə³¹tə³¹lia:ŋ⁵⁵sua:ŋ³³khua:i²¹tʂi⁵⁵。

情　郎　折　得　两　双　筷　子。

Tɕhin³¹laŋ³¹thoŋ³¹tɕhin³¹mai²¹tʂə²¹ʐaŋ²¹tɕia:ŋ⁵⁵,

情　郎　同　情　妹　这　样　讲，

Tɕhin³¹laŋ³¹thoŋ³¹tɕhin³¹mai²¹tʂə²¹ʐaŋ²¹suo³¹。

情　郎　同　情　妹　这　样　说。

Tɕia:u²¹tɕhin³¹mai²¹toŋ²¹khua:i²¹ɕia:n³³tʂhi³¹tan⁵⁵,

叫　情　妹　动　筷　先　吃　等，

Mai²¹tui²¹laŋ³¹suo³¹tʂa³¹wo⁵⁵ɕia:n³³tʂhi³¹,

妹　对　郎　说　咋　我　先　吃，

Tɕhin³¹laŋ³¹tɕia:u²¹laŋ³¹ɕia:n³³tʂhi³¹laŋ³¹khan⁵⁵,

情　郎　叫　郎　先　吃　郎　肯，

Tɕhin³¹mai²¹ɕia:n³³tʂhi³¹mai²¹pu²¹ta³¹ʐin²¹。

情　妹　先　吃　妹　不　答　应。

Tɕhin³¹laŋ³¹tʂua:n⁵⁵sa:n³³tui²¹mai²¹suo³¹ta:u²¹,

情　郎　转　身　对　妹　说　道，

Tɕhin³¹mai²¹ta:i²¹san³¹mə³³tʂa:i²¹la:i³¹tɕia:u³¹pa:n²¹,

情　妹　带　什　么　菜　来　搅　拌，

Tɕhin³¹mai²¹ta:i²¹san³¹mə³³la:i³¹tʂuo²¹wu⁵⁵fa:n²¹。

情　妹　带　什　么　来　做　午　饭。

Tɕhin³¹mai²¹tʂua:n⁵⁵san³³tui²¹tɕhin³¹suo³¹ta:u²¹,

情　妹　转　身　对　郎　说　道，

Tɕhin³¹mai²¹tʂua:n⁵⁵san³³ʐau²¹tui²¹la:ŋ³¹tɕia:ŋ⁵⁵,

情　妹　转　身　又　对　郎　讲，

Tʂhi³¹ɕia:u⁵⁵ma:i²¹tʂha:n³³tʂa³¹lia:ŋ³¹pa:u³³ku³¹,
吃　小　麦　掺　杂　粮　苞　谷，
tʂhi³¹pa:u³³ku⁵⁵fa:n²¹ʐau²¹tʂhi³¹lia:ŋ³¹fa:n²¹,
吃　苞　谷　饭　又　吃　凉　饭，
Tɕhin³¹mai²¹tʂhoŋ³¹tʂa:n³¹tɕia³³ta:i²¹la:i³¹tə³³。
情　妹　从　咱　家　带　来　的。

A:i²¹wa:n³¹tɕiu²¹wa:n³¹pa³³tɕiu²¹tɕhin³¹ʐau⁵⁵,
爱　玩　就　玩　吧　旧　情　友，
A:i²¹sua⁵⁵tɕiu²¹la:i³¹sua⁵⁵pa³³tɕhin³¹ʐau⁵⁵。
爱　耍　就　来　耍　吧　情　友。

Tʂa³¹tɕia:ŋ⁵⁵ʐa:u²¹tɕhin⁵⁵tɕhin³¹mai²¹ɕia:n³³tʂhi³¹,
咋　讲　要　请　情　妹　先　吃，
Tɕia:u²¹ni⁵⁵tɕhin³¹la:ŋ³¹ɕia:n³³tʂhi³¹pu²¹khan⁵⁵,
叫　你　情　郎　先　吃　不　肯，
Tʂa³¹tɕia:ŋ⁵⁵ʐa:u²¹ʐe⁵⁵tɕhin³¹laŋ³¹ɕia:n³³tʂhi³¹。
咋　讲　要　也　情　郎　先　吃。

Tɕhin³¹laŋ³¹tʂua:n⁵⁵san³³tui²¹tɕhin³¹ma:i²¹tɕia:ŋ⁵⁵,
情　郎　转　身　对　情　妹　讲，
Tɕhin³¹laŋ³¹tʂua:n⁵⁵san³³tui²¹tɕhin³¹ma:i²¹suo³¹,
情　郎　转　身　对　情　妹　说，
Tɕhin³¹laŋ³¹na³¹san³¹mə³³tʂa:i²¹ɕia²¹fa:n²¹。
情　郎　拿　什　么　菜　下　饭。

Tɕhin³¹ma:i²¹tʂua:n⁵⁵san³³tui²¹tɕhin³¹laŋ³¹suo³¹,

情　妹　转　身　对　情　郎　说，

Tɕhin³¹ma:i²¹tʂua:n⁵⁵san³³tui²¹tɕhin³¹laŋ³¹tɕia:ŋ⁵⁵。

情　妹　转　身　对　情　郎　讲。

Tʂhi³¹ɕia:u⁵⁵mi⁵⁵fa:n²¹la:i³¹tʂa:n³³ɕia:u⁵⁵ma:i²¹,

吃　小　米　饭　来　掺　小　麦，

Fa:n²¹si²¹tʂhoŋ³¹tʂa:n³¹tʂa:i²¹ta:i²¹la:i³¹tə³³,

饭　是　从　咱　寨　带　来　的，

Fa:n²¹si²¹tʂhoŋ³¹tɕhin³¹ma:i²¹tɕia³³ta:i²¹la:i³¹,

饭　是　从　情　妹　家　带　来，

Tʂhoŋ³¹tɕia³³pa:u³³xa:u⁵⁵ta:i²¹ta:u²¹tʂə²¹li⁵⁵。

从　家　包　好　带　到　这　里。

Tʂa:n³¹lia:ŋ⁵⁵ʐau⁵⁵toŋ²¹khua:i²¹khua:i²¹tʂhi³¹fa:n²¹,

咱　俩　友　动　筷　快　吃　饭，

Tʂa:n³¹lia:ŋ⁵⁵tʂhi³¹fa:n²¹lə⁵⁵tʂhi³¹fa:n²¹kuo²¹,

咱　俩　吃　饭　了　吃　饭　过，

Tʂhi³¹kuo²¹wu⁵⁵fa:n²¹tʂa:n³¹lia:ŋ⁵⁵xə³³sui⁵⁵。

吃　过　午　饭　咱　俩　喝　水。

ʐoŋ²¹sau⁵⁵la:i³¹phəŋ⁵⁵sui⁵⁵pha²¹sui⁵⁵lia:ŋ³¹,

用　手　来　捧　水　怕　水　凉，

ɕia:ŋ⁵⁵xə³³la:i³¹sui⁵⁵ʐau²¹pha²¹ma⁵⁵xua:ŋ³¹,

想　喝　来　水　又　怕　蚂　蟥，

Tɕie²¹tɕhin³¹ʐau⁵⁵sau⁵⁵la:i³¹tʂuo²¹phia:u³¹ʐau³¹,

借　情　友　手　来　做　瓢　舀，

Tɕie²¹tɕhin³¹laŋ³¹sau⁵⁵la:i³¹phǝŋ⁵⁵sui⁵⁵xǝ³³。
借　情　郎　手　来　捧　水　喝。

Tɕhin³¹laŋ³¹tʂua:n⁵⁵san³³la:i³¹tʂǝ²¹ʑa:ŋ²¹tɕia:ŋ⁵⁵，
情　郎　转　身　来　这　样　讲，
Tɕhin³¹laŋ³¹tʂua:n⁵⁵san³³la:i³¹tʂǝ²¹ʑa:ŋ²¹suo³¹，
情　郎　转　身　来　这　样　说，
Tɕhin³¹laŋ³¹phǝŋ⁵⁵sui⁵⁵kɯ⁵⁵tɕhin³¹mai²¹xǝ³³。
情　郎　捧　水　给　情　妹　喝。

Tɕhin³¹laŋ³¹wan²¹tɕhin³¹mai²¹tɕia:ŋ⁵⁵suo³¹ta:u²¹，
情　郎　问　情　妹　讲　说　道，
Tɕhin³¹mai²¹xǝ³³sui⁵⁵ta:u²¹tʂui⁵⁵mai³¹ʑau⁵⁵，
情　妹　喝　水　到　嘴　没　有，
Xǝ³³tǝ³¹tia:n⁵⁵sui⁵⁵ta:u²¹tu²¹mai³¹ʑau⁵⁵，
喝　的　点　水　到　肚　没　有，
Tǝ³¹tia:n⁵⁵sui⁵⁵ta:u²¹xau³¹loŋ³¹pu²¹tɕhin³¹mai²¹。
得　点　水　到　喉　咙　不　情　妹。
Tɕhin³¹mai²¹tha:u³¹ta:u²¹pa:n²¹lu²¹wan²¹tɕhin³¹laŋ³¹，
情　妹　逃　到　半　路　问　情　郎，
Mai²¹wan²¹lu²¹xa:i³¹ʑau⁵⁵tuo³³ʑua:n⁵⁵tɕhin³¹laŋ³¹。
妹　问　路　还　有　多　远　情　郎。

Tɕhin³¹mai²¹tɕie³¹tʂǝ³¹ʑau³¹wan²¹tɕhi⁵⁵tɕhin³¹laŋ³¹，
情　妹　接　着　又　问　起　情　郎，

Lu²¹xa:i³¹ʐau⁵⁵tuo³³ʐua:n⁵⁵tɕhin³¹laŋ³¹pu²¹ʐua:n⁵⁵,

路　还　有　多　远　情　郎　不　远，

Ru³¹si²¹tʂa:i²¹tɕin²¹ʐa³³tɕhin³¹mai²¹ʐa:u²¹tɕhu²¹,

如　是　在　近　呀　情　妹　要　去，

Ru³¹si²¹ha:i³¹ʐua:n³¹ʐa³³tɕhin³¹mai²¹pu²¹tɕhu²¹,

如　是　还　远　呀　情　妹　不　去，

Ru³¹si²¹ha:i³¹ʐua:n⁵⁵ʐa³³tɕhin³¹mai²¹pu²¹tʂau⁵⁵。

如　是　还　远　呀　情　妹　不　走。

La:ŋ³¹tɕi³¹maŋ³¹tʂə²¹ʐaŋ²¹tui²¹tɕhin³¹mai²¹suo³¹,

郎　急　忙　这　样　对　情　妹　说，

La:ŋ³¹tɕi³¹maŋ³¹tʂə²¹ʐaŋ²¹tui²¹tɕhin³¹mai²¹tɕia:ŋ⁵⁵。

郎　急　忙　这　样　对　情　妹　讲。

Tɕhin³¹mai²¹si²¹tɕia:ŋ⁵⁵tʂan³³xa:i³¹si²¹tɕia:ŋ⁵⁵tɕia⁵⁵,

情　妹　是　讲　真　还　是　讲　假，

Tɕhin³¹mai²¹suo³¹tɕia⁵⁵tʂan³³xa: i³¹si²¹tɕia:ŋ⁵⁵tʂan³³,

情　妹　说　假　真　还　是　讲　真，

Tɕia:ŋ⁵⁵tʂan³³tɕhin³¹laŋ³¹kɯ⁵⁵mai²¹ni⁵⁵wa:n³³ta:u³³,

讲　真　情　郎　给　妹　你　弯　刀，

Tɕia:ŋ⁵⁵tɕia⁵⁵tɕhin³¹la:ŋ³¹pu²¹fa:ŋ²¹tʂa:i²¹ɕin³³sa:ŋ²¹。

讲　假　情　郎　不　放　在　心　上。

Tɕia:ŋ⁵⁵tɕia⁵⁵mai²¹na³¹wa:n³³ta:u³³kə³³laŋ³¹xau³¹loŋ³¹,

讲　假　妹　拿　弯　刀　割　郎　喉　咙，

Tɕhin³¹mai²¹suo³¹na³¹ta:u³³ɕi²¹ɕuo³¹ni⁵⁵mai²¹。

情　妹　说　拿　刀　细　学　你　妹。

144

A:i²¹wa:n³¹tɕiu²¹wa:n³¹pa³³tɕiu²¹tɕhin³¹ʐau⁵⁵,

爱　　玩　　　就　　玩　　吧　旧　　情　　　友，

A:i²¹sua⁵⁵tɕiu²¹la:i³¹sua⁵⁵pa³³tɕhin³¹ʐau⁵⁵。

爱　　耍　　就　　来　　耍　吧　情　　　友。

ɕia:n²¹ʑi⁵⁵lia:ŋ⁵⁵ta:u²¹ka:u³³tʂhu²¹ta:u²¹ʐa⁵⁵khau⁵⁵,

现　　已　　俩　　　到　　高　　处　　到　　垭　口，

Ta:u²¹ka:u³³tʂhu²¹tɕhin³¹laŋ³¹tʂi⁵⁵tɕhin³¹mai²¹kha:n²¹。

到　　高　　处　　情　　郎　　指　　情　　妹　　看。

Ta:u²¹ʐa⁵⁵khau⁵⁵tɕhin³¹laŋ³¹tʂi⁵⁵tɕhin³¹mai²¹tɕhu²¹,

到　　垭　口　　情　　郎　　指　　情　　妹　　去，

Pə³¹sə³¹fa:ŋ³¹thau³¹si²¹tɕhin³¹laŋ³¹tə³³tɕia³³,

白　色　房　　头　　是　情　　郎　　的　家，

Mai⁵⁵li²¹tʂua:n³³wa⁵⁵fa:ŋ³³wu³³si²¹tʂa:n³¹tɕia³³,

美　丽　砖　　瓦　　房　　屋　　是　咱　　家，

Tia:u⁵⁵loŋ³¹tʂhau³¹man³¹si²¹lia:ŋ⁵⁵tə³³tɕia³³ʐua:n³¹。

雕　　龙　　朝　　门　　是　俩　　　的　家　　园。

Mai²¹tui²¹tʂə³¹tɕhin³¹laŋ³¹tʂə³¹ʐaŋ²¹suo³¹,

妹　　对　　着　情　　郎　　这　样　　说，

Mai²¹tui²¹tʂə³¹tɕhin³¹laŋ³¹tʂə³¹ʐaŋ²¹tɕia:ŋ⁵⁵。

妹　　对　　着　情　　郎　　这　样　　讲。

Tɕhin³¹mai²¹mai³¹ʐau⁵⁵ta:i²¹li⁵⁵wu²¹la:i³¹，
情　　妹　没　有　带　礼　物　来，
Tɕhin³¹mai²¹mai³¹ta:i²¹san³¹mə³³li⁵⁵wu²¹，
情　　妹　没　带　什　么　礼　物，
Mai³¹ʐau⁵⁵san³¹mə³³li⁵⁵xoŋ⁵⁵ɕia:u⁵⁵ti²¹。
没　有　什　么　礼　哄　小　弟。

Tɕhin³¹laŋ³¹tui²¹tʂə³¹mai²¹tʂə²¹ʐaŋ²¹tɕia:ŋ⁵⁵，
情　　郎　对　着　妹　这　样　讲，
Tɕhin³¹laŋ³¹tui²¹tʂə³¹mai²¹tʂə²¹ʐaŋ²¹suo³¹。
情　　郎　对　着　妹　这　样　说。
Tɕhin³¹mai²¹pu²¹ɕu³³ta:i²¹san³¹mə³³li⁵⁵，
情　　妹　不　需　带　什　么　礼，
Tɕhin³¹mai²¹pu²¹ɕu³³ta:i²¹san³¹mə³³wu²¹，
情　　妹　不　需　带　什　么　物，
Mai²¹pu²¹ʐoŋ²¹li⁵⁵wu²¹thi³¹xui³¹tɕia³³，
妹　不　用　礼　物　提　回　家，
Tɕhin³¹laŋ³¹ʐa:u²¹ran³¹pu²¹ʐau²¹li⁵⁵wu²¹。
情　　郎　要　人　不　要　礼　物。

A:i²¹wa:n³¹tɕiu²¹la:i³¹wa:n³¹pa³³tɕiu²¹tɕhin³¹，
爱　玩　就　来　玩　吧　旧　情，
A:i²¹sua⁵⁵tɕiu²¹la:i³¹sua⁵⁵pa³³tɕhin³¹ʐau⁵⁵。
爱　耍　就　来　耍　吧　情　友。

Tɕhin³¹laŋ³¹tɕia³³ʑau⁵⁵ʑi³¹tʂhan³¹ɕia:u⁵⁵ti²¹,
情　郎　家　有　一　乖　小　弟，
Tɕhin³¹laŋ³¹tɕia³³ʑau⁵⁵ʑi³¹ɕia:u⁵⁵ti²¹tʂhan³¹,
情　郎　家　有　一　小　弟　乖，
Tɕhin³¹laŋ³¹tɕia³³tʂhan³¹ɕia:u⁵⁵ti²¹tʂui⁵⁵tɕia:u⁵⁵,
情　郎　家　乖　小　弟　嘴　巧，
Tɕhin³¹laŋ³¹tɕia³³ɕia:u⁵⁵ti²¹tɕhia:u⁵⁵tʂui⁵⁵tʂhan³¹。
情　郎　家　小　弟　巧　嘴　乖。

Tɕhin³¹laŋ³¹tɕia³³ɕia:u⁵⁵ti²¹tʂui⁵⁵tʂan³³thia:n³¹,
情　郎　家　小　弟　嘴　真　甜，
Ni⁵⁵tʂhoŋ³¹na⁵⁵tʂhoŋ³³tʂau⁵⁵la:i³¹tə³³tɕie⁵⁵。
你　从　哪　冲　走　来　的　姐。

Ni⁵⁵tʂhoŋ³¹na⁵⁵pia:n³³pia:n³³la:i³¹ta²¹tɕie⁵⁵,
你　从　哪　边　走　来　大　姐，
Tɕie⁵⁵tui²¹tʂə³¹ɕia:u⁵⁵ti²¹tʂə²¹ʑaŋ²¹suo³¹。
姐　对　着　小　弟　这　样　说。

Tɕie⁵⁵tui²¹tʂə³¹tɕia³³ɕia:u⁵⁵ti²¹tʂə²¹ʑaŋ²¹tɕia:ŋ⁵⁵,
姐　对　着　家　小　弟　这　样　讲，
Wan²¹tʂə²¹mə³³tuo³³tʂuo²¹sa³¹tʂhan³¹ɕia:u⁵⁵ti²¹,
问　这　么　多　做　啥　乖　小　弟，
Wan²¹tʂə²¹ʑaŋ²¹la:i³¹tʂuo²¹sa³¹ɕia:u⁵⁵ti²¹tʂhan³¹。
问　这　样　来　做　啥　小　弟　乖。

Ta²¹tɕie⁵⁵tʂhoŋ³¹ta²¹sa:n³³tʂhoŋ³³na²¹pia:n³³la:i³¹,

大　姐　从　大　山　冲　那　边　来，

Ta²¹tɕie⁵⁵tʂhoŋ³¹san³³ku⁵⁵na²¹pia:n³³ta:u²¹tʂə²¹li⁵⁵。

大　姐　从　深　谷　那　边　到　这　里。

wai²¹ni⁵⁵kə³³tha:u³¹ta:u²¹tʂə²¹li⁵⁵la:i³¹,

为　你　哥　逃　到　这　里　来，

Wai²¹ni⁵⁵tɕhin³¹tʂha:i³¹tha:u³¹ta:u²¹tʂə²¹pia:n³³la:i³¹。

为　你　情　才　逃　到　这　边　来。

Tɕhin³¹laŋ³¹tə³³mu⁵⁵tɕhin³³tʂə²¹ʐaŋ²¹suo³¹,

情　郎　的　母　亲　这　样　说，

Tɕhin³¹laŋ³¹tə³³mu⁵⁵tɕhin³³tʂə²¹ʐaŋ²¹tɕia:ŋ⁵⁵,

情　郎　的　母　亲　这　样　讲，

Tɕhin³¹mai²¹na²¹sa:n³³la:i³¹xa:u⁵⁵ku³³nia:ŋ³,

情　妹　那　山　来　好　姑　娘，

Tɕhin³¹mai²¹tʂhoŋ³¹na²¹ku⁵⁵la:i³¹ʑa:u³³mai²¹。

情　妹　从　那　谷　来　幺　妹。

Tɕhin³¹mai²¹tʂua:n⁵⁵san³³tui²¹nia:ŋ³ ¹tɕhin³³suo³¹,

情　妹　转　身　对　娘　亲　说，

Tɕhin³¹mai²¹tʂua:n⁵⁵san³³tui²¹nia:ŋ³¹tɕhin³³tɕia:ŋ⁵⁵,

情　妹　转　身　对　娘　亲　讲，

Wan²¹tʂə²¹ʐaŋ²¹tʂuo²¹na⁵⁵ʐaŋ²¹nia:ŋ³¹tɕhin³³,

问　这　样　做　哪　样　娘　亲，

Wan²¹tʂə²¹ʐaŋ²¹tʂuo²¹na⁵⁵ʐaŋ²¹tɕhin³³ma³³.

问　这样　做　哪样　亲　妈。

Tɕhin³¹mai²¹mia:n²¹tui²¹nia:ŋ³¹tɕhin³³tɕiu²¹suo³¹,

情　妹　面　对　娘　亲　就　说,

Tɕhin³¹mai²¹mia:n²¹tui²¹nia:ŋ³¹tɕhin³³tɕiu²¹tɕia:ŋ⁵⁵,

情　妹　面　对　娘　亲　就　讲,

Wai²¹tɕhin³¹wai²¹a:i²¹na²¹pia:n³³tha:u³¹la:i³¹,

为　情　为　爱　那　边　逃　来,

Wai²¹a:i²¹wai²¹tɕhin³¹na²¹pia:n³³kuo²¹la:i³¹.

为　爱　为　情　那　边　过　来。

Wai²¹ni⁵⁵er³¹laŋ³¹tʂha:i³¹tha:u³¹kuo²¹la:i³¹,

为　你　儿　郎　才　逃　过　来,

Wai²¹lə⁵⁵tʂoŋ³³san³³tha:u³¹ta:u²¹ni⁵⁵tɕia³³.

为　了　终　身　逃　到　你　家。

A:i²¹wa:n³¹tɕiu²¹wa:n³¹pa³³tɕiu²¹tɕhin³¹ʐau⁵⁵,

爱　玩　就　玩　吧　旧　情　友,

A:i²¹sua⁵⁵tɕiu²¹la:i³¹sua⁵⁵pa³³tɕhin³¹ʐau⁵⁵.

爱　耍　就　来　耍　吧　情　友。

Tha:u³¹ta:u²¹wo⁵⁵tʂa:i²¹tɕiu²¹xa:u⁵⁵lə⁵⁵,

逃　到　我　寨　就　好　了,

Ta:u²¹lə⁵⁵tʂa:n³¹tɕia³³xa:u⁵⁵a:n³³pha:i³¹.

到　了　咱　家　好　安　排。

Wo⁵⁵la:i³¹tɕia:ŋ⁵⁵kɯ⁵⁵tɕhin³¹mai²¹ɕia:u⁵⁵,

我　来　讲　给　情　妹　晓,

A^{33}mai^{21}wa:ŋ^{21}lə^{55}ta:i^{21}san^{31}mə^{33}。

阿　妹　　忘　了　带　什　么。

Tɕhin^{31}mai^{21}xui^{31}ʑin^{33}mai^{21}la:i^{31}ta^{31},

情　　妹　回　音　妹　来　答,

Tʂi^{31}pu^{21}tɕi^{33}xa:i^{31}tʂa:i^{21}ɕia:ŋ^{33}fa:ŋ^{31},

织　布　机　还　在　厢　房,

Wa:ŋ^{21}lə^{55}ɕia:n^{21}tɕi^{33}tʂa:i^{21}sa:ŋ^{21}wu^{33},

忘　了　线　机　在　上　屋,

ɕioŋ^{33}ti^{21}tɕie^{55}mai^{21}tɕia:n^{21}tɕiu^{21}khu^{31}。

兄　弟　姐　妹　见　　就　哭。

Tɕhin^{31}la:ŋ^{31}la:i^{31}suo^{31}ʑau^{21}la:i^{31}tɕia:ŋ^{55},

情　　郎　来　说　又　来　讲,

Waŋ^{21}tɕi^{21}li^{31}pa^{33}tʂa:i^{21}thia:n^{31}pa^{21},

忘　记　犁　耙　在　　田　坝,

Wa:ŋ^{21}lə^{55}li^{31}pa^{33}tiu^{33}ka:u^{33}thia:n^{31}。

忘　　了　犁　耙　丢　高　　田。

ɕioŋ^{33}ti^{21}tɕie^{55}mai^{21}kha:n^{21}lə^{55}khu^{31},

兄　弟　姐　妹　看　了　哭,

Tie^{33}nia:ŋ^{31}kha:n^{21}tɕia:n^{21}tɕiu^{21}khu^{31}tɕhi^{21},

爹　娘　看　见　就　哭　泣,

Tie^{33}nia:ŋ^{31}khu^{31}tɕhi^{21}xan^{55}sa:ŋ^{33}ɕin^{33}。

爹　娘　哭　泣　很　伤　心。

Tɕhin³¹mai²¹ʐau²¹la:i³¹wan²¹tɕhin³¹laŋ³¹,

情　妹　又　来　问　情　郎，

Ha:i³¹ʐua:n⁵⁵xa:i³¹tɕin²¹tuo³³sa:u⁵⁵lu²¹。

还　远　还　近　多　少　路。

Tɕhin³¹laŋ³¹xui³¹ʐin³³kɯ⁵⁵mai²¹tɕia:ŋ⁵⁵,

情　郎　回　音　给　妹　讲，

Tɕia:ŋ⁵⁵ʐau⁵⁵thiŋ³³la:i³¹suo³¹ʐau⁵⁵ɕia:u⁵⁵,

讲　友　听　来　说　友　晓，

ʐa:u²¹tʂau⁵⁵ɕia²¹tɕia:u³¹pha²¹ran³¹tu⁵⁵,

要　走　下　桥　怕　人　堵，

ʐa:u²¹tʂau⁵⁵tɕia:u³¹sa:ŋ²¹pha²¹ran³¹tʂui³³

要　走　桥　上　怕　人　追。

Pha²¹ran³¹na³¹kun²¹pa:ŋ²¹tʂui³³ta⁵⁵,

怕　人　拿　棍　棒　追　打，

Pha²¹ran³¹na³¹ta:u³³la:i³¹tʂui³³sa³¹。

怕　人　拿　刀　来　追　杀。

Tɕhin³¹mai²¹ʐau³¹la:i³¹wan²¹tɕhin³¹laŋ³¹,

情　妹　又　来　问　情　郎，

Lu²¹tʂhan³¹xa:i³¹ʐau⁵⁵tuo³³sa:u⁵⁵lu²¹,

路　程　还　有　多　少　路，

Lu³¹tʂin²¹tɕhin³¹mai²¹thoŋ³¹laŋ³¹tɕhu²¹,

路　近　情　妹　同　郎　去，

151

Lu²¹ʐua:n⁵⁵tɕhin³¹ma:i²¹ʐa:u²¹fa:n⁵⁵xui³¹。
路　远　情　妹　要　返　回。

Tɕhin³¹laŋ³¹tɕe³¹mai²¹xua²¹tɕiu²¹tɕia:ŋ⁵⁵，
情　郎　接　妹　话　就　讲，
Ni⁵⁵tɕia:ŋ⁵⁵tʂan³³xa:i³¹si²¹tɕia:ŋ⁵⁵tɕia⁵⁵，
你　讲　真　还　是　讲　假，
Mai²¹tɕia:ŋ⁵⁵tʂan³³ʐa:u²¹tʂhau³³ni⁵⁵tɕhin³³，
妹　讲　真　要　抽　你　筋，
Tʂan³³tɕia:ŋ⁵⁵na³¹ta:u³³kə³¹ni⁵⁵xau³¹。
真　讲　拿　刀　割　你　喉。

Tɕhin³¹mai²¹tɕi²¹tɕie³¹tɕhin³¹laŋ³¹xua²¹，
情　妹　即　接　情　郎　话，
Tɕhin³¹mai²¹ɕia:u²¹tʂə³¹ka:n³³la:ŋ³¹tɕia:ŋ⁵⁵。
情　妹　笑　着　跟　郎　讲。

Wo⁵⁵si²¹tɕia:ŋ⁵⁵la:i³¹si²¹la:ŋ³¹ɕin³³，
我　是　讲　来　试　郎　心，
Wo⁵⁵ʐu⁵⁵tɕhin³¹laŋ³¹suo³¹ɕia:u²¹xua²¹。
我　与　情　郎　说　笑　话。

Tɕhin³¹mai²¹ʐoŋ²¹li³¹wa:ŋ⁵⁵tɕhia:n³¹tʂau⁵⁵，
情　妹　用　力　往　前　走，

Tɕhin³¹mai²¹ʑoŋ²¹tɕin²¹tʂha:u³¹tɕhia:n³¹tʂhoŋ³³，
情　妹用劲　朝　前　冲，
ʑoŋ²¹tɕin²¹tʂa:i²¹sa:ŋ²¹tʂə²¹tau⁵⁵pho³³，
用　劲　再　上　这　陡　坡，
ʑoŋ²¹li³¹pha³¹sa:ŋ²¹tʂə²¹ta:u²¹kha:n⁵⁵。
用　力　爬　上　这　道　坎。

Pha³¹sa:ŋ²¹tʂə²¹kha:n⁵⁵tɕia:n²¹la:ŋ³¹tɕia³³，
爬　上　这　坎　见　郎　家，
Sa:ŋ²¹lə⁵⁵tʂə²¹pho³³tɕia:n²¹la:ŋ³¹faŋ³¹。
上　了　这　坡　见　郎　房。

ɕin³³tɕhia:ŋ³¹si²¹wo⁵⁵lia:ŋ⁵⁵tə³³tɕia³³，
新　墙　是　我　俩　的　家，
ɕin³³fa:ŋ³¹man³¹si²¹tɕhin³¹mai²¹wu³³。
新　房　门　是　情　妹　屋。
Tɕin²¹lə⁵⁵ɕin³³man³¹ta:u²¹lə⁵⁵tɕia³³，
进　了　新　门　到　了　家，
Tie³³nia:ŋ³¹tʂa:u⁵⁵tʂa:i²¹man³¹tan⁵⁵xau²¹。
爹　娘　早　在　门　等　候。

Ta:u²¹lə⁵⁵tɕia³³man³¹tie³³nia:ŋ³¹xua:n³³，
到　了　家　门　爹　娘　欢，
Tɕhua:n³¹tɕia³³la:u⁵⁵ɕia:u⁵⁵tau⁵⁵xua:n³³ɕi⁵⁵。
全　　家老　小　都　欢　喜。

告状歌

　　《告状歌》，这首歌很少唱。男女相爱多年，而双方都不知道对方早已有对象而唱这首歌。《告状歌》叙述了不管是否已到对方家吃过酒，要过八字，办过酒席，但他们都不怕。自己不会写状书，要请先生来写，一份送交贵阳府，一份交安顺和长寨府，如官府不准他们成一对，他就要砸烂官府衙门的誓言。他们真挚的爱情打动了官府和男女双方家人，官府和家人都同意他俩相爱成家。这首歌反映了布依族古代先民反对父母包办婚姻，提倡自由恋爱，同时也反映出真切的感情，情感心者。

Mi^{31}lia:n^{21}tɕhin^{31}mai^{21}lia:n^{21}la:u^{55}ʑau^{55},
迷　恋　情　妹　恋　老　友，
Mi^{31}lia:n^{21}tɕhin^{31}mai^{21}la:i^{31}xoŋ^{55}ʑau^{55}。
迷　恋　情　妹　来　哄　友。

A:i^{21}lia:n^{21}ɕia:ŋ^{21}xə^{31}pia:n^{33}ʑa:ŋ^{31}liu^{55},
爱　恋　像　河边　杨　柳，
A:i^{21}lia:n^{21}ɕia:ŋ^{21}xə^{31}pia:n^{33}li^{31}su^{21}。
迷　恋　像　河边　梨树。
Xoŋ^{31}sui^{55}la:i^{31}pa^{55}tha^{33}tʂhoŋ^{33}tʂau^{55},
洪　水　来　把　它　冲　走，
Xoŋ^{31}sui^{55}ta:u^{21}pa^{55}tha^{33}sua^{31}tɕhu^{21}。
洪　水　到　把　它　刷　去。

Pu²¹tʂi³³liu³¹ta:u²¹na⁵⁵li⁵⁵tɕhu²¹,

不　知　流　到　哪　里　去，

Pu²¹tʂi³³tʂua:n⁵⁵san³¹mɯ³³ti²¹fa:ŋ³³。

不　知　转　什　么　地　方。

ʑi⁵⁵liu³¹ta:u²¹tʂhan³¹phiŋ³¹pa²¹tʂhan³¹,

已　流　到　城　平　坝　城，

Tha³³ʑi⁵⁵tʂhua:n⁵⁵ta:u²¹kua:ŋ⁵⁵sun²¹fu⁵⁵。

它　已　转　　到　广　顺　府。

ɕia:ŋ⁵⁵tə³¹mai²¹er³¹tə³¹phu²¹ta:u²¹,

想　得　妹　而　得　不　到，

ɕin³³ɕia:ŋ⁵⁵mai²¹la:i³¹tə³¹pu²¹lie⁵⁵,

心　想　妹　来　得　了　不，

ɕia:ŋ⁵⁵tɕhi⁵⁵la:i³¹pə³¹a:i²¹tɕhin³¹mai²¹,

想　起　来　白　爱　情　　妹，

ɕia:ŋ⁵⁵tɕhi⁵⁵la:i³¹wa:ŋ²¹wai³¹tɕhin³¹ʑau⁵⁵。

想　起　来　枉　为　情　　友。

Thia:n³¹tɕio³¹pa²¹la:i³¹thia:n³¹tʂa:i²¹pia:n³³,

田　　脚　坝　来　田　寨　边，

Thia:n³¹tɕio³¹pa²¹la:i³¹pu²¹pha²¹la:n⁵⁵,

田　　脚　坝　来　不　怕　懒，

Thia:n³¹tʂa:i²¹pia:n³³pu²¹pha²¹si³¹sa³³。

田　　寨　边　不　怕　石　沙。

ɕia:ŋ³³a:i²¹lə⁵⁵pu²¹pha²¹fu²¹mu⁵⁵。

相　爱　了　不　怕　父　母。

Tʂuo²¹tʂhan³¹si²¹la:i³¹tʂuo²¹si²¹tʂhan³¹,

做　　成　　事来　　做　事　成，

Si²¹tʂuo²¹tʂan³¹lə⁵⁵tɕhin³¹laŋ³¹tə³¹。

事　做　　成　了　情　　郎　得。

Tʂuo²¹tʂhan³¹si²¹ʑau³¹laŋ³¹tʂi³³tʂhan³³,

做　　成　　事　由　郎　支　撑，

Pu²¹xui²¹tɕia:u²¹tɕhin³¹mai⁵⁵sau²¹tɕhi²¹。

不会　叫　　情　妹　受　气。

Pu²¹xui²¹ni⁵⁵sa:u²¹tɕhi²¹la:u⁵⁵ʑau⁵⁵,

不　会　你　受　气　老　友，

Pu²¹xui²¹ni⁵⁵sa:u²¹tɕhi²¹ʑau⁵⁵xoŋ⁵⁵。

不　会　你　受　气　友　哄。

ʑua:n²¹xan²¹tɕhin³¹laŋ³¹ʑua:n²¹xan²¹ʑau⁵⁵,

怨　　恨　情　　郎　厌　恨　友，

ʑua:n²¹xan²¹tɕhin³¹laŋ³¹pu²¹si³¹tʂi²¹,

厌　恨　情　　郎　不　识　字，

ʑua:n²¹xan²¹laŋ³¹thi³¹pu²¹tɕhi⁵⁵pi³¹,

厌　恨　郎　提　不　起　笔，

Xan²¹tɕhin³¹laŋ³¹pu²¹xui²¹ɕie⁵⁵tʂi²¹。

恨　情　　郎　不　会　写　字。

ɕie⁵⁵ʑi³¹ka:u²¹su³³na³¹tɕhi⁵⁵la:i³¹,

写　一　告　书　拿　起　来，

ɕie⁵⁵pha:n³³ka:u²¹su³³pa:n⁵⁵pi²¹ta²¹。

写　篇　告　书　板　壁　大。

落脚歌

　　这首歌叙述在古时候有山有土地，但没有固定居住处。男方期盼已久，终于有了落脚地方。后邀约情友同他一路来，走到街上脚陷入泥坑，只好穿草鞋打赤脚到了落脚的情友家。反映爱情的力量，以此极力表达男女青年对爱情、对幸福的热烈追求。

Wo⁵⁵tɕia:ŋ⁵⁵ni⁵⁵thin³³suo³¹ni⁵⁵ɕia:u⁵⁵,
我　讲　你听　说　你　晓，
Wo⁵⁵la:i³¹suo³¹kɯ⁵⁵ta²¹xuo⁵⁵tʂi³³。
我　来　说给　大　伙　知。

Ku⁵⁵la:u⁵⁵thu⁵⁵la:i³¹ku⁵⁵la:u⁵⁵pho³³,
古　老　土来　古　老　坡，
Ku⁵⁵la:i³¹thu⁵⁵ti²¹ʐau⁵⁵ʑin³³ʐua:n³¹。
古　来　土地　有　因　源。
Tha³³kɯ⁵⁵wo⁵⁵man³³ta:u²¹lu²¹tʂau⁵⁵,
它　给　我们　道　路　走，
Tha³³kɯ⁵⁵wo⁵⁵man³³luo³¹ʐe³¹tʂhu²¹。
它　给　我们落　叶　处。

Thia:n³³thia:n³³la:i³¹lə⁵⁵thia:n³³thia:n³³tʂa:u⁵⁵,
天　天　来了　天　天　　走，

Thia:n^{33}thia:n^{33}tṣau^{55}la:i^{31}thia:n^{33}thia:n^{33}ta:u^{21}。

天　　天　　走　　来　　天　　天　　到。

Mai^{55}thia:n^{33}tṣuo^{21}tṣa:i^{21}tɕhia:u^{31}loŋ^{31}thau^{31}，

每　　天　　坐　　在　　桥　　龙　　头，

Thia:n^{33}thia:n^{33}tṣuo^{21}tṣa:i^{21}xoŋ^{31}tɕhia:u^{31}tun^{33}，

天　　天　　坐　　在　　虹　　桥　　墩，

Si^{31}si^{31}khə^{21}khə^{21}pha:n^{21}ɕin^{21}la:i^{31}，

时　时　刻　刻　盼　　信　　来，

Si^{31}khə^{21}pha:n^{21}tṣə^{31}sa:u^{33}ɕin^{21}ta:u^{21}。

时　　刻　　盼　　着　　捎　　信　　到。

Toŋ^{33}tan^{55}ɕi^{33}tan^{55}pha:n^{21}ʑin^{33}ɕin^{21}，

东　　等　　西　　等　　盼　　音　　信，

Sua:ŋ^{33}ʑa:n^{55}wa:ŋ^{21}tṣhua:n^{33}ɕin^{21}wai^{21}ta:u^{21}，

双　　眼　　望　　穿　　信　　未　　到，

ʑa:n^{55}kha:n^{21}thia:n^{33}ti^{21}pha:n^{21}wa:ŋ^{21}ɕin^{21}，

眼　　看　　天　　地　　盼　　望　　信，

Pu^{21}tṣi^{33}xə^{31}ri^{21}ʑin^{33}ɕin^{21}la:i^{31}，

不　知　何　日　音　　信　　来，

Pu^{21}tṣi^{33}xə^{31}si^{31}ʑin^{33}ɕin^{21}ta:u^{21}。

不　知　何　时　音　　信　　到。

Tɕhin^{31}ʑau^{55}ʑi^{31}ta:u^{21}xoŋ^{31}tɕhia:u^{31}tṣuo^{21}，

情　　友　　一　　道　　虹　　桥　　坐，

Tɕhin^{31}ʑau^{55}tɕia^{33}la:i^{31}tṣa:u^{21}loŋ^{31}tɕhia:u^{31}，

情　　友　　家　　来　　造　　龙　　桥，

Za:u^{21}xa:u^{55}tɕhia:u^{31}la:i^{31}tɕhin^{31}ʑau^{55}tʂau^{55}。

造　好　桥　　来　情　友　走。

Tʂa:u^{21}xa:u^{55}xoŋ^{31}tɕhia:u^{31}mai^{21}xa:u^{55}tʂuo^{21}。

造　好　虹　桥　　妹　好　坐。

Laŋ^{31}tʂuo^{21}loŋ^{31}tɕhia:u^{31}lə^{21}kha:i^{33}xua:i^{31}。

郎　坐　龙　桥　　乐　开　怀。

Tɕhin^{31}laŋ^{31}tɕhin^{31}mai^{21}thoŋ^{31}tʂuo^{21}tɕhia:u^{31},

情　郎　情　妹　同　坐　桥，

ɕi^{33}ɕi^{33}ɕia:u^{21}ɕia:u^{21}lə^{21}kha:i^{33}xua:i^{31}。

嘻　嘻　笑　笑　乐　开　　怀。

Thoŋ^{31}na:n^{31}thoŋ^{31}nv^{55}la:i^{31}ʑin^{31}tɕie^{31},

童　男　童　女　来　迎　接，

Kha:n^{21}tɕia:n^{21}tɕhin^{31}ʑau^{55}tʂa:i^{21}su^{33}thau^{31}。

看　见　情　友　在　梳　头。

Thoŋ^{31}na:n^{31}ɕia:n^{33}nv^{55}ʑi^{31}tɕhu^{21}tɕie^{31},

童　男　仙　女　一　去　接，

Tɕhin^{31}mai^{21}su^{33}tʂua:ŋ^{33}ʑau^{21}ta^{55}pa:n^{21}。

情　妹　梳　妆　又　打　扮。

Tɕhin^{31}mai^{21}tɕhin^{31}laŋ^{31}ʑi^{31}lu^{21}la:i^{31},

情　妹　情　郎　一　路　来，

Sua:ŋ^{33}sua:ŋ^{33}tɕhia:u^{31}sa:ŋ^{21}ʑi^{31}lu^{21}tʂau^{55}。

双　双　桥　上　一　路　走。

Tɕhin³¹laŋ³¹ɕin³³xə³¹ʑi³¹lu²¹tʂau⁵⁵，

情　　郎　　心　　合　　一　　路　　走，

Tɕhin³¹ʐau⁵⁵ɕin³³xə³¹ʑi³¹lu²¹ɕin³¹。

情　　友　　心　　合　　一　　路　　行。

Sua:ŋ³³sua:ŋ³³tʂau⁵⁵ta:u²¹tʂa:i²¹man³¹tɕhia:n³¹，

双　　双　　走　　到　　寨　　门　　前，

Tɕhin³¹mai²¹tɕhin³¹la:ŋ³¹tɕhia:n³³sau⁵⁵tʂau⁵⁵，

情　　妹　　情　　郎　　牵　　　手　　走，

Tʂau⁵⁵ta:u²¹tʂhun³³tʂa:i²¹tɕia³³man³¹khau⁵⁵，

走　　到　　村　　寨　　家　　门　　口，

Fu²¹mu⁵⁵man³¹tɕhia:n³¹ɕi⁵⁵ʑiŋ³¹tɕie³³。

父　　母　　门　　前　　喜　　迎　　接。

Nia:ŋ³¹tɕhin³³man³¹tɕhia:n³¹ɕia:u²¹xua:n³³ʑin³¹。

娘　　亲　　门　　前　　笑　　欢　·　迎。

Pha:u²¹tʂu³¹san³³san³³ɕia:ŋ⁵⁵lia:n³¹thia:n³³。

炮　　竹　　声　　声　　响　　连　　天。

Tɕhin³¹ʐau⁵⁵ɕi⁵⁵thia:n³³tɕhin²¹tɕia³³man³¹，

情　　友　　喜　　笑　　进　　家　　门，

Sua:ŋ³³sua:ŋ³³ɕie²⁴sau⁵⁵tɕin²¹man³¹thin³¹。

双　　双　　携　　手　　进　　门　　庭。

194

Pu²¹si²¹çi⁵⁵tɕhie³¹sui³¹tʂhu²¹miŋ³¹,

不 是 喜 鹊 随 处 鸣,

Pu²¹si²¹ʐa:u³¹tʂi⁵⁵sui³¹khoŋ³³fai³³,

不 是 鹞 子 随 空 飞,

Pu²¹si²¹ʐin³³tʂi⁵⁵lua:n²¹fai³³çia:ŋ³¹,

不 是 鹰 子 乱 飞 翔,

ʐa:u³¹tʂi⁵⁵ʐin³³tʂi⁵⁵pu²¹lua:n²¹fai³³。

鹞 子 鹰 子 不 乱 飞。

Tɕhin³¹ʐau⁵⁵pu²¹si²¹çia:n³¹lua:n²¹xun²¹,

情 友 不 是 闲 乱 混,

ʐa:u²¹ʐau⁵⁵ʐua:n³¹la:i³¹tʂha:i³¹tɕin²¹tʂhun³³。

要 有 缘 来 才 进 村。

ʐa:u²¹ʐau⁵⁵ʐua:n³¹fan²¹tɕin²¹tʂa:i²¹man³¹,

要 有 缘 份 进 寨 门,

Wu³¹ʐua:n³¹wu³¹ku²¹pu²¹tɕin²¹man³¹。

无 缘 无 故 不 进 门。

Wo⁵⁵man³³ʐau⁵⁵ʐua:n³¹tɕhin³¹ʐau⁵⁵ta:u²¹,

我 们 有 缘 情 友 到,

Wu³¹ʐua:n³¹wu³¹ku²¹pu²¹tɕin²¹tʂhun³³。

无 缘 无 故 不 进 村。

Mai²¹tɕia³³ʐau⁵⁵thia:u³¹tɕhin³³sui⁵⁵xə³¹,

妹 家 有 条 清 水 河,

Xə³¹sui⁵⁵ʐau²¹tʂa:ŋ⁵⁵ʐau²¹khua:n³³khuo³¹。

河 水 又 长 又 宽 阔。

195

Xə³¹tʂoŋ³³xua³¹xua³¹liu³¹sui⁵⁵ɕia:ŋ⁵⁵,

河 中 哗 哗 流 水 响，

Liu³¹tʂhu³¹xə³¹sui⁵⁵lia:ŋ²¹tɕin³³tɕin³³。

流 出 河 水 亮 晶 晶。

Xə³¹tʂhon³¹mai²¹tɕia³³man³¹tɕhia:n³¹kuo²¹,

河 从 妹 家 门 前 过，

Xə³¹tʂhoŋ³¹mai²¹tɕia³³man³¹tɕhia:n³¹tʂau⁵⁵。

河 从 妹 家 门 前 走。

Wa:n²¹li⁵⁵xə³¹sui⁵⁵loŋ³¹sui⁵⁵la:i³¹,

万 里 河 水 龙 水 来，

Xə³¹liu³¹kuo²¹mai²¹tʂa:i²¹man³¹tɕhia:n³¹。

河 流 过 妹 寨 门 前。

Xə³¹ʐe²¹tʂau⁵⁵la:i³¹mo³³xə³¹lu²¹,

黑 夜 走 来 摸 黑 路，

Kha:n²¹tɕia:n²¹man³¹tɕhia:n³¹ʑi³¹pa⁵⁵xuo⁵⁵。

看 见 门 前 一 把 火。

Wa:ŋ²¹tɕia:n²¹tʂa:i²¹tɕhia:n³¹lia:ŋ⁵⁵pa⁵⁵xuo⁵⁵,

望 见 寨 前 两 把 火，

La:i³¹tʂa:u²¹tɕhin³¹ʐau⁵⁵ʑi³¹lu²¹ɕin³¹。

来 照 情 友 一 路 行。

ɕia²¹xə³¹ɕia²¹ha:i⁵⁵ʐau²¹pha²¹laŋ⁵⁵,

下　河　下　海　又　怕　冷，

A:i²¹wa:n³¹a:i²¹sua⁵⁵ʐau²¹pha²¹ma²¹。

爱　玩　爱　耍　又　怕　骂。

ɕia²¹xa:i⁵⁵ɕia²¹xə³¹ʐau²¹pha²¹pin³³,

下　海　下　河　又　怕　冰，

A:i²¹wa:n³¹a:i²¹sua⁵⁵ʐau²¹pha²¹san³³。

爱　玩　爱　耍　又　怕　深。

Tʂaŋ²¹ta:u²¹tʂə²¹li⁵⁵kə³³tɕiu²¹lie⁵⁵,

唱　　到　这　里　歌　就　了，

ʐau⁵⁵tɕhin³¹ʐau⁵⁵ʐi²¹tɕie³¹tʂə³¹kan³³。

有　　情　有　意　接　着　跟。

惦念歌

　　《惦念歌》表现了他时时都在惦念着对方，担心对方另有所爱，因而内心忐忑不安，欲罢不能的矛盾心情。这是一首真切、使人心醉、荡人心魄的情歌。

Wo⁵⁵la:i³¹tɕia:ŋ⁵⁵kɯ⁵⁵tɕhin³¹ʐau⁵⁵thin³³，
我　来　讲　　给　情　　友　听，
Wo⁵⁵la:i³¹suo³¹kɯ⁵⁵tɕhin³¹ʐau⁵⁵ɕia:u⁵⁵。
我　　来　说　给　情　　友　晓。

Tɕhin³¹laŋ³¹si³¹tʂhaŋ³¹la:i³¹tia:n²¹nia:n²¹，
情　　郎　时　常　来　　惦　念，
tia:n²¹nia:n²¹ru³¹ɕia:ŋ²¹kuo³³sui⁵⁵ma:u²¹，
惦　念　如　像　锅　水　冒，
Si³¹tia:n²¹ɕia:ŋ²¹ni⁵⁵tɕiŋ⁵⁵sui⁵⁵liu³¹。
时　惦　像　　你　井　水　流。
Tia:n²¹nia:n²¹tɕhin³¹ɕia:ŋ²¹xuo⁵⁵sa:u³³tha:n²¹。
惦　　念　情　　像　火　烧　　炭。
Si³¹si³¹la:i³¹tia:n²¹nia:n²¹laŋ²⁴ʐau⁵⁵，
时　时　来　惦　念　　郎　友，
Pu²¹tʂi³³mai²¹ɕia:ŋ⁵⁵pu²¹ɕia:ŋ⁵⁵lia:n³¹。
不　知　妹　想　　不　　想　连。

Tɕhin³¹mai²¹ɕia:ŋ⁵⁵lia:n²¹tɕhin³¹pu²¹ʑau⁵⁵,
情　妹　想　恋　情　不　友，
La:u⁵⁵ʑau⁵⁵tɕia:ŋ⁵⁵ɕia:ŋ⁵⁵lia:n²¹ran³¹pu²¹。
老　友　讲　想　恋　人　不。
Si³¹la:i³¹tɕhin³¹laŋ³¹tia:n²¹nia:n²¹mai²¹,
时　来　情　郎　恬　念　妹，

Tia:n²¹nia:n²¹ɕia:ŋ²¹kuo³³sui⁵⁵fai²¹thəŋ³¹,
恬　念　像　锅　水　沸　腾，
Tia:n²¹nia:n²¹ɕia:ŋ²¹tɕin⁵⁵sui⁵⁵ʑoŋ⁵⁵liu³¹,
恬　念　像　井　水　涌　流，
Tia:n²¹nia:n²¹ni⁵⁵ɕia:ŋ²¹xuo⁵⁵sa:u³³thie³¹。
恬　念　你　像　火　烧　铁。

Si³¹si³¹la:i³¹tia:n²¹nia:n²¹laŋ³¹ʑau⁵⁵,
时　时　来　恬　念　郎　友，
Xa:u⁵⁵tɕhin³¹mai²¹ɕia:ŋ⁵⁵wa:n³¹pu²¹wa:n³¹。
好　情　妹　想　玩　不　玩。

Xa:u⁵⁵tɕhin³¹mai²¹ɕia:ŋ⁵⁵lia:n²¹pu²¹ʑau⁵⁵,
好　情　妹　想　恋　不　友，
La:u⁵⁵ʑau⁵⁵ɕia:ŋ⁵⁵tʂhan³¹lian²¹ran³¹pu²¹。
老　友　想　成　恋　人　不。

Si³¹la:i³¹tɕhin³¹laŋ³¹tʂha:ŋ³¹tia:n²¹nia:n²¹,

时　来　情　郎　常　　惦　念，

Si³¹tia:n²¹nia:n²¹ɕia:ŋ⁵⁵ru³¹fai³³fai³³,

时　惦　念　想　　入　非　非，

Si³¹la:i³¹tia:n²¹nia:n²¹pu²¹na³¹ɕia:n²¹,

时　来　惦　念　不　拿　线，

Tia:n²¹kə³³mai²¹pu²¹tʂuo²¹tʂan³³ɕia:n²¹。

惦　哥　妹　不　做　针　线。

Si³¹tʂha:ŋ³¹tia:n²¹nia:n²¹tʂhi³³tɕhin³¹mai²¹,

时　常　惦　念　痴　情　妹，

Si³¹tʂha:ŋ³¹tia:n²¹nia:n²¹tʂhi³³khua:ŋ³¹ʐau⁵⁵。

时　常　惦　念　痴　狂　　友。

Si³¹la:i³¹tʂha:ŋ³¹tia:n²¹nia:n²¹tɕhin³¹mai²¹,

时　来　常　惦　念　情　妹，

Tʂha:ŋ³¹kua²¹nia:n²¹tɕhu²¹tʂa:u⁵⁵li³¹khau⁵⁵。

常　　挂　念　去　找　犁　口。

Si³¹tʂha:ŋ³¹tia:n²¹nia:n²¹mai²¹na³¹li³¹,

时　常　惦　念　妹　拿　犁，

Si³¹tɕia:n³³ta:u²¹tɕhu²¹tɕhin³¹a:i²¹ʐau⁵⁵。

时　间　到　去　情　爱　友。

Si³¹la:i³¹tia:n²¹nia:n²¹xa:u⁵⁵mai²¹mai²¹，

时　来　恬　念　好　妹　妹，

Tʂha:ŋ³¹tʂha:ŋ³¹kua²¹nia:n²¹la:u⁵⁵tɕhin³¹ʐau⁵⁵。

常　常　挂　念　老　情　友。

Si³¹la:i³¹laŋ³¹tʂa:ŋ³¹tɕhu²¹kua²¹nia:n²¹，

时　来　郎　常　去　挂　念，

Si³¹tʂha:ŋ³¹tia:n²¹nia:n²¹tɕhu²¹ʑin³¹ʐau⁵⁵，

时　常　恬　念　去　迎　友，

Si³¹si³¹tia:n²¹nia:n²¹ɕia:ŋ⁵⁵tɕhin³¹ʐau⁵⁵，

时　时　恬　念　想　情　友，

ɕia:ŋ²¹thia:n³¹kua³³thəŋ³¹ʑi³¹tʂhua:n²¹tʂhua:n²¹，

像　甜　瓜　藤　一　串　串，

ɕia:ŋ²¹si³³kua³³thaŋ³¹ʑi³¹ʐaŋ³¹tʂha:ŋ³¹。

像　丝　瓜　藤　一　样　长。

ɕia:ŋ²¹si³³kua³³thaŋ³¹tia:u²¹ma:n⁵⁵kuo⁵⁵。

像　丝　瓜　藤　吊　满　果。

Tɕhin³¹laŋ³¹pha:n²¹tʂhi³¹tʂoŋ²¹tʂi⁵⁵pa³³，

情　郎　盼　吃　粽　子　粑，

ɕia:ŋ⁵⁵tɕhu²¹mai²¹tɕia³³tʂhi³¹tʂa:u⁵⁵fa:n²¹。

想　去　妹　家　吃　早　饭。

Pu²¹tʂi³³mai²¹tɕia³³ʐau⁵⁵mai³¹fa:n²¹，

不　知　妹　家　有　没　饭，

187

Pu²¹tʂi³³mai²¹tɕia³³tʂa:u⁵⁵ʐau⁵⁵fa:n²¹,

不　知　妹　家　早　有　饭，

Ran²¹pu²¹ta:u²¹ni⁵⁵er³¹tɕhin³¹mai²¹,

认　不　到　你　而　情　妹，

Ran²¹pu²¹si³¹ni⁵⁵la:u⁵⁵tɕhin³¹ʐau⁵⁵。

认　不　识　你　老　情　友。

Tʂha:i²¹ʐua:n³¹tɕhin³³tʂha:i²¹ʐau⁵⁵tʂha:i²¹kan³³,

菜　园　青　菜　有　菜　根，

Tʂha:i²¹si³³tʂha:i²¹kan³³ʐua:n³¹li⁵⁵tʂoŋ²¹。

菜　丝　菜　根　园　里　种。

Ma:i²¹tia:n²¹nia:n²¹ʐau⁵⁵tʂha:ŋ³³ʐau⁵⁵fa:ŋ³¹,

妹　惦　念　有　仓　有　房，

Mai²¹tia:n²¹nia:n²¹ʐau⁵⁵tʂha:ŋ³³ku³¹ma:n⁵⁵。

妹　惦　念　有　仓　谷　满。

Laŋ³¹tia:n²¹nia:n²¹mai²¹ʐau⁵⁵fa:ŋ³¹tʂu²¹,

郎　惦　念　妹　有　房　住，

Tʂə²¹tɕhin³¹la:ŋ³¹ʐau⁵⁵fa:ŋ³¹tɕia³³a:n³³。

这　情　郎　有　房　家　安。

La:ŋ³¹tia:n²¹nia:n²¹mai³¹tʂha:ŋ³³mai³¹fa:ŋ³¹,

郎　惦　念　没　仓　没　房，

Laŋ³¹tia:n²¹nia:n²¹mai³¹ʐau⁵⁵ku³¹ma:n⁵⁵。

郎　惦　念　没　有　谷　满。

188

tia:n²¹nia:n²¹laŋ³¹mai³¹ʑau⁵⁵faŋ³¹tʂu²¹,
恬　念　郎　没　有　房　住,
Tɕhin³¹mai²¹tia:n²¹mai³¹ʑau⁵⁵fa:ŋ³¹tʂu²¹。
情　妹　恬　没　有　房　住。

ʑa:u²¹tʂi³¹tɕhin³¹tɕiu²¹tʂi³³tɕhin³¹mai²¹,
要　痴　情　就　痴　情　妹,
ʑa:u²¹tɕhu²¹tʂhi³¹ɕin³³tɕiu²¹tʂhi³¹ɕin³³。
要　去　痴　心　就　痴　心。
Tʂhi³¹tɕhin³¹ɕia:ŋ²¹fəŋ³³tʂui³³lia:ŋ⁵⁵pia:n³³,
痴　情　像　风　吹　两　边,
Tʂhi³¹ɕin³³ʑa:u²¹ɕia:ŋ²¹pa:n⁵⁵li²¹ʑe³¹。
痴　心　要　像　板　栗　叶。

ʑe²¹lia:ŋ⁵⁵pia:n³³pia:n³³tʂui³³pia:n³³tʂau⁵⁵,
叶　两　边　边　吹　边　走,
Pa:n⁵⁵li³¹ʑe³¹ma:n²¹tʂhui³³ma:n²¹ɕiŋ³¹。
板　栗　叶　慢　吹　慢　行。
Si³¹la:i³¹wo⁵⁵tɕhu²¹tʂhi³¹tɕhin³¹mai²¹,
时　来　我　去　痴　情　妹,
Na²¹si³¹wo⁵⁵tɕhu²¹tʂhi³¹khua:ŋ³¹ʑau⁵⁵。
那　时　我　去　痴　狂　友。

ʑa:u²¹tʂhi³³khua:ŋ³¹tɕiu²¹tʂhi³³tɕhin³¹mai²¹,
要　痴　狂　就　痴　情　妹,

ʑa:u²¹tɕhu²¹tʂhi³¹tɕhin³¹tɕiu²¹tʂhi³¹ɕin³³。

要 去 痴 情 就 痴 心。

tʂhi³³tɕhin³¹ɕia:ŋ²¹fəŋ³³tʂhui³³mu³¹ʑe³¹,

痴 情 像 风 吹 木 叶,

Tʂhi³¹ɕin³³ʑau²¹ɕia:ŋ²¹pa:n⁵⁵li³¹ʑe³¹。

痴 心 要 像 板 栗 叶。

Mu³¹ʑe³¹pai²¹fəŋ³³tʂhui³³er³¹tʂau⁵⁵,

木 叶 被 风 吹 而 走,

Pa:n⁵⁵li³¹ʑe³¹fəŋ³³tʂhui³³ma:n²¹ɕin³¹。

板 栗 叶 风 吹 慢 行。

Kə³³tʂha:ŋ²¹tʂə²¹li⁵⁵xan⁵⁵kha:i³³ɕin³³,

歌 唱 这 里 很 开 心,

Kə³³ɕu²¹tʂhi³³tɕhin³¹ʑau²¹tʂhi³¹ɕin³³。

歌 叙 痴 情 又 痴 心。

Tʂha:ŋ²¹kə³³ta:u²¹tʂə²¹mai²¹tʂa:i²¹tan⁵⁵,

唱 歌 到 这 妹 再 等,

Thin³³tʂa:n³¹tʂhaŋ²¹tʂə²¹sau⁵⁵tʂhau⁵⁵kə³³。

听 咱 唱 这 首 丑 歌。

Mai²¹ʑau⁵⁵xa:u⁵⁵kə³³ni⁵⁵tʂhaŋ²¹la:i³¹,

妹 有 好 歌 你 唱 来,

Laŋ³¹tʂa:i²¹tʂə²¹li⁵⁵xa:u⁵⁵a:n³³pha:i³¹。

郎 在 这 里 好 安 排。

ʑi³¹phia:n³³soŋ²¹tɕhu²¹kui²¹ʑaŋ³¹fu⁵⁵,

一　篇　送　去　贵　阳　府，

ʑi³¹phia:n³³tɕi²¹tɕhu²¹a:n³³sun²¹fu⁵⁵.

一　篇　寄　去　安　顺　府。

Kha:n²¹na²¹kua:n³³fu⁵⁵tʂa³¹ʑaŋ²¹tɕia:ŋ⁵⁵,

看　　那　官　府　咋　样　讲，

Kha:n²¹kua:n³³fu⁵⁵ran³¹tʂa³¹kə²¹suo³¹,

看　　官　府　人　咋　个　说，

Na³¹kua:n³³fu⁵⁵ʑau²¹tʂan⁵⁵ʑa:ŋ²¹tɕia:ŋ⁵⁵.

那　官　府　又　怎　样　讲。

Kua:n³³ran³¹pu²¹ʑau²¹tʂa:n³¹tʂhan³¹sua:ŋ³³,

官　　人　不　要　咱　成　双，

Kua:n³³ran³¹pu²¹ʑau²¹tʂa:n³¹tʂhan³¹tui²¹.

官　　人　不　要　咱　成　对。

Tʂa:n³¹tɕiu²¹pu²¹ʑa:u²¹tha³³tʂa:ŋ⁵⁵tʂa:ŋ³³.

咱　　就　不　要　他　掌　章。

Tʂa:n³¹pu²¹ʑa:u²¹tha³³na³¹kua:n³³ʑin²¹,

咱　　不　要　他　拿　官　印。

Tʂa:n³¹ʑa:u²¹tʂa³¹tia:u²¹tha³³kua:n³³fu⁵⁵.

咱　　要　砸　掉　他　官　府。

Tia:n⁵⁵tan³³mai²¹la:i³¹tia:n⁵⁵tan³³ʐau⁵⁵,
点　灯　妹　来　点　灯　友，
Tia:n⁵⁵tan³³tɕhin³¹mai²¹tia:n⁵⁵tan³³ʐau⁵⁵。
点　灯　情　妹　点　灯　友。
Na³¹tan³³tia:n⁵⁵la:i³¹lia:ŋ²¹la:u⁵⁵tɕiu²¹,
拿　灯　点　来　亮　老　舅，
Tia:n⁵⁵tan³³lia:ŋ²¹la:u⁵⁵tɕiu²¹tɕhi³¹ma⁵⁵。
点　灯　亮　老　舅　骑　马。
Tia:n⁵⁵tan³³lia:ŋ²¹la:u⁵⁵tɕiu²¹ɕie⁵⁵tʂi²¹,
点　灯　亮　老　舅　写　字，
ɕie⁵⁵phia:n³³wan³¹tʂi²¹sau⁵⁵li⁵⁵na³¹。
写　篇　文　字　手　里　拿。

ɕie⁵⁵pha:n³³wan³¹tʂa:ŋ³³tʂa:i²¹sau⁵⁵tʂoŋ³³,
写　篇　文　章　在　手　中，
ɕie³¹pha:n³³wan³¹tʂi²¹man³¹pa:n⁵⁵ta²¹。
写　篇　文　字　门　板　大。
ʐi³¹phia:n³³soŋ²¹tɕhu²¹kui²¹ʐa:ŋ³¹fu⁵⁵,
一　篇　送　去　贵　阳　府。
ʐi³¹phia:n³³soŋ²¹tɕhu²¹a:n³³sun²¹fu⁵⁵。
一　篇　送　去　安　顺　府。

Ta:i²¹kua:n³³fu⁵⁵ran³¹tʂa³¹kə²¹tɕia:ŋ⁵⁵,
待　官　府　人　咋　个　讲，
Kha:n²¹tʂu⁵⁵ran³¹ʐau²¹tʂan⁵⁵ʐaŋ²¹wan²¹?
看　主　人　又　怎　样　问？

Kua:n³³ran³¹pin²¹tɕia:ŋ⁵⁵tʂə²¹ʐaŋ²¹suo³¹:
官　人　并　讲　这样　说：
Tʂə²¹kua:n³³ran³¹la:i³¹suo³¹la:i³¹wan²¹?
这　官　人　来　说　来　问？
Ni⁵⁵lia:ŋ⁵⁵la:i³¹tʂə²¹li⁵⁵tʂuo²¹sa³¹,
你　俩　来　这　里　做　啥，
Ni⁵⁵lia:ŋ⁵⁵la:i³¹tʂə²¹tʂuo²¹na⁵⁵ʐaŋ²¹?
你　俩　来　这　做　哪　样？
Ni⁵⁵ka:u²¹si²¹wa:i²¹lə⁵⁵tɕhia:n³¹ma³³?
你　告　是　为　了　钱　吗？
Xa:i³¹si²¹ka:u²¹wai²¹lə⁵⁵thu⁵⁵ti²¹?
还　是　告　为　了　土　地？

Tɕhin³¹laŋ³¹tʂa:i²¹tɕhia:n³¹tɕi²¹xui³¹ta³¹:
情　郎　在　前　即　回　答：
Pu²¹wai²¹tɕhia:n³¹la:i³¹pu²¹wai²¹thu⁵⁵,
不　为　钱　来　不　为　土，
Pu²¹wai²¹thu⁵⁵la:i³¹pu²¹wai²¹ti²¹,
不　为　土　来　不　为　地，
Tʂi⁵⁵wai²¹tɕhin³¹mai²¹la:i³¹ta:u²¹fu⁵⁵.
只　为　情　妹　来　到　府。
Wo⁵⁵tɕia:ŋ⁵⁵tɕhin³¹mai²¹ni⁵⁵ʐa:u²¹thin³³,
我　讲　情　妹　你　要　听，
Wo⁵⁵suo³¹tɕhin³¹mai²¹ni⁵⁵ʐa:u²¹ɕia:u⁵⁵.
我　说　情　妹　你　要　晓。
Ni⁵⁵tʂuo²¹na³¹li⁵⁵tan⁵⁵tɕhin³¹laŋ³¹,
你　坐　那　里　等　情　郎，

Tʂa:n²¹tʂa:i²¹na²¹li⁵⁵tan⁵⁵tɕhin³¹kə³³。

站　在　那　里　等　情　哥。

Ta:i²¹wo⁵⁵pha³¹sa:ŋ²¹wu²¹tɕhia:n³¹la:i³¹，

待　我　爬　上　雾　前　来，

Ta:i²¹wo⁵⁵sa:ŋ²¹thia:n³³tʂau⁵⁵tʂa:i²¹tɕhia:n³¹。

待　我　上　天　走　在　前。

Wo⁵⁵ta:u²¹thia:n³³pia:n³³la:i³¹ʐin³¹tɕie³¹，

我　到　天　边　来　迎　接，

Wo⁵⁵tʂa:i²¹wu²¹tʂoŋ³³tan⁵⁵tʂə³¹ni⁵⁵，

我　在　雾　中　等　着　你，

Ta:i²¹wo⁵⁵pa:n²¹khoŋ³³tʂoŋ³³la:i³¹ni⁵⁵。

待　我　半　空　中　来　你。

星星照痴心

　　这首情歌描绘爱情真挚、深厚的感情。这种爱得执着，无惧无畏的精神，催生灿如繁星的情歌。这首古情歌以如此巨大的力量，一直叩击着世世代代布依族青年的心扉。

Thia:n³³sa:ŋ²¹sa:n³³si³¹wa:n²¹kə²¹çin³³,
天　　　上　　三　十　万　　个　　星，
Ti²¹mia:n²¹çin³³çin³³tçiu⁵⁵si³¹kə²¹。
地　面　　星　星　九　　十　个。
Na⁵⁵li⁵⁵ʐau⁵⁵çin³³çin³³tçiu²¹xa:n⁵⁵,
哪　里　有　　星　星　就　　喊，

Mai²¹sa:u³³çin²¹ni⁵⁵tçhu²¹tʂhi³¹çin³³。
妹　梢　信　你　去　痴　　心。
Mai²¹soŋ²¹çin²¹ni⁵⁵la:i³¹wa:n³¹sua⁵⁵,
妹　送　信　你　来　玩　　耍，
Tʂi³³pu²¹tʂi³³ta:u²¹mai²¹tʂoŋ³³çin³³。
知　不　知　道　妹　　忠　心。
Tʂi³³pu²¹tʂi³³ta:u²¹mai²¹tʂoŋ³³ʐi²¹,
知　不　知　道　妹　　忠　义，
Tçhin³¹laŋ³¹tʂi³³ta:u²¹tçiu²¹xa:u⁵⁵lə⁵⁵。
情　　郎　知　道　就　　好　了。

Thia:n³³sa:ŋ²¹sa:n³³si³¹wa:n²¹kə²¹ɕin³³,

天　　　上　　三　十　万　　个　星，

Ti²¹mia:n²¹ɕin³³ɕin³³tɕiu⁵⁵si³¹kə²¹。

地　面　星　星　九　十　个。

Na⁵⁵ʐau⁵⁵ɕin³³ɕin³³tɕiu²¹min³¹lia:ŋ²¹,

哪　有　星　星　就　明　亮，

Mai²¹sa:u³³ɕin²¹ni⁵⁵tɕhu²¹tʂhi³¹tɕhin³¹。

妹　捎　信　你　去　痴　情。

Mai²¹sa:u³³ɕin²¹ni⁵⁵la:i³¹wa:n³¹sua⁵⁵,

妹　捎　信　你　来　玩　耍，

Mai²¹tə³³tʂoŋ³³ɕin³³laŋ³¹tʂhi³³fau⁵⁵,

妹　的　忠　心　郎　知　否，

Tɕhin³¹laŋ³¹ni⁵⁵tʂi³³pu²¹tʂi³³ta:u²¹,

情　　郎　你　知　不　知　道，

Tɕhin³¹ʐau⁵⁵ni⁵⁵ɕia:u⁵⁵pu²¹ɕia:u⁵⁵tə³¹。

情　　友　你　晓　不　晓　得。

Tɕhin³¹mai²¹tʂoŋ³³ɕin³³laŋ³¹tʂi³³ta:u²¹,

情　妹　忠　心　郎　知　道，

Tɕhin³¹mai²¹tʂoŋ³³ʐi²¹ʐi⁵⁵ta:i²¹ta:u²¹。

情　妹　忠　义　已　带　到。

Mai²¹tə³³tʂoŋ³³ʐi²¹laŋ³¹ɕia:u⁵⁵tə³¹,

妹　的　忠　义　郎　晓　得，

Mai²¹tə³³tʂoŋ³³ɕin³³laŋ³¹tə³¹tʂi³³,

妹　的　忠　心　郎　得　知，

162

Tɕhin³¹laŋ³¹tʂi³³ta:u²¹tɕiu²¹xa:u⁵⁵lə⁵⁵,
情　郎　知道　就　好　了，
Tɕhin³¹ʑau⁵⁵tʂi³³ta:u²¹tɕiu²¹la:i³¹wa:n³¹。
情　友　知道　就　来　玩。

Thia:n³³sa:ŋ²¹ɕin³³ɕin³³sa:n³³si³¹wa:n²¹,
天　　上　星　星　三　十　万，
Ti²¹mia:n²¹ɕin³³ɕin³³tɕiu⁵⁵si³¹kə²¹。
地　面　星　星　九　十　个。
Na⁵⁵li⁵⁵ɕin³³ɕin³³lia:ŋ²¹tɕiu²¹xa:n⁵⁵,
哪　里　星　星　亮　　就　喊，
Tɕhin³¹laŋ³¹tʂoŋ³³ɕin³³mai²¹ʑa:u²¹la:i³¹。
情　郎　忠　心　妹　要　来。

Tɕhin³¹laŋ³¹ʑau⁵⁵ʑi²¹wo⁵⁵xui²¹la:i³¹。
情　郎　有　义　我　会　来。
Laŋ³¹tʂoŋ³³ɕin³³mai²¹tau³³tʂi³³ta:u²¹。
郎　忠　心　妹　都　知　道。
Tɕhin³¹laŋ³¹tʂoŋ³³ɕin³³mai²¹tʂi³³ɕia:u⁵⁵。
情　郎　忠　心　妹　知　晓。
Tɕhin³¹laŋ³¹tʂoŋ³³ɕin³³ʑi⁵⁵ta:i²¹ta:u²¹。
情　郎　忠　义　已　带　到。

Xa:u⁵⁵xa:u⁵⁵kuo²¹tʂə²¹ʑi³¹pai²¹tʂi³¹,
好　　好　过　这　一　辈　子，

Lia:n²¹lia:n²¹pu²¹sə⁵⁵tɕhu²¹tʂhi³¹ɕin³³。
恋　恋　不　舍　去　痴　心。

Wa:n³¹ta:u²¹mia:u²¹li⁵⁵tʂa:n³¹pu²¹wan²¹，
玩　　到　庙　里　咱　不　问，
Sua⁵⁵ta:u²¹kua:n³³ʐin³³tʂa:n³¹pu²¹kua:n⁵⁵。
耍　　到　观　音　咱　不　管。
Thia:n³³sa:ŋ²¹ɕin³³ɕin³³sa:n³³si³¹wa:n²¹，
天　　上　星　星　三　十　万，
Thia:n³³ɕia²¹mia:n²¹tɕiu⁵⁵si³¹kə²¹。
天　　下　面　九　十　个。

Na⁵⁵li⁵⁵ʐau⁵⁵ɕin³³ɕin³³tɕiu²¹xa:n⁵⁵，
哪　里　有　星　星　就　喊，
Mai²¹sa:u³³ɕin²¹ni⁵⁵tɕhu²¹tɕhi³³tɕhin³¹。
妹　捎　信　你　去　痴　情。
Mai²¹sa:u³³ɕin²¹ʐi⁵⁵ta:i²¹kɯ⁵⁵laŋ³¹，
妹　捎　信　已　带　给　郎，
Tɕhin³¹laŋ³¹ʐi⁵⁵tʂi³³ta:u²¹ʐau⁵⁵ɕin³³。
情　郎　已　知　道　友　心。

Tʂi²¹ʐua:n²¹tʂi²¹tʂha:u³¹miŋ²¹ʐun²¹po³¹，
自　怨　自　愁　命　运　薄，
Tʂi²¹tʂha:u³¹tʂi²¹ɕia:n³¹san³³tɕia²¹ti³³。
自　愁　自　嫌　身　价　低。

Pu²¹tɕi²¹san³³fan²¹thoŋ³¹laŋ³¹tʂa:n²¹,
不　计　身　份　同　郎　站，
Thoŋ³¹laŋ³¹pa:u⁵⁵tʂa:i²¹wu²¹ɕia²¹pia:n³³。
同　郎　跑　在　雾　下　边。

Thoŋ³¹ʑau⁵⁵ʑi³¹tɕhi⁵⁵ɕin³³tha³³si³¹。
同　友　一　起　心　踏　实。
Pu²¹tɕia:n²¹la:u⁵⁵ʑau⁵⁵pu²¹tɕia:n²¹laŋ³¹,
不　见　老　友　不　见　郎，
Pu²¹tɕia:n²¹tɕhin³¹laŋ³¹pu²¹tɕia:n²¹ʑau⁵⁵,
不　见　情　郎　不　见　友，
Xa:u⁵⁵xa:u⁵⁵wa:n³¹sua⁵⁵xə³¹ɕin³³laŋ³¹。
好　好　玩　耍　合　心　郎。

Pu²¹thoŋ³¹ɕin³³la:i³¹tɕhin³¹laŋ²¹ʑau³³。
不　同　心　来　情　郎　忧，
Pu²¹koŋ²¹ɕin³³la:i³¹tɕhin³¹ʑau³¹tʂhau³¹,
不　共　心　来　情　友　愁，
Pu²¹koŋ²¹xə³¹tɕhin³¹ʑau⁵⁵ɕin³³tʂhau³¹。
不　共　河　情　友　心　愁。

ɕia:ŋ⁵⁵tʂhau³¹la:i³¹ɕin³³ɕiŋ³³tʂa:i²¹thia:n³³,
想　愁　来　星　星　在　天，
ɕia:ŋ⁵⁵tʂhau³¹tʂau⁵⁵ta:u²¹tɕia³³la:u⁵⁵ʑau⁵⁵,
想　愁　走　到　家　老　友，

çia:ŋ⁵⁵tʂhau³¹tʂau⁵⁵ta:u²¹tçia³³ʑau⁵⁵xoŋ⁵⁵。
想　　愁　　来　到　家　友　哄。

Tʂhi³³tʂhin³¹laŋ³¹la:i³¹tʂhi³³tçhin³¹ʑau⁵⁵，
痴　　情　　郎　来　痴　　情　　友，
Tʂhi³³çin³³tʂhi³³tçhin³¹la:i³¹xoŋ⁵⁵ʑau⁵⁵。
痴　心　痴　　情　　来　哄　友。
Tçhu²¹tʂhi³³tçhin³¹çia:ŋ²¹na²¹thia:u³¹loŋ³¹，
去　痴　　情　　像　那　条　龙，

Tçhu²¹tʂhi³³çin³³çia:ŋ²¹thia:u³¹san³¹loŋ³¹。
去　痴　心　　像　条　神　龙。
Tʂhi³³tçhin³¹ʑau⁵⁵la:i³¹ʑau⁵⁵tə³¹koŋ³³，
痴　　情　　友　来　友　得　官，
Tʂhi³³tçhin³¹la:u⁵⁵ʑau⁵⁵tə³¹koŋ³³tʂuo²¹。
痴　　心　老　友　得　官　做。

Wa:n³¹la:u⁵⁵ʑau⁵⁵tə³¹kua:n³³tʂha:i³¹tiu³³，
玩　老　友　得　官　才　丢，
Sua⁵⁵tçhin³¹ʑau⁵⁵tə³¹kua:n³³tʂa:i³¹faŋ²¹。
耍　情　友　得　官　才　放。

La:ŋ²¹xə³¹mai²¹tʂan²¹tʂa:i²¹mi³¹lia:n²¹，
郎　和　妹　正　在　迷　恋，

Mai²¹laŋ³¹pan⁵⁵si²¹tʂa:i²¹tʂhi³³tɕhin³¹³¹。
妹　郎　本　是　在　痴　情。

Ka:⁵⁵tʂha:ŋ⁵⁵thia:n³³tʂhaŋ²¹kə³³sa:u³³ɕin²¹，
赶　场　天　唱　歌　捎　信，
Kə³³tʂhaŋ²¹tʂau⁵⁵kuo²¹laŋ³¹tʂa:i²¹tɕuo³¹。
歌　唱　走　过　郎　寨　脚。

Tʂhaŋ²¹kə³³sa⁵⁵tʂa:i²¹ma⁵⁵tʂha:ŋ⁵⁵sa:ŋ²¹，
唱　歌　撒　在　马　场　上，
sə³¹tʂha:ŋ⁵⁵sa:ŋ²¹la:i³¹sa:u³³ɕin²¹tɕhu²¹。
蛇　场　上　来　捎　信　去。

深爱情友歌

　　这首《深爱情友歌》，一般是很少唱的。男女双方已相恋多年，已到极度迷恋，舍不得离开对方时才唱这首歌。这首情歌叙述渴望对方成为自己终身伴侣的强烈情感。不许哪一方反悔，要到水结冰开花、石头自碎才丢。反映远古布依族人忠贞的爱情思想，冲破时代爱情禁忌而自由恋爱。

Wo^{55}la:i^{31}tɕia:ŋ^{55}kɯ^{55}la:u^{55}ʐau^{55}thin^{33},
我　　来　讲　　给　老　友　听，
Wo^{55}la:i^{31}suo^{31}kɯ^{55}tɕhin^{31}laŋ^{31}ɕia:u^{55}。
我　　来　说　给　情　　郎　晓。
Tʂhi^{33}tɕhin^{31}laŋ^{31}la:i^{31}tʂhi^{33}ɕin^{33}ʐau^{55},
痴　情　　郎　来　痴　　心　友，

Tʂhi^{33}tɕhin^{31}laŋ^{31}ru^{31}sua:ŋ^{33}khua:i^{21}ku^{55},
痴　情　　郎　如　双　　筷　古，
Tʂhi^{33}tɕhin^{31}ʐau^{55}ru^{31}tɕin^{33}ʐin^{31}khua:i^{21},
痴　情　　友　如　金　银　　筷，
Pha^{21}kuo^{21}ma^{55}tʂha:ŋ^{55}ni^{55}pu^{21}la:i^{31}。
怕　过　　马　场　　你　不　来。

Pha^{21}tiu^{33}tiu^{21}tʂha:ŋ^{55}pu^{21}tɕia:n^{21}ʐa:u^{55},
怕　丢　对　场　　不　见　　友，

Pha²¹ta:u²¹tui²¹tʂha:ŋ⁵⁵ni⁵⁵pu²¹toŋ²¹。
怕　到　对　场　你　不　动。

Pha²¹ta:u²¹ka:n⁵⁵tʂha:ŋ⁵⁵ni⁵⁵pu²¹la:i³¹。
怕　到　赶　场　你　不　来。

ʑa:u²¹ta:i²¹ma:u²¹la:i³¹ʑa:u²¹ta⁵⁵sa:n⁵⁵，
要　戴　帽　来　要　打　伞，
ta:i²¹ma:u²¹tɕiu²¹pha²¹fəŋ³³tʂhui³³luo³¹，
戴　帽　就　怕　风　吹　落，
Ta⁵⁵sa:n⁵⁵ʑau²¹pha²¹fəŋ³³tʂhui³³fa:n³³。
打　伞　又　怕　风　吹　翻。

Mu³¹ʑe³¹tʂhui³³ta:u²¹laŋ³¹tʂa:i²¹tʂoŋ³³，
木　叶　吹　到　郎　寨　中，
Tʂhui³³ta:u²¹laŋ³¹tʂa:i²¹tɕhi³¹loŋ⁵⁵tʂhun³³，
吹　到　郎　寨　齐　陇　村，
Tʂhui³³ta:u²¹laŋ³¹tʂa:i²¹tʂan²¹tʂa:u⁵⁵fa:n²¹，
吹　到　郎　寨　正　早　饭，

Tʂhui³³ta:u²¹tʂa:i²¹ʑau⁵⁵tʂan²¹wu⁵⁵fa:n²¹。
吹　到　寨　友　正　午　饭。
A:i²¹tɕhin³¹ʑau⁵⁵a:i²¹tə³¹ʑa:u²¹si⁵⁵，
爱　情　友　爱　得　要　死，
A:i²¹tɕhin³¹ʑau⁵⁵si⁵⁵la:i²¹xuo³¹tɕhu²¹。
爱　情　友　死　来　活　去。

A:i²¹ni⁵⁵tɕhin³¹la:ŋ³¹a:i²¹tɕhin³¹ʐau⁵⁵,

爱　你　情　郎　爱　情　友，

A:i²¹ni⁵⁵tɕhin³¹la:ŋ³¹la:i³¹si³¹wo⁵⁵。

爱　你　情　郎　来　识　我。

Kan³³laŋ³¹ʑi³¹tʂi³¹tʂuo²¹ta:u²¹la:u⁵⁵,

跟　郎　一　直　坐　到　老，

Ka:n³³la:ŋ³¹tʂuo²¹tɕia:ŋ⁵⁵ta:u²¹ku⁵⁵tɕin³³。

跟　郎　坐　讲　到　古　今。

Ka:n³³la:ŋ³¹tɕia:ŋ⁵⁵ta:u²¹tɕin³³ku⁵⁵si²¹,

跟　郎　讲　到　今　古　事，

Ka:n³³la:ŋ³¹tʂuo²¹a:i²¹tʂa:n³¹tʂha:i³¹tiu³³。

跟　郎　说　爱　咱　才　丢。

Tʂhi³¹pu²¹ɕia:ŋ³³la:i³¹ʐa:n²¹pu²¹ɕia²¹,

吃　不　香　来　咽　不　下，

Mi³¹lia:n²¹tɕhin³¹mai²¹si²¹wu³¹sua:ŋ³³,

迷　恋　情　妹　世　无　双，

Tɕhin³¹mai²mi³¹lia:n²¹tʂa:i³¹tʂhan³¹ʐau⁵⁵,

情　深　迷　恋　才　成　友，

Mi³¹lia:n²¹ɕia:ŋ²¹tha³³ran³¹tɕiu²¹xa:u⁵⁵,

迷　恋　像　他　人　就　好，

Mi³¹lia:n²¹ɕia:ŋ²¹tɕhin³¹ʑau⁵⁵tɕiu²¹xə³¹。
迷　恋　像　情　友　就　合。
Kan³³tɕhin³¹ʑau⁵⁵sua:ŋ³³sua:ŋ³³tɕhu²¹wa:n³¹,
跟　　情　友　双　　双　　去　玩,
Kan³³tɕhin³¹laŋ³¹ʑi³¹tɕhi⁵⁵tɕhu²¹sua⁵⁵,
跟　　情　郎　一　起　去　耍,
Kan³³la:u⁵⁵ʑau⁵⁵thoŋ³¹xuo⁵⁵tɕhu²¹wa:n³¹。
跟　　老　友　同　伙　去　玩。

Kan³³tɕhin³¹ʑau⁵⁵tɕhu²¹wa:n³¹ɕin³³xua:n³³,
跟　　情　友　去　玩　心　欢,
Kan³³la:u⁵⁵ʑau⁵⁵tɕhu²¹sua⁵⁵ɕin³³khua:n³³。
跟　　老　友　去　耍　心　宽。
A:i²¹wa:n³¹ʑa:u²¹sua⁵⁵tɕhin³¹ʑau⁵⁵xoŋ⁵⁵,
爱　玩　要　耍　情　友　哄,
ʑau²¹wa:n³¹la:i³¹wa:n³¹la:u⁵⁵tɕhin³¹ʑau⁵⁵。
要　玩　来　玩　老　情　友。

A:i²¹lia:n²¹sua:ŋ³³fa:ŋ³³lia:n²¹lia:ŋ⁵⁵pia:n³³,
爱　恋　双　方　恋　两　边,
A:i²¹lia:n²¹lia:ŋ⁵⁵pia:n³³tʂhan³¹lia:ŋ⁵⁵tun³³,
爱　恋　两　边　成　两　墩,
A:i²¹lia:n²¹lia:ŋ⁵⁵pia:n³³tʂan³¹thia:u³¹xə³¹。
爱　恋　两　边　成　条　河。

Na⁵⁵kə²¹xoŋ⁵⁵tʂhi³³tʂa:u³³lai³¹ta⁵⁵,

哪　个　哄　欺　遭　雷　打，

Na⁵⁵kə²¹tʂhi³³xoŋ⁵⁵kha:n⁵⁵na⁵⁵kə²¹,

哪　个　欺　哄　砍　哪　个，

Tʂa:n³¹pu²¹tɕia:u²¹na⁵⁵kə²¹fa:n⁵⁵ɕin³³,

咱　　不　叫　哪　个　反　心，

Tʂa:n³¹pu²¹tɕia:u²¹na⁵⁵kə²¹fa:n⁵⁵xui⁵⁵,

咱　　不　　叫　哪　个　反　悔，

Xa:u⁵⁵xa:u⁵⁵kuo²¹ʐoŋ³³ʑi³¹pai²¹tʂi⁵⁵,

好　好　过　拥　一　辈　子，

Xa:u⁵⁵xa:u⁵⁵ɕia:ŋ³³a:i²¹kuo²¹ri³¹tʂi⁵⁵。

好　好　相　爱　过　日　子。

Xa:u⁵⁵xa:u⁵⁵xoŋ⁵⁵kuo²¹ʑi³¹pai²¹tʂi⁵⁵,

好　　好　共　过　一　辈　子，

A:i²¹ta:u²¹kua:n³³ʑin³³mai³¹ʐau⁵⁵si²¹,

爱　到　观　　音　没　有　事，

A:i²¹ta:u²¹tʂhə³³tha:u³¹tʂa:i²¹pu²¹kua:n⁵⁵。

爱　到　车　头　寨　不　管。

Tʂhi³¹tɕhin³¹la:u⁵⁵ʐau⁵⁵tʂhi³¹ɕin³³ʐa:u⁵⁵,

痴　情　老　友　痴　心　友，

Lia:n²¹tɕhin³¹tɕhin³¹ran³¹la:u⁵⁵ʐau⁵⁵xoŋ⁵⁵。

恋　情　情　人　老　友　哄。

Lia:n²¹ɕia:ŋ²¹tui²¹nia:u⁵⁵tɕia:u²¹tʂa:i²¹tʂoŋ³³,
恋　像　对　鸟　叫　寨　中，
Tʂhan³¹tui²¹pa:n³³tɕiu³³tʂa:i²¹ʐua:n²¹pa²¹。
成　对　斑　鸠　在　院　坝。
Na³¹tɕiu⁵⁵tʂha:i²¹la:i³¹ta:ŋ³³tɕia³³tʂa:i²¹,
拿　韭　菜　来　当　家　菜，
Na³¹tɕiu⁵⁵tʂha:i²¹la:i³¹tɕia³³tʂuo²¹tʂa:i²¹。
拿　韭　菜　来　家　做　菜。

La:u⁵⁵ran³¹thoŋ³¹ʐi²¹tɕhu²¹lia:n²¹tɕhin³¹,
老　人　同　意　去　恋　情，
Tie³³nia:ŋ³¹ɕin³³ʐua:n²¹ni⁵⁵lia:n²¹a:i²¹,
爹　娘　心　愿　你　恋　爱，
ɕioŋ³³ti²¹tɕhia:n³³sau⁵⁵ʐa:u²¹tʂhi³³tɕhin³¹。
兄　弟　牵　手　要　痴　情。
Tie³³nia:ŋ³¹tɕhia:n³³sau⁵⁵tɕhu²¹tʂhi³¹ɕin³³。
爹　娘　牵　手　去　痴　心。

Tʂhi³³tɕhin³¹la:u⁵⁵ʐau⁵⁵tʂhi³³ɕin³³ʐau⁵⁵,
痴　情　老　友　痴　心　友，
Tʂhi³³tɕhin³¹tɕhin³¹ran³¹la:u⁵⁵ʐau⁵⁵xoŋ⁵⁵。
痴　情　情　人　老　友　哄。
ʐa:u²¹ɕia:ŋ²¹li⁵⁵ʐu³¹xə³¹tʂoŋ³³pa:i⁵⁵,
耍　像　鲤　鱼　河　中　摆，
Wa:n³¹ɕia:ŋ²¹li⁵⁵ʐu³¹xə³¹thia:u²¹ʐue²¹。
玩　像　鲤　鱼　河　跳　跃。

Lia:n^{21}ɕia:ŋ^{21}li^{55}li^{31}tʂi^{55}thuo^{31}ku^{55},

恋　　像　李　梨　子　脱　　骨，

Tʂhi^{31}tɕhin^{31}ɕia:ŋ^{21}xu^{31}lu^{31}kua^{21}kuo^{55}

痴　情　　像　葫　芦　挂　果。

Wa:n^{31}sua^{55}ta:u^{21}ləŋ^{55}sui^{55}kha:i^{33}xua^{33},

玩　　耍　到　冷　水　开　花，

Tʂhi^{31}tɕhin^{31}ta:u^{21}tɕhin^{33}sui^{55}kha:i^{33}xua^{33}。

痴　情　到　清　水　开　花。

Si^{31}thau^{33}ta:u^{21}lə^{55}tʂa:n^{31}tʂhi^{33}tɕhin^{31}。

石头　倒　了　咱　痴　情。

Si^{31}thau^{33}sui^{21}lie^{55}tʂa:n^{31}ma:n^{21}tiu^{33}。

石头　碎　了　咱　慢　丢。

Tʂhi^{31}tɕhin^{31}la:u^{31}ʑau^{55}tʂhi^{31}ɕin^{33}ʑau^{55},

痴　情　老　友　痴　心　友，

Tʂhi^{31}tɕhin^{31}tɕhin^{31}ran^{31}la:u^{55}ʑau^{55}xoŋ^{31}。

痴　情　　情　人　老　友　哄。

La:u^{55}ʑau^{55}xoŋ^{55}ran^{31}ta^{55}tɕie^{31}pho^{33},

老　友　哄　人　打　劫　坡，

Na^{31}suŋ^{31}ə^{21}po^{31}tʂi^{55}ʑa:u^{21}tua:n^{21}。

拿　绳　扼　脖　子　要　断。

Tʂa:i^{21}tɕia^{33}tie^{33}la:i^{31}tʂa:i^{21}tɕia^{33}nia:ŋ^{31},

在　　家　爹　来　在　家　娘，

Tʂa:i²¹tɕia³³tie³³tʂau²¹ma⁵⁵xun³¹lə⁵⁵,
在　　家　爹　咒　骂　魂　了，

Tʂa:i²¹tɕia³³nia:ŋ³¹tʂa:i²¹ma²¹miŋ²¹xun³¹,
在　　家　娘　在　　骂　命　魂，
Tʂhoŋ³¹ɕia:u⁵⁵lu²¹la:i³¹ra:u²¹wa:n³³lu²¹,
从　　小　　路　来　绕　弯　路，
Tʂhoŋ³¹ɕia:u⁵⁵lu²¹ra:u²¹ta:u²¹ni⁵⁵tɕia³³,
从　　小　　路　绕　到　你　家，
ʐau³¹ɕia:u⁵⁵lu²¹ra:u²¹ta:u²¹ʐa:u⁵⁵tɕia³³。
由　　小　　路　绕　到　友　　家。

深情歌

　　《深情歌》是一首以物比喻较多的情歌。表达男女青年之间的爱慕之情，较为生动；对爱情的执着，令人感动。例如不怕郎来不怕郎，不怕太阳落五丈；玩到月亮升来再走，只怕太阳落了坡等等歌词。

Ta:u²¹tʂa:i²¹pha:ŋ³¹la:i³¹ta:u²¹tʂa:i²¹pia:n³³,
到　寨　旁　来　到　寨　边，
Si³¹er²¹kha:n⁵⁵ta:u²¹ta:u²¹ɕia²¹tʂa:i²¹。
十　二　坎　道　到　下　寨。
ɕia²¹fa:ŋ³³tʂa:i²¹ʐau⁵⁵si³¹er²¹kha:n⁵⁵,
下　方　寨　有　十　二　坎，
Tʂa:i²¹pia:n³³si²¹tʂi⁵⁵si³¹er²¹kə³³。
寨　边　柿　子　十　二　颗。

Mai³¹tɕia:n²¹na²¹kə³³fai³³ɕue³¹xua³³,
没　见　哪　棵　飞　雪　花，
Wo⁵⁵man³³ta²¹tɕia³³ʐi³¹pia:n³³ran³¹。
我　们　大　家　一　边　人。

Wo⁵⁵man³³tau³³si²¹ʐi³¹xuo⁵⁵ran³¹,
我　们　都　是　一　伙　人，
Tʂa:n³¹si²¹ʐi³¹pia:n³³ʐi³¹xuo⁵⁵ran³¹。
咱　是　一　边　一　伙　人。

Ta:u^{21}tṣa:i^{21}ɕia^{21}fa:ŋ^{33}ta:u^{21}tṣa:i^{21}pia:n^{33}，
到　寨　　下　方　到　寨　　边，

Tṣa:i^{21}tṣi^{55}ɕia^{21}fa:ŋ^{33}si^{31}er^{21}kha:n^{55}。
寨　　子　下　方　十　二　　坎。

Si^{31}er^{21}ta:u^{21}kha:n^{55}ta:u^{21}tṣa:i^{21}pha:ŋ^{31}，
十　二　道　　坎　　到　寨　　旁，

Tṣa:i^{21}pha:ŋ^{31}soŋ^{33}su^{21}si^{31}er^{21}kə^{33}。
寨　　旁　　松　树　十　二　棵。

Tɕia:n^{21}na^{21}ẓi^{31}kə^{33}ɕue^{31}fai^{33}xua^{33}，
见　　　那　一　棵　雪　飞　花，

Tṣi^{55}tṣia:n^{21}ẓi^{31}kə^{33}ɕue^{31}xua^{33}fai^{33}。
只　见　　一　棵　雪　花　飞。

Tṣa:n^{31}si^{21}ẓi^{31}pia:n^{33}ẓi^{31}xuo^{55}ran^{31}，
咱　　是　一　边　　一　伙　人，

Ta^{21}tɕia^{33}tau^{33}si^{21}tṣə^{21}pia:n^{33}ran^{31}。
大　家　都　是　这　边　　人。

Ta^{21}xuo^{55}ẓi^{31}lu^{21}la:i^{31}wa:n^{31}sua^{55}，
大　伙　一　路　来　　玩　耍，

Tau^{33}ta:u^{21}tṣa:i^{21}li^{55}la:i^{31}sua^{55}wa:n^{31}。
都　到　　寨　　里　来　耍　玩。

Tʂi²¹ra:n³¹tʂi²¹ʐua:n²¹a:i²¹mai²¹tʂa:i²¹，
自　然　自　愿　爱　妹　寨，

Tʂi²¹ra:n³¹tʂi²¹ʐua:n²¹a:i²¹laŋ³¹tʂhun³³。
自　然　自　愿　爱　郎　村。
Ta²¹xuo⁵⁵tau³³pu²¹ʐa:u²¹khə³¹tɕhi²¹，
大　伙　都　不　要　客　气，
Tʂə²¹ʐaŋ²¹faŋ²¹ɕin³³la:i³¹a:n³³wai²¹。
这　样　放　心　来　安　慰。

Na⁵⁵thia:n³³ɕia:ŋ⁵⁵la:i³¹na⁵⁵thia:n³³ɕia:ŋ⁵⁵，
哪　天　想　来　哪　天　想，
Thia:n³³thia:n³³ʐu⁵⁵kə³³la:i³¹ɕia:ŋ³³lia:n³¹。
天　天　与　哥　来　相　连。

Xua³³pia:n³³ɕiu²¹khau⁵⁵tʂhua:n³³ɕin³³ʑi³³，
花　边　绣　口　穿　　新　衣，
ʐau⁵⁵ɕin³³ʐau⁵⁵ʑi²¹mai²¹la:i³¹xui²¹。
有　心　有　意　妹　来　会。

ɕia:ŋ⁵⁵la:i³¹ɕia:ŋ⁵⁵tɕhu²¹tʂha:ŋ³¹si³³nia:n²¹，
想　来　想　去　常　思　念，
Thən³¹ra:u²¹su²¹la:i³¹su²¹tʂha:n³¹thən³¹，
藤　绕　树　来　树　缠　藤，
Si²¹su²¹wa:n³³wa:n³³la:i³¹tʂha:n³¹thən³¹。
是　树　弯　弯　来　缠　藤。

Si^{21}sa:ŋ^{21}pu^{21}ɕiŋ^{33}thəŋ^{31}tʂha:n^{31}su^{21},

世 上 不 兴 藤 缠 树，

Wo^{55}lia:ŋ^{55}la:i^{31}ɕiŋ^{33}thəŋ^{31}tʂa:n^{31}su^{21}。

我 俩 来 兴 藤 缠 树。

Si^{21}sa:ŋ^{21}na^{55}ʐau^{55}su^{21}tʂha:n^{31}thəŋ^{31}。

世 上 哪 有 树 缠 藤。

Wo^{55}tɕhin^{55}tɕhin^{31}laŋ^{31}khua:i^{21}khua:i^{21}tʂau^{55},

我 请 情 郎 快 快 走，

Wo^{55}lia:ŋ^{55}tʂan^{33}ʐa:u^{21}san^{33}tɕhin^{31}wa:n^{31}。

我 俩 真 要 深 情 玩。

Wo^{55}wai^{21}tɕhin^{31}ʐau^{55}tɕhin^{31}ʑi^{21}san^{33},

我 为 情 友 情 意 深，

A:i^{21}wa:n^{31}a:i^{21}sua^{55}ta:u^{21}na^{55}li^{55}。

爱 玩 爱 耍 到 哪 里。

San^{33}tɕhin^{31}wa:n^{31}sua^{55}si^{21}wo^{55}lia:ŋ^{55},

深 情 玩 耍 是 我 俩，

Sui^{31}ʐau^{55}wo^{55}lia:ŋ^{55}ʐau^{55}san^{33}tɕhin^{31}。

谁 有 我 俩 有 深 情。

Sui^{31}tə^{33}tɕhin^{31}ʑi^{21}ɕia:ŋ^{21}wo^{55}man^{33},

谁 的 情 意 像 我 们，

Sui^{31}tə^{33}tɕhin^{31}ʐua:n^{21}si^{21}wo^{55}lia:ŋ^{55}。

谁 的 情 意 似 我 俩。

Sui³¹tə³³tɕhin³¹ʑi²¹san²¹wo⁵⁵lia:ŋ⁵⁵,
谁　的　情　意　胜　我　俩，

Pu²¹kua:n⁵⁵tha³³la:i³¹suo³¹tʂa:n³¹man³³。
不　管　他　来　说　咱　们。
Pu²¹pha²¹la:ŋ³¹la:i³¹pu²¹pha²¹laŋ³¹
不　怕　郎　来　不　怕　郎，
Pu²¹pha²¹tha:i²¹ʑa:ŋ³¹luo³¹wu⁵⁵tʂa:ŋ²¹。
不　怕　太　阳　落　五　丈。

Ni⁵⁵suo³¹tʂan³³tə³³wo⁵⁵pu²¹tʂhi³³,
你　说　真　的　我　不　知，
Ni⁵⁵tɕia:ŋ⁵⁵tɕia⁵⁵tə³³tʂa:n³¹pu²¹ɕia:u⁵⁵。
你　讲　假　的　咱　不　晓。
Pu²¹pha²¹laŋ³¹la:i³¹pu²¹pha²¹laŋ³¹,
不　怕　郎　来　不　怕　郎，

Pu²¹pha²¹tha:i²¹ʑa:ŋ³¹luo²¹sa:n³³tʂa:ŋ²¹,
不　怕　太　阳　落　三　丈，
Ha:i³¹ʑau⁵⁵si³¹tɕia:n³³la:i³¹wa:n³¹sua⁵⁵,
还　有　时　间　来　玩　耍，
Ha:i³¹ʑau⁵⁵si³¹tɕia:n³³tɕia:ŋ⁵⁵tʂan³³tɕhin³¹。
还　有　时　间　讲　真　情。

180

Ni⁵⁵tɕia:ŋ⁵⁵ni⁵⁵tə³³wo⁵⁵suo³¹wo⁵⁵,
你 讲 你 的 我 说 我,
Wo⁵⁵lia:ŋ⁵⁵tha³³si³¹la:i³¹tʂhaŋ²¹kə³³,
我 俩 踏 实 来 唱 歌,
Wo⁵⁵lia:ŋ⁵⁵faŋ²¹ɕia²¹ɕin³³wa:n³¹sua⁵⁵。
我 俩 放 下 心 玩 耍。

Wa:n³¹ta:u²¹ʐue³¹lia:ŋ²¹san³³tʂa:i²¹xui³¹,
玩 到 月 亮 升 再 回,
Wa:n³¹ta:u²¹ʐue³¹lia:ŋ²¹san³³tʂa:i²¹tʂau⁵⁵,
玩 到 月 亮 升 再 走,

Tʂi⁵⁵pha²¹tha:i²¹ʐa:ŋ³¹luo³¹lə⁵⁵pho³³。
只 怕 太 阳 落 了 坡。
Pha²¹mai²¹pu²¹suo³¹tʂan³³ɕin³³xua²¹,
怕 妹 不 说 真 心 话,
Tʂi⁵⁵pha²¹tɕhia:n³¹si²¹tɕia:ŋ⁵⁵tɕia⁵⁵xua²¹。
只 怕 全 是 讲 假 话。
Tɕhin³¹ʐau⁵⁵sa:u³³xua²¹ta:u²¹tʂə²¹li⁵⁵,
情 友 捎 话 到 这 里,

Wo⁵⁵liaŋ³¹tɕhu²¹na²¹pia:n³³tʂa:i²¹suo³¹。
我 俩 去 那 边 再 说。
A:i²¹wa:n³¹a:i²¹sua⁵⁵ʐa:u²¹si³¹xə³¹,
爱 玩 爱 耍 要 适 合,

A:i²¹wa:n³¹a:i²¹sua⁵⁵ʐa:u²¹si³¹tu²¹,
爱　玩　爱　耍　要　适　度,

Si³¹tɕia:n³³tɕiu⁵⁵lə⁵⁵tɕiu²¹ʐa:u²¹tʂau⁵⁵,
时　间　久　了　就　要　走,

Tʂi⁵⁵pha²¹tɕhia:n³¹ʑau⁵⁵tʂa:i²¹tan⁵⁵ni⁵⁵。
只　怕　前　友　在　等　你。

Pha²¹tɕhia:n³¹tɕhin³¹ʑau⁵⁵pha:n²¹tʂə³¹ni⁵⁵,
怕　前　情　友　盼　着　你,

Tɕhia:n³¹tɕhin³¹ʑau⁵⁵ʐa:u²¹xə³¹ni⁵⁵tɕia:ŋ⁵⁵。
前　情　友　要　和　你　讲。

Tha³³ʐa:u²¹tan⁵⁵tʂə³¹ni⁵⁵tɕhu²¹wa:n³¹。
她　要　等　着　你　去　玩。

Tha³³ʐa:u²¹ʑi³¹ɕin³³thoŋ³¹ni⁵⁵sua⁵⁵。
她　要　一　心　同　你　耍。

Wo⁵⁵lia:ŋ⁵⁵pu²¹sua⁵⁵lia:ŋ⁵⁵ran³¹tɕia:ŋ⁵⁵,
我　俩　不　耍　俩　人　讲,

Wo⁵⁵lia:ŋ⁵⁵pu²¹wa:n³¹lia:ŋ⁵⁵ran³¹suo³¹。
我　俩　不　玩　俩　人　说。

Ni⁵⁵ʐau⁵⁵pu²¹ʐa:u²¹tʂə²¹mə³³suo³¹,
你　友　不　要　这　么　说,

Ni⁵⁵wo⁵⁵pu²¹ʐa:u²¹tʂə²¹ʐaŋ²¹tɕia:ŋ⁵⁵。
你　友　不　要　这　样　讲。

Tʂa:u²¹lia:ŋ²¹tɕhin³¹la:ŋ³¹pa⁵⁵lu²¹tʂau⁵⁵,
照　　亮　　情　　郎　　把　路　　走，
La:i³¹tʂa:u²¹tɕhin³¹ʐau⁵⁵ɕin³¹lu²¹tʂhan³¹。
来　　照　　情　　友　　行　　路　　程。

Tʂau⁵⁵tɕin²¹mai²¹tʂa:i²¹ɕi⁵⁵ʐa:ŋ³¹ʐa:ŋ³¹,
走　　进　　妹　　寨　　喜　洋　　洋，
Tʂau⁵⁵tɕin²¹mai²¹tɕia³³ɕi⁵⁵ɕia:u²¹ʐa:n³¹。
走　　进　　妹　　家　喜　　笑　　颜。

Tɕhin²¹ʐau⁵⁵tɕie³³sa:ŋ²¹la:n²¹ni³¹pa³³,
情　　友　　街　上　　烂　　泥　巴，
Ta⁵⁵tʂə³¹tʂha:u⁵⁵ɕie³¹tʂi²¹tɕio³¹tʂau⁵⁵。
打　着　草　　鞋　赤　　脚　　走。
Tɕhin³¹mai²¹tɕie³³thau³¹la:n²¹ɕi³³ni³¹,
情　　妹　街　头　烂　　稀　　泥，
Tʂau⁵⁵tʂa:i²¹ka:i³³sa:ŋ²¹tɕio³¹tʂa:n³³ni³¹。
走　　在　　街　上　　脚　沾　　泥。
tɕio³¹tʂa:i²¹ni³¹tʂoŋ³³tɕhi⁵⁵lə⁵⁵pha:u²¹,
脚　　在　泥　中　　起　了　泡，

Fai²¹li³¹fai²¹tɕin²¹ta:u²¹mai²¹tɕia³³,
费　力　费　劲　　到　妹　　家，
Tɕuo³¹tʂa:i²¹ni³¹tʂoŋ³³ɕie³¹ta⁵⁵si³¹,
脚　　在　泥　中　鞋　打　湿，
Pu²¹tɕhin³³roŋ³¹ʐi²¹la:i³¹ta:u²¹tɕia³³。
不　轻　容　易　来　到　家。

Mai^{21}tɕia^{33}tɕie^{33}ta:u^{21}si^{31}tʂa:i^{21}ɕi^{33},

妹　家　街　道　实　在　稀,

ʑi^{31}pu^{21}kan^{21}pi^{55}ʑi^{31}pu^{21}xua^{31}。

一　步　更　比　一　步　滑。

Pu^{21}ɕie^{31}tʂhua:n^{33}xa:i^{21}ʑi^{31}lia:ŋ^{55}sua:ŋ^{33},

布　鞋　穿　坏　一　两　双,

Ta:u^{21}mai^{21}man^{31}tɕhia:n^{31}sua:i^{33}ʑi^{31}tɕia:u^{33}。

到　妹　门　前　摔　一　跤。

Tɕhin^{31}mai^{21}ʐau^{55}thia:u^{31}tɕhin^{33}sui^{55}xə^{31},

情　妹　有　条　清　水　河,

Mai^{55}tɕin^{55}ʑin^{31}xə^{31}ra:u^{21}tʂa:i^{21}tɕuo^{31}。

美　景　银　河　绕　寨　脚。

Tɕhin^{33}sui^{55}ʑin^{31}xə^{31}ra:u^{21}tʂhun^{33}tʂau^{55},

清　水　银　河　绕　村　走,

ʑin^{31}xə^{31}liu^{31}tʂhu^{31}mai^{55}tɕhin^{31}ʐau^{55}。

银　河　流　出　美　情　友。

Tɕhin^{33}san^{33}lu^{31}sui^{54}tʂhu^{31}tɕhin^{31}mai^{21},

清　深　绿　水　出　情　妹,

Ra:u^{21}sa:n^{33}ra:u^{21}tʂa:i^{21}ʐau^{55}tɕhin^{31}ran^{31}。

绕　山　绕　寨　有　情　人。

Mo^{33}xai^{33}tʂau^{55}la:i^{31}mo^{33}xə^{31}ɕin^{31},

摸　黑　走　来　摸　黑　行,

Lu^{21}sa:ŋ^{21}mo^{33}xə^{31}pha^{21}ʐau^{55}tʂhi^{21}。

路　上　摸　黑　怕　有　刺。

ʐe²¹tɕia:n³³mo³³xə³¹la:i³¹lu²¹ɕin³¹,
夜　间　摸　黑　来　路　行，
Sa:ŋ³³lə⁵⁵sau⁵⁵tɕuo³¹tʂau⁵⁵pu²¹tʂhan³¹。
伤　了　手　脚　走　不　成。

Mo³³xə³¹lu²¹sa:ŋ²¹pu²¹xa:u⁵⁵tʂau⁵⁵,
摸　黑　路　上　不　好　走，
Sa:ŋ³³lə⁵⁵tɕuo³¹kan³³kan²¹na:n³¹ɕin³¹。
伤　了　脚　跟　更　难　行。

La:ŋ³¹tʂhun³³ʐau⁵⁵thia:u³¹la:n²¹ni³¹tɕie³³,
郎　村　有　条　烂　泥　街，
ʑi³¹pu²¹təŋ³³xua³¹tɕi⁵⁵khua:i⁵⁵si³¹。
一　步　蹬　滑　几　块　石。

Er²¹pu²¹tan³³xua³¹ɕia:u⁵⁵si³¹tʂi⁵⁵,
二　步　蹬　滑　小　石　子，
Tɕuo³¹xua³¹ni³¹khan³³pu²¹xa:u⁵⁵ɕi⁵⁵。
脚　滑　泥　坑　不　好　洗。
Si²¹pu²¹tɕuo³¹luo³¹ɕi³³ni³¹khan³³,
四　步　脚　落　稀　泥　坑，

ɕie³¹wa²¹tʂa:n³³ma:n⁵⁵ɕi³³ni³¹pa³³。
鞋　袜　沾　满　稀　泥　巴。
Sua:ŋ³³tɕio³¹luo³¹ta:u²¹ɕi³³ni³¹li⁵⁵,
双　脚　落　到　稀　泥　里，

ɕin³¹tʂau⁵⁵mai²¹tɕie³³kan²¹pu²¹tʂhan³¹。
行　走　妹　街　更　不　成。

ɕin³¹tʂa:u⁵⁵mai²¹tɕia³³na:n³¹tɕhi⁵⁵pu²¹，
行　走　妹　家　难　起　步，
ɕie³¹wa²¹si³¹thau²¹wu³¹fa³¹tʂhua:n³³。
鞋　袜　湿　透　无　法　穿。
Si³³lə⁵⁵ɕie³¹wa²¹na:n³¹ɕin³¹tʂau⁵⁵，
湿了　鞋　袜　难　行　走，

Ta:i²¹mai²¹xui³¹tɕia³³pa:ŋ³³maŋ³¹ɕi⁵⁵。
待　妹　回　家　帮　忙　洗。
Tan⁵⁵mai²¹ɕi⁵⁵kha:u⁵⁵la:ŋ³¹tʂa:i³¹tʂhua:n³³，
等　妹　洗　烤　郎　才　穿，
Ta:i²¹mai²¹kha:u⁵⁵xoŋ³¹la:ŋ³¹tʂhua:n³³tʂau⁵⁵。
待　妹　烤　烘　郎　穿　走。

Tʂau⁵⁵ta:u²¹mai²¹tɕia³³ɕin³³li⁵⁵xua:n³³，
走　到　妹　家　心　里　欢，
Tʂi⁵⁵ʐa:u²¹la:ŋ³¹mai²¹tau³³xua:n³³ɕi⁵⁵。
只　要　郎　妹　都　欢　喜。
Tuo³³tʂau⁵⁵tɕi⁵⁵tʂan³¹ɕin³³tɕhin³¹ʐua:n²¹，
多　走　几　程　心　情　愿，
Tuo³³tʂau⁵⁵tɕi⁵⁵xui³¹ʐe³¹wu³¹fa:ŋ³¹。
多　走　几　回　也　无　妨。

ʐu³¹ta:u²¹kau³³la:i³¹ʐa:u²¹xui³¹，
鱼　到　沟　来　要　回，

çia³³ta:u²¹kau³³li⁵⁵çia³³ʐa:u²¹tʂau⁵⁵,

虾　到　沟　里　虾　要　走，

Xua²¹ta:u²¹tʂʂə²¹li⁵⁵xua²¹tɕiu²¹lə⁵⁵。

话　到　这　里　话　就　了。

Tɕhin³¹mai²¹ʐau⁵⁵xua²¹tɕhin³¹mai²¹tɕia:ŋ⁵⁵,

情　　妹　有　话　情　妹　讲，

Tɕhin³¹mai²¹ʐau⁵⁵kə³³tɕie³¹tʂe³¹tʂhaŋ²¹,

情　　妹　有　歌　接　着　唱，

Tʂhaŋ²¹lə⁵⁵ʐi³¹sau⁵⁵la:i³¹sa:n³³sau⁵⁵。

唱　　了　一　首　来　三　　首。

后 记

　　经过一年多时间的努力，《黔中布依族经典古歌集》终于与广大爱好者见面了。《黔中布依族经典古歌集》收录布依族古代情歌，内容极为丰富，在男女社交中应用最多，数量最大，流量最广。限于篇幅，本书主要采集流传于安顺市西秀区黄腊布依族苗族乡，平坝区羊昌布依族苗族乡一带布依族地区民间传统情歌。每逢赶场、婚嫁、立房、请满月酒留宿及串寨找对象的男女青年对歌都是唱情歌，这一风俗至今还在演绎着。

　　本书所采集的经典情歌，是于2022年初，经安顺市布依学研究会、平坝区布依学研究会有关人员深入布依族聚居的村寨采集，将原唱、朗诵、录音翻译整理成汉语的文本。初稿完成后又送请民间歌手狄孟珍、姚元芬、班文秀、马辉芬、马明芬、王枝英等人对照汉字进行核对。在翻译过程中，布依语难以准确译成汉语的，则采取意译。

　　本书的出版凝聚着很多人的关心与支持，首先是布依族传统歌谣的演唱传承人狄孟珍、姚元芬、狄美莲、郭光芬、狄美芬、班文秀、马辉芬、马明芬、王枝英、班庭凤、罗沛秀、班秀琴、罗沛行、郭风锦、姚兴秀等人的无私奉献。多年来，他们一直用布依语（原生态）演唱的布依族民间传统优秀的情歌，既愉悦身心，又为布依族民歌的保护和传承作出了应有的贡献。最难能可贵的是：他们得知我们要收集、整理布依族民歌时，表现出极大的热情，一遍又一遍不厌其烦地为我们演唱、诵读歌词，为本书提供了宝贵的素材。在此，谨表示衷心感谢。

由于篇幅所限，许多布依族传统优秀的情歌未能收入其中，本书权作抛砖引玉，希望有更多的人士来收集、整理、研究布依族民间传统优秀情歌谣，让这项布依族非物质文化遗产得到更好的传承和保护。

由于时间仓促，水平有限，书中疏漏之处，在所难免，望方家读者批评指正。

郭正雄

2022年6月28日